Charly Weller

Katzenkönig

Vom Autor bisher bei KBV erschienen:

Eulenkopf
Finsterloh

Charly Weller, geb. 1951 in Marburg a. d. Lahn, ist von Hause aus Filmemacher. Nach seiner Jugend in Gießen und Wetzlar studierte er zunächst Theologie, es folgte das Jura- und Publizistikstudium in Berlin. Zwischenzeitlich betätigte er sich als Fotograf, Journalist, Taxifahrer, Versicherungsvertreter und Kinobetreiber. Nach der Regieassistenz unter Peter Fleischmann drehte er erste eigene Filme und wurde ausgezeichnet, u. a. mit dem *Prix du Jury* in Cannes und dem *Max-Ophüls-Förderpreis.* Er war Regisseur zahlreicher Folgen von TV-Krimi-Serien wie *Ein Fall für Zwei, Die Kommissarin, Im Namen des Gesetzes, Auf Achse* und anderen.

Sein erster Kriminalroman *Eulenkopf* wurde 2015 für den *Friedrich-Glauser-Preis* in der Sparte Debüt nominiert. Heute lebt er als freier Autor und Regisseur in der Nähe von Gießen und in Wien.

Charly Weller

KATZEN KÖNIG

KBV

Originalausgabe

www.kbv-verlag.de
E-Mail: info@kbv-verlag.de
Telefon: 0 65 93 - 998 96-0
Fax: 0 65 93 - 998 96-20
Umschlaggestaltung: Ralf Kramp
unter Verwendung von:
© Avantgarde und © goodween123 - www.fotolia.de
Lektorat: Volker Maria Neumann, Köln
Druck: Buchdruck Zentrum, Landshut
Printed in Germany
ISBN 978-3-95441-323-2

für Ritchie

»In den 30 Jahren unter den Borgias
hat es nur Krieg gegeben,
Terror, Mord und Blutvergießen,
aber dafür gab es Michelangelo, Leonardo da Vinci
und die Renaissance.
In der Schweiz herrschte brüderliche Liebe,
500 Jahre Demokratie und Frieden.
Und was haben wir davon? Die Kuckucksuhr!«

Orson Welles alias Harry Lime in *Der Dritte Mann*

PROLOG

Schriftliche Erklärung des Hubertus Grassner, Untersuchungshäftling Justizanstalt Josefstadt, Wien:

Jetzt, nur noch wenige Tage vor dem Prozess gegen mich, bekomme ich mehr und mehr Angst, was mich vor Gericht erwarten mag. Immer häufiger wird mir tagsüber schwindelig, und ich kann mich vor Atemnot kaum noch auf den Beinen halten. Nachts hingegen mache ich dann kein Auge zu. Und wenn ich tatsächlich mal zum Schlafen komme, wache ich bereits nach kurzer Zeit wieder auf, schweißgebadet und aus schrecklichen Träumen.

Am meisten Angst habe ich davor, dass mir bei meinen Schilderungen die Stimme versagen könnte oder ich angesichts meiner einfachen Bildung nicht die richtigen Wörter finde, um den Hintergrund meines Handelns nachvollziehbar darstellen zu können. Deshalb möchte ich über meine bereits getätigten Aussagen hinaus das Nachfolgende ergänzend zu Protokoll geben:

Ich verfluche den Tag, an dem ich zum ersten Mal von dem *Katzenkönig* gehört habe. Und ich kann nur jedem raten, sofort auf dem Absatz kehrtzumachen und das Weite zu suchen, wenn dieses Wort in seinem Beisein fällt, um nicht in den gleichen verhängnisvollen Bann dieses Satans zu geraten wie ich. Und am Ende ebenfalls zu so einem schlimmen Verbrechen getrieben zu werden, wie es mir widerfahren ist.

Ich war immer ein anständiger Mensch. Das kann jeder bestätigen, der mich kennt. Ich habe mir nie etwas zuschulden kommen lassen und werde das bestimmt auch in meinem weiteren Leben nicht tun. Ich habe stets die Gesetze geachtet und nie jemandem wehtun wollen.

Mit dem, wofür ich mich nun verantworten muss, wollte ich niemandem ein Leid zufügen oder sonst wie schaden. Vielmehr ging es mir einzig und allein darum, mich für das Gute unter den Menschen einzusetzen. Für das Gute und letztendlich dafür, die Menschheit vor ihrem Untergang zu bewahren. Ich wollte mit allen mir verfügbaren Mitteln verhindern, dass der Katzenkönig die Menschheit vernichtet.

Man möchte mir glauben, dass ich mir jetzt, wo mein gesamtes Leben wie ein Scherbenhaufen vor mir liegt, nichts sehnlicher zurückwünsche als die Zeit, da ich noch nie etwas von dem Katzenkönig gehört habe.

All dies bitte ich inständig bei der Beurteilung meiner Tat zu berücksichtigen.

Hubertus Grassner

KEINEN SCHRITT WEITER

Lars Schieferstein,
Polizeikommissar im Streifendienst, Gießen:

Keinen Schritt weiter«, hatte Wagenbach gesagt und sich Worstedt in den Weg gestellt, als der eingetroffen war, »Anweisung von Kroko.«

Knapp 20 Minuten zuvor war über Funk die Info gekommen, dass eine Frau beim Notruf gemeldet habe, auf dem Gelände des Gießener Güterbahnhofs einen herrenlosen Koffer entdeckt zu haben. Weil meine Kollegin Pia Schellhorn und ich gerade in der Nähe, also in der Lahnstraße, unterwegs waren, sind wir sofort hingefahren.

Wir trafen dort die Frau, die den Notruf abgesetzt hatte. Sie war in Begleitung einer weiteren Dame. Die beiden hatten einen Schäferhund dabei, der einen weißen Plastiktrichter über dem Kopf trug. Das sah aus wie ein Parabol-Richtmikrofon. Damit sollte offenbar verhindert werden, dass das Tier sich an einer Wunde leckt.

Die beiden Damen hießen, wie aus den nachfolgenden Gesprächen herauszuhören war, Ingrid und

Maren. Die Aufnahme ihrer Personalien ergab, dass Ingrid im Rosenpfad wohnte und Maren in der Heinrich-Will-Straße. Obwohl die beiden Adressen nur wenige Hundert Meter voneinander entfernt in der Nähe des Neuen Friedhofs liegen, gilt der Rosenpfad als gehobene Wohngegend, wogegen die Heinrich-Will-Straße das eher nicht ist.

Ingrid war vielleicht Anfang vierzig und hatte eine makellos schlanke Figur. Ihr kurz geschnittenes, schwarz gefärbtes Haar verlieh ihr eine dominante Strenge. Dieser Eindruck wurde noch dadurch unterstrichen, dass sie eine schwarze Lederjacke trug, die an Marlon Brando in dem Film *Der Wilde* erinnerte: Biker-Look in Used-Optik, geflochtene Schulterklappen, rote Paspeln und diverse Metall-Applikationen. Ihr schräg verlaufender Front-Zipper gerade so weit geöffnet, dass ansatzweise die Spitzen eines sich darunter befindlichen roten BHs zu erkennen waren. Die Augen hinter einer schwarzen Ray-Ban mit grünen Gläsern. Dazu lilafarbene Leggins, kurze, schmuckverzierte Cowboy-Stiefelchen und in der Rechten eine martialisch anmutende Hundeleine aus Leder.

Maren hingegen war vielleicht Mitte dreißig, mit bestimmt doppelt so vielen Kilos auf den Rippen wie Ingrid und in einen roten, ausgewaschenen Overall gezwängt. Dieser übersät von unzähligen Reißverschlüssen und jede einzelne Körperwölbung drall abzeichnend. Sie hatte schulterlange, braune Locken und trug knöchelhohe Billo-Sneakers. Vor ihrem mächtigen Busen hing eine recht professionell wirkende Fotokamera an einem Strap um den Hals.

Der Schäferhund hieß, soweit zu hören war, Bob. Es war nicht auszumachen, wer von den beiden Damen sein Frauchen sein mochte. Eher hatte man den Eindruck, dass er den beiden als Kindersatz diente.

Die Schilderungen von Ingrid und Maren, wie sie auf den herrenlosen Koffer aufmerksam wurden und sodann die Polizei verständigten, erfolgte in einer Art, wie gemeinhin alte Ehepaare Witze erzählen: Jedes Mal, wenn der eine eine Passage zum Besten gibt, fällt der andere ihm ins Wort, weil er meint, korrigierend einschreiten zu müssen.

Was dennoch zu erfahren war, war, dass Ingrid durch die unverhoffte Beerbung einer entfernten Tante aus Berlin, die einst als Sekretärin für Willy Brandt tätig war, Maren das Geld für eine Canon-Power-Shot vorgestreckt habe, weil die nämlich davon beseelt sei, Fotografin werden zu wollen.

In der Woche, die Maren nunmehr stolze Besitzerin ihrer neuen Kamera war, hatte man selbige bereits an einer Reihe von pittoresken Orten der Stadt zum Einsatz gebracht: vor dem Stadttheater, am Schiffenberg, am neuen Teich im Stadtpark Wieseckaue – und jetzt auch hier, am Güterbahnhof.

Während Ingrid auf scharf getrimmt in verschiedenen Posen abgelichtet wurde, hätte Bob plötzlich angeschlagen. Der Hund stand dabei vor dem Betonsockel, auf dem der besagte Koffer lag, der sich auf einem Transportgestell mit Rollen befand. Man habe dann sofort gerufen: »Pfui, pfui ist das, aus, pfui!«, und Bob an die Leine gelegt. Anschließend habe man die Polizei verständigt.

Nachdem wir dann eingetroffen waren, hat die Einsatzleitstelle uns angewiesen, das Gelände weiträumig mit rot-weißem Flatterband abzusichern, um den Zugang Unbefugter zu unterbinden.

Dieser Teil des Güterbahnhofs hatte seine beste Zeit hinter sich. Eine rattige Angelegenheit das. Die Gleisbetten zugewachsen mit Unkraut, der Putz an den Gebäuden abgebröckelt, das Kopfsteinpflaster von Sträuchern und wild wachsenden Bäumen zerfurcht. Und zwischendrin irgendwelche Betongebilde, bei denen es sich um Eingänge zu Luftschutzbunkern aus dem Zweiten Weltkrieg handelt oder was auch immer. Alles, was hier noch helfen könnte, wäre ein Geschwader von Planierraupen.

Ansonsten befindet sich der Güterbahnhof auf der der Stadt zugewandten Seite der Lahnstraße. Auf der anderen Seite führt eine Böschung hinunter zu einer großen Wiese und der Lahn. Vor zwei Jahren hatten sich dort an einem Sonntag jede Menge Picknicker eingefunden, um mit fast zweieinhalb Kilometer Kolter an Kolter den Weltrekord im Massenpicknick für das Guinnessbuch aufzustellen.

Gleich neben der Wiese befindet sich die Wohnsiedlung *Henriette-Fürth-Straße,* Einheimischen besser bekannt als *Margaretenhütte,* eine ehemalige Armensiedlung. Heute einer von drei sozialen Brennpunkten Gießens mit manischem Hintergrund. Wobei *manisch* nichts mit dem Krankheitsbild manisch-depressiv zu tun hat. Vielmehr handelt es sich um einen Sonderwortschatz jenisch-rotwelschen Ursprungs, der früher als Räubersprache zur geheimen Verständigung diente. Im Laufe der Jahre wurde dieser von Schaustellern und fahrendem Volk übernommen. In Gießen ist dieser Soziolekt deshalb verbreitet, weil viele Schausteller und ambulante Gewerbetreibende hier ihren Sitz haben.

Nach und nach waren auf dem Gelände des Güterbahnhofs vier Streifenwagen eingetroffen sowie die Kriminalkommissare Wagenbach und Seipp. Nachdem diese weitere Telefonate mit der Leitstelle und dem Einsatzleiter Krokoczinski geführt hatten, traf Kriminalhauptkommissar Worstedt ein. Er hatte, soweit ich das mitbekommen habe, eigentlich dienstfrei und war in der Innenstadt aufgelesen worden.

Nachdem er aus dem Streifenwagen gestiegen war, der ihn hergebracht hatte, war er blindwütig losgestürzt in Richtung des Koffers, bis Wagenbach sich ihm in den Weg gestellt hat. In dem Moment hat gewissermaßen die Luft gebrannt. Denn es war klar, dass Wagenbach eindeutig seine Kompetenz überschritt, wenn er seinem Vorgesetzten, der Worstedt als ranghöherer Kommissar nun mal war, Weisung erteilen wollte.

»Soso, Anweisung von Kroko?«, hat Worstedt auch sogleich entgegnet, nachdem Wagenbach ihn davon abhalten wollte, sich dem herrenlosen Koffer zu nähern.

Mit Kroko war Frank Krokoczinski gemeint, unser Einsatzleiter und seinem Spitznamen entsprechend bissgefährlich wie ein Krokodil.

»Was hat er denn gesagt, unser lieber Kroko?«, hat Worstedt provoziert, »hat er vielleicht gesagt: ›Wenn der Kollege Worstedt zufällig vorbeischaut, dann sag ihm, dass er sich nicht dem herrenlosen Koffer nähern darf, weswegen ich ihn extra an den Güterbahnhof beordert habe.‹ Hat er das gesagt, ja?«

Wagenbach konnte nur kleinlaut einknicken: »Nein …«

»Nein, hat er nicht, aha. Und was hat er dann gesagt, hmm?«

»Er hat gesagt, niemand soll da hingehen.«

»Aha, ›niemand‹ hat er also gesagt. Und? Bin ich niemand, oder was.«

»Nein, natürlich nicht. Aber du weißt doch: die aktuelle Bedrohungslage.«

»Wer will es mir denn verbieten? Kannst du mir das sagen?«

Die Schaulustigen, die sich mittlerweile eingefunden hatten, bekamen alles mit. Außer den Stimmen der beiden Kommissare war nichts anderes mehr zu hören. Sogar Bob spitzte die Ohren. Man konnte nur hoffen, dass noch keine Pressevertreter vor Ort waren, die diese interne Auseinandersetzung hernach öffentlich ausschlachten würden.

»Von Wiesbaden ist ein Entschärfungstrupp unterwegs«, wollte sich sodann Seipp deeskalierend einmischen.

»Wozu denn das? Haben die nichts Besseres zu tun?«

»Um eine kontrollierte Sprengung mit einem Roboter vorzunehmen«, übernahm Wagenbach wieder das Wort, »die sind vor zehn Minuten losgefahren. Es hieß, dass sie in spätestens einer halben Stunde hier sein werden.«

Worstedt ging los, brummelte hörbar vor sich hin: »Was'n Stuss.«

»Roman, bleib stehen!«, versuchte Wagenbach dann nochmals, seinen Kollegen zu stoppen, »da kann alles Mögliche drin sein.«

»Alles Mögliche? Was meinst du damit? Schmutzige Unterwäsche und gebrauchte Pariser?«

»Roman!«

»Oder einen Sprengsatz des IS?«

Es war ihm nicht beizukommen. Und wie es schien, befand er sich nicht gerade in der besten Verfassung. An Flecken auf seiner verknitterten Kleidung hatte man sich ja im Laufe der Zeit gewöhnt, aber die Art, wie er jetzt seine Haare trug, ließ befürchten, dass er in einen Häcksler geraten war.

Während er dem Koffer näher kam, hielten wir anderen den Atem an. Manche von uns gingen in Deckung. Es war ganz offensichtlich, dass das Ärger geben würde. Krokoczinski würde es im Leben nicht hinnehmen, dass man sich über seine Anweisungen hinwegsetzte. Und noch weniger, dass man sich unnötig in Gefahr begab.

»Bleib stehen! Sei vernünftig!«, rief Wagenbach nochmals. Er wollte nicht aufgeben. Aber da war Worstedt schon an dem Betonsockel angelangt und wendete sich nochmals mit einem Blick der Verachtung zu uns: »Vernünftig? Ich bin vernünftig. Wir sind hier auf einem gottverlassenen Güterbahnhof. Was für ein Interesse sollte der IS haben, hier einen Sprengsatz hochgehen zu lassen? So etwas passiert auf Flughäfen, Bahnhöfen oder anderen belebten Plätzen, dort, wo Menschen umgebracht werden können. Aber alles, was hier umgebracht werden kann, sind ein paar altersschwache Ratten!«

Dann entfernte er zunächst das Fahrgestell, auf dem der Koffer befestigt war, und öffnete seelenruhig die

Schnallen der beiden Gurte, die um den Koffer herumgespannt waren. Anschließend zog er den Reißverschluss auf, der den Deckel des Koffers verschlossen hielt. In dem Moment war die Anspannung kaum noch auszuhalten. Was würde sein, wenn sich in dem Koffer tatsächlich ein Sprengsatz befand? Oh Mann, Worstedt, du Idiot.

Als er den Reißverschluss vollständig aufgezogen und den Deckel hochgeklappt hatte, flirrte von einem Moment auf den anderen eine Wolke von Fliegen über dem Inhalt des Koffers. Worstedt machte angewidert einen Satz nach hinten und hielt sich mit dem Ärmel seiner Jacke die Nase zu. Dann kam er zurück zu uns.

Keiner sagte ein Wort.

Worstedt sprach in die Runde: »Verständigt die Rechtsmedizin. Lindenstruth soll herkommen und eine große Tube Antihydralsalbe mitbringen. Und sagt dem LKA Bescheid, sie sollen ihren Entschärfungstrupp zurückpfeifen.«

Dann wollte er wissen, warum Mario Krumpholz noch nicht da sei.

»Er müsste jeden Moment eintreffen. Er ist längst verständigt worden«, entgegnete Seipp.

»Gut. Und was ist mit der Maritz? Ist die auch schon verständigt worden?«

»Die hat doch Urlaub«, erwiderte Wagenbach, »sie wollte nach Wien, um dort nächste Woche beim Stadtmarathon mitzulaufen.«

Weil wir wussten, dass Worstedt nicht gerne mit Oberkommissarin Regina Maritz zusammenarbeitet, dachten wir, dass er sich freuen würde, mal in einem

Fall ohne sie zu ermitteln. Stattdessen aber wendete er sich mit einem ausgesprochen scharfen Ton an mich: »Und du besorgst mir jetzt eine Cohiba.«

»Eine was?«

»Eine Zigarre der Marke Cohiba. Eine Robusto, Lanceros oder Esplendidos, egal.«

»Und wo soll ich so was herkriegen?«

»Lass dir was einfallen. Vielleicht am Bahnhof, in einem Tabakwarenladen in der Stadt. Hauptsache Cohiba. Kannst du dir das merken?«

»Hauptsache Cohiba«, wiederholte ich, »alles klar. Und hier?« Ich rieb meine Finger, Geld bedeutend.

ARMER GINGER

Frank Krokoczinski, Einsatzleiter Polizeipräsidium Mittelhessen, Gießen:

»Jetzt mal ganz ruhig«, hatte ich gesagt, »Loni, was ist passiert?«

Es war schlimm. Sie konnte nur ins Telefon heulen. Es dauerte mehrere Minuten, bis ich heraushören konnte, dass es um Ginger ging, unseren Hund. So aufgelöst hatte ich meine Frau noch nie erlebt.

Es habe ein komisches Geräusch gegeben bei uns im Haus, hatte sie gesagt. Im Flur. Als sie nachgucken ging, lag Ginger am Fuß der Treppe, die nach oben führt. Er musste hinuntergestürzt sein, lag nur noch da, regungslos.

Ich habe mich sofort losgemacht. Als ich zu Hause ankam, hatte er die Augen zwar wieder offen gehabt, aber vor seinem Maul stand Schaum, und er kam nicht auf die Beine. Sosehr wir ihm auch dabei halfen. Es wollte nicht gehen. Immer wieder knickte er zusammen. Und dann brach auf einmal im hohen Bogen ein Blutschwall aus ihm heraus. Ein schrecklicher Anblick. Zum Glück waren die Kinder noch in der Schule und mussten das nicht miterleben.

Wir haben ihn dann ins Auto verfrachtet und sind in die Veterinärmedizin gefahren. Ich hatte mich mit ihm auf die Rückbank gesetzt, meine Frau hinters Steuer. Von unterwegs haben wir in der Klinik angerufen, dass wir jeden Moment dort ankämen. Ginger hatte so starke Schmerzen, dass er mich ein paar mal in den Arm gebissen hat. Der arme Kerl.

Als wir ankamen, haben sie uns sofort in ein Behandlungszimmer geführt. Ginger wurde auf einen Tisch gelegt und bekam eine Beruhigungsspritze. Danach ging es ihm erst einmal besser. Er schlief ein.

Die Ärztin, eine gewisse Frau Dr. Siebenroth, hatte gemeint, es sei besser, ihn in der Klinik zu lassen. Sie wolle Ginger eingehend untersuchen, wenn wir nichts dagegen hätten. Wir waren einverstanden, natürlich.

Loni ist dann in der Klinik geblieben, und ich bin zurück ins Präsidium gefahren. Anderthalb Stunden später kam dann der Anruf: So, wie es aussah, hatte Ginger etwas gefressen, das vergiftet war. Es gab keine Rettung mehr für ihn. Frau Dr. Siebenroth hat ihn eingeschläfert.

Ginger war zu uns gekommen, als er zehn Wochen alt war. Ein tapsiger, kuscheliger Welpe war das, der bei jedem von uns im Bett schlafen durfte. In den acht Jahren, die das jetzt her war, war er zu einem festen Mitglied unserer Familie geworden. Er war ein ausgesprochen hübscher Labrador. Dunkelbraunes Fell mit einem roten Halsband.

Unmittelbar nach dem Anruf aus der Veterinärmedizin kam dann die Nachricht, dass jemand einen herrenlosen Koffer auf dem Gelände des Güterbahnhofs gefunden hätte. Stulli von der Bereitschaft hatte mich auf meinem Handy angerufen, weil er mich an meinem Festnetz nicht erreichen konnte.

Da war ich gerade unterwegs nach Hause. Ich musste mich um unsere Kinder kümmern, die jeden Augenblick aus der Schule heimkommen würden. Wie sollte ich ihnen nur beibringen, was mit Ginger passiert war, warum er nicht da war?

Ich musste mir die Nachricht von dem herrenlosen Koffer erst zweimal wiederholen lassen, weil ich nicht in der Lage war, so einfach umzuschalten. Zu tief saß mir der Schmerz über unseren armen Hund. Ich dachte, wie es wohl meiner Frau gehen würde, die nach wie vor in der Klinik bei ihm war. Es war alles nur fürchterlich. Und dann auch noch diese nervige Fragerei, was denn nun unternommen werden solle wegen dieses herrenlosen Koffers.

Am liebsten hätte ich gesagt, steckt ihn euch doch wohin, diesen verdammten Koffer. Aber das ging natürlich nicht. Schließlich war ich Einsatzleiter des Polizeipräsidiums Mittelhessen und würde eine Entscheidung treffen müssen. Als Stulli dann meinte, ob er vielleicht einen Entschärfungstrupp vom LKA anfordern solle, sagte ich kurz entschlossen: »Gute Idee, mach das.«

Und als er dann noch wissen wollte, wer denn den Einsatz vor Ort leiten solle, meinte ich, dass es am besten sei, wenn Roman das übernimmt. Ich dachte mir, dass die nächste Ansiedlung schließlich die Margaretenhütte sei. Weshalb Roman der richtige Mann sei, weil er ja im Präsidium ob seiner manischen Wurzeln gewissermaßen unser Mann für Fälle mit manischer Einbindung ist.

Also habe ich ihn auf seinem Handy angerufen. Ich hatte irgendwie den Eindruck, dass ich ihm nicht gelegen kam. Aber wem kommt so ein Anruf schon gelegen, dachte ich. Er faselte was von »gerade beim Friseur« und ob ich nicht jemand anderen schicken könne. Schließlich sei er doch mittlerweile nur noch für Tötungsdelikte zuständig. Natürlich hatte er recht. Das habe ich ihm auch gesagt. Aber ich habe auch gesagt, dass es sich um einen Notfall handele, dass er für mich einspringen solle, um mir schlichtweg einen Gefallen zu tun.

Als er dann aber noch anfing, ich könne doch erst mal die Maritz hinschicken, ging mir endgültig die Hutschnur hoch. Ich erinnerte ihn daran, wie oft ich ihm schon aus der Patsche geholfen und meinen Kopf für ihn hingehalten hatte.

Das Telefonat endete damit, dass ich sagen musste: »Beweg deinen Arsch zum Güterbahnhof. Und zwar sofort!«

BALLEFUSSI INTERRUPTI

Lars Schieferstein,
Polizeikommissar im Streifendienst, Gießen:

»Na, was haben sie denn mit dir angestellt, dass du mit so einem Ding rumlaufen musst?«, hatte Worstedt zu Bob gesagt wegen dessen Plastiktrichter über dem Kopf. Weil gleichzeitig aber Dr. Lindenstruth eintraf, hat er die Antworten von Ingrid und Maren nicht abgewartet und den Rechtsmediziner begrüßt.

»Kerle, Kerle«, sagte der, als er Worstedt hinter der Absperrung entdeckte, »was ist denn mit Ihren Haaren passiert? Haben Sie Ihrem Ballefusser die Moss getschurt, dass er sich gerächt hat? Oder wollen Sie auf Ihre alten Tage noch mal auf Punker machen.«

»Ich war gerade beim Friseur«, entgegnete Roman, »als Krokoczinski mich angerufen hat. Ich sollte sofort hierherkommen.«

»Sozusagen Ballefussi interrupti«, stichelte der Rechtsmediziner, »gibt Ihnen was Verwegenes.«

»Danke«, sagte Worstedt und ging voraus in Richtung des Koffers, »wir haben es mit einem herrenlosen Koffer zu tun«, versuchte er das Gespräch zurück auf eine sachliche Ebene zu heben, »mit einem Torso darin.«

»Einem Torso?«

»Ja. Ich habe nur einen kurzen Blick hineinwerfen können. Aber soweit das zu erkennen war: keine Arme, keine Beine, kein Kopf.«

Ein Journalist, der den beiden in ein paar Metern Abstand gefolgt war, rekapitulierte für seinen Notizblock: »Keine Arme, keine Beine, kein Kopf. Ist das richtig?«

Anstatt zu antworten, rief Worstedt: »Lutz!«, und bedeutete Wagenbach mit einer entsprechenden Geste, den vorlauten Pressevertreter hinter die Absperrung zu verweisen. Wagenbach kam der Aufforderung nach und gab dem Mann zu verstehen, sich bis zu einer Erklärung der Pressestelle zu gedulden.

»Haben Sie Antihydralsalbe mitgebracht?«, fragte Worstedt.

»Nein, aber Wick Vaporub«, antwortete Lindenstruth, »das ist genauso gut.«

Während er sich sodann aus einer kleinen Dose jeweils eine Fingerspitze der Salbe unter jedes Nasenloch streifte, steckte Roman sich die Zigarre an, die ich ihm für 13,40 Euro am Bahnhof besorgt hatte.

Die Verkäuferin hatte gleich spitzgekriegt, dass ich keine Ahnung hatte von Zigarren. Sie hatte mich gefragt, ob ich einen Cutter hätte. Weil ich nicht wusste, was damit gemeint war, musste ich erst noch mal mit Worstedt Rücksprache nehmen. So habe ich erfahren, dass das Mundstück der Zigarre erst mit einem speziellen Schneidewerkzeug, einem sogenannten Cutter, gekappt werden muss, bevor man sie anstecken kann. Die Verkäuferin hat das dann freundlicherweise gleich übernommen.

»Was ist denn das für ein Kraut?«, hat der Rechtsmediziner gefragt, als der Rauch ihn erreichte.

»Das ist kein Kraut, das ist eine Cohiba Exquisitos.«

»Hört sich gut an. Ist das nicht die Marke, die Orson Welles bevorzugt geraucht hat?«

»Nein, Orson Welles war zeitlebens auf die Montecristo-A geeicht. Auf alle Fälle bis zur kubanischen Revolution und der Verstaatlichung von Partagas.«

»Partagas?«

»Ja, das ist die Tabakmanufaktur gleich hinter dem Kapitol in Havanna.«

»Respekt. Sie kennen sich ja richtig aus.«

Als wir bei dem Koffer angelangt waren, stieg mir ein abscheulicher Gestank in die Nase. Dr. Lindenstruth reichte das Wick Vaporub weiter an jeden, der ebenfalls seine Atemwege vor dem Geruch schützen wollte. Einige um uns herum mussten damit kämpfen, dass es ihnen nicht hochkam. Andere hatten schon das Weite gesucht und waren in ihre Fahrzeuge geflüchtet oder hinderten Schaulustige und Pressevertreter daran, dem Tatort zu nahe zu kommen.

»Na, was haben wir denn da?«, begrüßte Dr. Lindenstruth das Innere des geöffneten Koffers.

Worstedt wollte sich dem sarkastischen Unterton des Rechtsmediziners nicht anschließen. »Offenbar den Rumpf eines Menschen«, bemerkte er sachlich.

»Ja, so sieht es aus«, betrachtete Dr. Lindenstruth den vor ihm in dem Koffer liegenden Fleischkloß, »wie der

Rumpf eines Menschen, eines männlichen Menschen, wie es aussieht.«

Tatsächlich hatte man dem Mann die Genitalien drangelassen, was ihm aber offensichtlich nichts geholfen hat. Aus den Öffnungen der abgetrennten Glieder waberten Tausende von Maden. Kein schöner Anblick. Beileibe nicht. Ich musste auch damit kämpfen, dass mein Frühstück in mir blieb.

»Was meinen Sie, Doc«, fragte Worstedt, »können wir diesmal Selbstmord ausschließen oder müssen wir wieder erst das Ergebnis Ihrer Obduktion abwarten?«

Dr. Lindenstruth gab einen unverständlichen Laut von sich, den man bei wohlwollender Interpretation bestenfalls als bärbeißige Verneinung auslegen konnte.

Als er sich daranmachen wollte, den Torso aus dem Koffer zu hieven, erklang die Stimme von Mario Krumpholz, der gerade mit seinem Team der Spurensicherung eingetroffen war.

»Stop! Nichts verändern! Nicht, bevor wir unsere Fotos gemacht haben«, schimpfte er schon von Weitem, während er in einen weißen Spusi-Overall stieg, »immer dasselbe. Keine Achtung vor der Arbeit der anderen.«

Dr. Lindenstruth nuschelte etwas, das wie »schon gut« klang. Dann fragte er Worstedt nach Regina Maritz.

»Wo ist Ihre junge, hübsche Kollegin?«, fragte er.

Der nahm erst noch einmal einen kräftigen Zug aus seiner Zigarre, bevor er antwortete: »Im Urlaub.«

»Na, dann haben Sie ja endlich mal wieder freie Bahn, was?«

»Was meinen Sie damit?«

»Nun ja, es wurde ja schon bisweilen gemunkelt, dass Sie beide nicht gerade als Dreamteam durchgehen.«

Worstedt war es offensichtlich nicht angenehm, darauf einzugehen, denn mit einem Fingerzeig auf die äußere Fläche des Koffers fragte er: »Was ist das für ein Muster?«

Rundherum Achselzucken.

»Schade, Worstedt. Ich bin mir sicher, dass die Kollegin Maritz das gewusst hätte. Frauen verfügen in der Regel über ein grenzenloses Wissen, wenn es um die Zuordnung von schmückenden Accessoires geht.«

Schließlich mischte Krumpholz sich ein. Er fotografierte den Deckel des Koffers mit seinem Smartphone und gab das Ergebnis in eine App zur Analyse von Mustern ein.

»Louis Vuitton«, vermeldete er gleich darauf, »das ist ein Louis-Vuitton-Koffer.«

»Ach, die machen auch Koffer«, kommentierte Seipp, »ich dachte, die segeln nur mit beim America's Cup.«

»Nicht gerade billig, so ein Teil. Eine echte Edelmarke«, führte Krumpholz seine Rede weiter, »aber der hier scheint schon ein paar Jahre runter zu haben. Ein Modell, das zuletzt vor zwanzig Jahren in der Kollektion vertreten war.«

»Was würdet ihr nur machen ohne euer Internet bei jeder Gelegenheit«, kommentierte Dr. Lindenstruth die Recherche von Mario Krumpholz, »kann ich mich jetzt endlich um den Torso kümmern?«

»Bitte«, überließ Krumpholz ihm das Feld.

Dr. Lindenstruth hatte offenbar das Gewicht des Fleischklumpens unterschätzt, als er ihn aus dem Koffer wuchten wollte. Deshalb bat er Worstedt, sich ebenfalls Gummihandschuhe überzustreifen und ihm behilflich zu sein. Gemeinsam brachten sie den Leichnam – beziehungsweise den vorhandenen Rest davon – auf einer Kunststoffmatte neben dem Betonsockel zum Liegen. Dabei wurde auf dem rechten hinteren Schulterblatt eine eher lieblos gestochene Tätowierung sichtbar: *Negerdörfl-Fotzn.*

NEGERDÖRFL-FOTZN

Mario Krumpholz, Spurensicherer Polizeipräsidium Mittelhessen, Gießen:

Lindenstruth hatte recht gehabt. Was für ein Aufwand wäre früher nötig gewesen, um all die Informationen zusammenzutragen, die wir heute über das Internet innerhalb kürzester Zeit recherchieren können.

Nachdem ich *Negerdörfl* gegoogelt hatte, wurde mir eröffnet, dass es sich dabei um eine ehemalige Armensiedlung im 16. Wiener Bezirk Ottakring handelt. Die Siedlung bestand aus sogenannten Notstandsbauten, die im Jahr 1911 errichtet wurden. Das Geld dafür kam durch Sammlungen und Benefiz-Veranstaltungen zusammen. Die Stadt Wien hatte das Grundstück zur Verfügung gestellt. Es waren acht einstöckige Holzbaracken mit insgesamt einhundertachtundzwanzig Wohneinheiten. Die Außenwände waren pattschockiert, das heißt, mit Mörtel angeworfen, um den Eindruck zu vermitteln, dass es sich um Häuser aus Stein handelte. Gelegen war diese Siedlung als Karree zwischen Goblanzer Gasse, Zagorskigasse, Herbststraße und Pfenniggeldgasse. Die Bewohner waren kinderreiche Familien, deren Ernährer bevorzugt ambulantem Gewerbe nachgingen oder sich als Schausteller auf dem Wiener Prater verdingten.

Mittlerweile gibt es das Negerdörfl nicht mehr. In den Jahren 1952/53 hat die Stadt Wien die Bauten abgerissen und auf dem Gelände eine Siedlung errichtet, die als Franz-Novy-Hof nach dem ehemaligen Wiener Wohnbaustadtrat benannt wurde.

Des Weiteren konnte in Erfahrung gebracht werden, dass der Begriff Negerdörfl in Wien nicht unbedingt rassistisch abwertend verwendet wird. Vielmehr hat *neger* die Bedeutung von arm bzw. abgebrannt. Bereits Beethoven soll seinem Bruder Kaspar Karl in einem Brief von 1793 mitgeteilt haben, dass er *mal wieder neger* sei. Und ebenfalls würde der Begriff Negerant in Wien auch als Synonym für Habenichts oder Schnorrer verwand.

So viel mal zu *Negerdörfl*. Was *Fotzn* anging, so bezeichnet dieser Begriff neben der Vulgärversion des weiblichen Geschlechtsorgans im alpenländischen Raum auch eine der sogenannten Dreifaltigkeiten dörflicher Züchtigung neben *Schelln* und *Watschn*. Womit jeweils ein Schlag ins Gesicht gemeint ist.

Bei dem Tattoo auf unserem Torso waren wir uns aber einig, dass es sich um eine im Gefängnis zugefügte Markierung gehandelt hat, die dem Toten offenbar zur Stigmatisierung sexueller Willfährigkeit verpasst wurde.

Der Koffer, das konnte ich ebenfalls in Erfahrung bringen, war, obwohl es sich nicht um das neueste Modell handelte, vorneweg noch zwölfhundert Euro wert.

Wir hatten einiges am Hals: Wer war der Tote? Wo waren seine anderen, abgetrennten Gliedmaße? Und warum und von wem war er so fürchterlich zugerichtet worden?

Alles offene Fragen, die es zu beantworten galt.

Hinzu kam, dass von »Spuren suchen« am Tatort keine Rede sein konnte. Das Gelände des Güterbahnhofs umfasste fünftausend Quadratmeter und war voll mit Spuren. Schon der Unrat und die illegalen Müllentsorgungen hätten uns auf Monate hinaus beschäftigen können, wenn nicht gar für Jahre. Unsere Hauptarbeit bestand deshalb darin, aus dem Meer an Spuren diejenigen zu selektieren, die auf welche Art auch immer verwertbar sein konnten.

MY MOJITO

Frank Krokoczinski, Einsatzleiter Polizeipräsidium Mittelhessen, Gießen:

»Hatten Sie vielleicht in letzter Zeit in Ihrem Garten Rattengift ausgelegt?«, wollte Frau Dr. Siebenroth wissen, und ich war mir hundertprozentig sicher, dass wir solches nicht getan hatten.

»Und Ihr Nachbar, hatte der das vielleicht getan?«

Unser Nachbar ging mir seit einiger Zeit zwar aus dem Weg, aber das hatte einen anderen Grund. Bei ihm war eingebrochen und einiges an Inventar gestohlen worden: Fernseher, Stereo-Anlage und so.

Als wir der Sache auf den Grund gegangen waren, hatte sich allerdings herausgestellt, dass es sich um eine Bande gehandelt hat, die ihn da abgetschurt hatte. Während er im ersten Stock seinen Spaß mit einer Nacktputzerin hatte, sind deren Komplizen in aller Seelenruhe im Erdgeschoss eingestiegen und haben mitgenommen, was abzugreifen war. Als er mich daraufhin gebeten hat, über die peinlichen Hintergründe Stillschweigen zu bewahren, habe ich ihm das zugesichert und mich auch daran gehalten. Dass er in seinem Garten Rattengift ausgelegt haben könnte? Nein, das war abwegig. Ganz abgesehen davon, dass Ginger sich nie bei ihm im Garten aufhielt.

Die Tierärztin führte ihre Befragung weiter: »Und dass er, also Ginger, beim Gassigehen mal irgendwo länger geschnuffelt und vielleicht auch was gefressen hätte?«

Mein Gott, Ginger war ein Wirbelwind. Wo der alles stehen blieb und geschnuffelt hat? Ich konnte nichts auch nur annähernd Verwertbares beitragen.

»Oder könnte es sein, dass jemand persönlich etwas gegen Sie hat und sich für etwas rächen wollte?«

Meine Fresse, dachte ich und sagte: »Wenn ich die Menschen aufzählen müsste, die was gegen mich haben, wäre ich morgen noch damit beschäftigt, nur die Namen derer aufzuzählen, die mich schon umbringen wollten.«

Es sah nicht gut aus, um demjenigen auf die Spur zu kommen, der Ginger auf dem Gewissen hatte.

Frau Dr. Siebenroth bot uns an, Gingers Leichnam so lange in der Kühlung der Veterinärmedizin zu belassen, bis wir wussten, was mit ihm geschehen sollte.

Dann fuhren Loni und ich zum Schwanenteich, weil ich dort am Abend zuvor mit Ginger spazieren war. Wir gingen den Weg so gut ab, wie ich mich erinnern konnte. Um den Schwanenteich herum und durch den neuen Stadtpark Wieseckaue.

Als wir an der Strandbar an dem neuen Teich ankamen, erzählte ich Loni, dass ich mir dort am Abend zuvor die Getränkekarte angeschaut hatte. Die Getränkekarte und die Menschen, die in Unterhaltungen vertieft und zufrieden ihr Dasein genossen. Ich hatte mir in dem Moment so sehr gewünscht, ein Teil von ihnen zu sein.

»Dann lass uns das doch machen«, sagte Loni.

Und so taten wir es. Wir setzten uns in Liegestühle und genehmigten uns exotische Drinks. Ich einen Mojito und sie einen Daiquiri.

Wir tranken auf unseren armen, toten Hund, und ich zitierte Hemingway, der während der Niederschrift seines Romans *For whom the bell tolls* im Hotel *Ambos Mundos* in Havanna den Spruch kreiert haben soll: »My Mojito in La Bodeguita, my Daiquiri in El Floridita.«

UNSER SPIEL

Lutz Wagenbach, Kriminaloberkommissar Polizeipräsidium Mittelhessen, Gießen:

Als erster verwertbarer Hinweis konnte eine Quittung von der Jet-Tankstelle in der Grünberger Straße verbucht werden. Sie hatte als Erstellungsdatum den vergangenen Samstag, 21.48 Uhr. Ein zusammengeknüllt dazugehöriger Beleg für eine Kreditkartenzahlung belief sich auf 37,51 Euro. Der Kassenbeleg wies aus, dass 31,55 Euro davon für 23,56 Liter Superplus berechnet waren und 5,96 Euro für zwei Mumm-Piccolos. Das Ganze war jetzt drei Tage her, aber immerhin besser als nichts.

Aus der Information, dass Superplus getankt worden war, kombinierten wir, dass der Beleg von jemandem stammen musste, der es sich leisten konnte, seinem Auto nur das Beste zukommen zu lassen.

Die Literzahl seinerseits ließ vermuten, dass vollgetankt wurde, also nicht auf einen bestimmten Geldbetrag hin. Die beiden Piccolos werteten wir dahingehend, dass hier offenbar zwei Personen beteiligt waren, die es sich spontan gut gehen lassen wollten. Weil auf dem Kreditkartenbeleg nur die letzten vier Zahlen der Kreditkartennummer aufgeführt waren, wäre der Inhaber der Karte nicht ohne richterlichen Beschluss ausfindig zu machen gewesen. Die Bank würde offiziell kontaktiert werden müssen und und und …

Um schneller zum Zug zu kommen, bin ich mit meinem Kollegen Hartmut Seipp zu der Tankstelle gefahren und habe gefragt, wer am Samstagabend Dienst hatte. Auf meinen Dienstausweis hin wurde mir der Name des betreffenden Tankwarts genannt wie auch seine Telefonnummer. Ein gewisser Völker, Richard.

Wir hatten ihn danach offensichtlich aus seinem verdienten Tagschlaf geweckt. Er hat gesagt: »Rufen Sie in zwanzig Minuten noch mal an. Ich mache mir einen Kaffee.«

Eine Viertelstunde später fragte ich ihn, ob er sich daran erinnern könne, vergangenen Samstagabend jemandem zwei Piccolos der Marke Mumm verkauft zu haben.

Er musste nicht lange überlegen, um sich daran zu erinnern, dass es sich dabei um den Herrn Brandstätter gehandelt habe, den Chef der gleichnamigen Gebäudereinigungsfirma. Der sei so etwas wie Stammkunde an der Tankstelle. Drei- bis fünfmal die Woche hole er sich dort seine Alkoholvorräte, aber immer nur für den bevorstehenden Abend. Bevorzugt vier Lawinchen Bilbräu und einen Jägi. Hin und wieder komme es aber auch mal vor, dass er zwei Piccolos kaufe. Aber immer nur zwei. Und auch immer nur Piccolos.

Auf meine Frage, ob er denn allein gewesen sei, der Herr Brandstätter, meinte Völker, soweit er habe sehen können: nein. Zwar habe er nichts Genaues erkennen können, weil sein Auto an der Tanksäule nahe an der Straße gestanden habe. Aber es habe so ausgesehen, als sei da eine Blondine dringesessen.

Mit dieser Information haben wir uns dann losgemacht zu Georg Brandstätter. Eine Villa im Neureichen-Stil in Fernwald. In der Einfahrt ein fettes, schwarzes Daimler Coupé ohne Typenbezeichnung auf der Heckklappe. Das Eingangsportal kleiner als der Wetzlarer Dom.

Nachdem Frau Brandstätter unsere Dienstausweise am Eingang eingehend über eine dort installierte Videokamera begutachtet hatte, wurden wir eingelassen. Die Dame des Hauses war Mitte vierzig, vollschlank, trug ihre dunklen Haare als Pagenschnitt, was an Mireille Mathieu erinnerte, und war ansonsten von oben bis unten auf Gucci getrimmt. Ein warmherziges Luxusweibchen, wenn man so will.

Wir fragten nach ihrem Mann.

Sie rief in eine Wohnlandschaft, die aussah wie der Ausstellungsraum eines Möbelhauses: »Georg, kommst du mal?«

Als Georg erschien, erklärten wir, dass wir ein paar Fragen an ihn hätten.

»Fragen Sie«, entgegnete er.

Wir wollten ihn nicht in Verlegenheit bringen, weshalb ich meinte, dass wir das Gespräch gerne mit ihm allein führen würden.

Das gefiel seiner Frau nicht sehr, aber sie nahm es hin. Er führte uns auf eine Veranda, wo wir etwas zu trinken angeboten bekamen. Wir lehnten dankend ab.

Georg mochte knapp über fünfzig gewesen sein, hatte sich die Haare blond gefärbt und stand auf Lacoste. Dunkelgrünes Poloshirt, weißer V-Neck-Pullover in Zopfmuster. Dazu eine hellbeigefarbene Gabardine-Hose und rote Slipper, wie man sie sonst nur am Papst sieht. Am Handgelenk eine fette Breitling. Für mittelhessische Verhältnisse ein Mann von Welt.

»Könnte es sein, Herr Brandstätter«, begann ich die Unterhaltung, »dass Sie sich am Samstagabend auf dem Gelände des Gießener Güterbahnhofs aufgehalten haben?«

Er wurde augenblicklich nervös: »Wieso wollen Sie das wissen?«

»Sie können versichert sein, dass das, was wir hier miteinander besprechen, unter uns bleiben wird«, versuchte Hartmut ihn zu beruhigen, »Ihre Frau wird darüber nichts erfahren.«

»Worum geht es? Sagen Sie bitte, was Sie von mir wollen.«

»Es geht nur darum, ob Sie an dem besagten Abend auf dem Gelände des Güterbahnhofs waren. Mehr nicht.«

»Ja, war ich. Und jetzt?«

»Waren Sie allein?«

»Hören Sie, meine Herren, Sie haben gesagt, dass es nur um die Beantwortung der Frage geht, ob ich am Samstagabend auf dem Gelände des Güterbahnhofs war. Ich habe Ihnen diese Frage beantwortet. Und jetzt? Jetzt stellen Sie mir weitere Fragen. Ich habe verschärft den Eindruck, dass Sie nicht aufrichtig sind. Also noch mal: Was wollen Sie?«

Das hatte gesessen. Georg Brandstätter war ohne Zweifel jemand, der wusste, was er wollte, und sich nicht die Wurst vom Teller ziehen ließ.

»Sie haben ja recht«, versuchte ich den Schaden einzugrenzen, »aber dennoch möchten wir Sie bitten, mit uns gewissermaßen auf dem kleinen Dienstweg zu kooperieren. Es wäre doch niemandem damit gedient, Sie zu uns ins Präsidium vorzuladen.«

»Was war Ihre Frage?«

»Ob Sie allein waren an dem Samstagabend?«

»Nein, war ich nicht. Hören Sie, ich bin ein erfolgreicher Geschäftsmann, eine Person des öffentlichen Lebens. Ich habe das grüne Abitur …«

»Das grüne Abitur?«, fragte Hartmut.

»So sagen wir Jäger, wenn man die Jagdschein-Prüfung bestanden hat.«

»Dann sind Sie also Jäger?«

»Ja, das bin ich. Seit sechs Jahren, und Schatzmeister beim *Jagdverein Halali*.«

»Heißt das, Sie haben auch Waffen hier im Haus?«

»Selbstverständlich. Kommen Sie.«

Nach einem Labyrinth von Räumen und Gängen erreichten wir ein Büro mit einem Waffenschrank mit Zahlenschloss.

Während Georg die Kombination eingab, sagte er: »So ein Zahlenschloss ist mir sicherer als eines mit Schlüssel. Was ich im Kopf habe, kann mir keiner wegnehmen, um damit Unfug anzustellen. Verstehen Sie?«

Wir verstanden. Dann bestaunten wir sieben Jagdgewehre unterschiedlicher Marken und Modelle. Der Inhalt dieses Schranks war Georgs ganzer Stolz. Gerade noch rechtzeitig, bevor er mit glänzenden Augen damit loslegen konnte, uns die Beschaffenheit der einzelnen Waffen zu erörtern, konnte ich die Notbremse ziehen und auf das besagte Geschehen am Güterbahnhof zurückkommen.

Er setzte sich an seinen mächtigen Cocobolo-Schreibtisch. Hartmut ging zur Tür des Raums und machte sie leise zu. Wir nahmen gegenüber des Hausherren Platz.

»Herr Brandstätter, wir versichern Ihnen, dass Sie keine Befürchtung zu haben brauchen, Ihre Frau könnte etwas erfahren. Aber bitte erzählen Sie uns, was sich an dem Abend am Güterbahnhof zugetragen hat.«

»Warum soll ich denn Angst haben, dass meine Frau etwas erfahren könnte?«

»Ich will mal so sagen, es würde meinen Erfahrungen widersprechen, wenn Ihre Frau es hinnehmen würde, dass sie an dem Abend etwas getan hätten …«

»Wieso das denn? Ich mache doch nichts hinter dem Rücken meiner Frau. Warum sagen Sie so was?«

»Soll das heißen, dass Ihre Frau davon weiß?«

»Was heißt denn ›davon weiß‹? Natürlich weiß sie davon. Sie war ja dabei.«

»Augenblick – Sie meinen, Sie waren zu dritt?«

»Blödsinn. Wir waren natürlich alleine. Meine Frau und ich. Sonst niemand.«

»Sie waren also mit Ihrer Frau nachts dort auf dem Gelände des Güterbahnhofs?«

»Ja.«

»Dürfen wir vielleicht erfahren, was Sie da gemacht haben?«

»Na, was schon? Was können ein Mann und eine Frau wohl nachts auf einem abgelegenen Gelände miteinander machen?«

»Sagen Sie es uns.«

»Ein Spiel. Unser Spiel. Wir haben unser Spiel gespielt. Es war nichts im Fernsehen, keine Veranstaltung, zu der wir hätten gehen können. Ein richtig langweiliger Abhäng-Abend. Da haben wir uns gesagt, wie wär's, wollen wir nicht mal wieder unser Spiel spielen?«

»Um was für ein Spiel handelt es sich denn dabei, wenn ich mal fragen darf?«

Es kostete Georg eine spürbare Überwindung, uns zu antworten. »Flittchen und Vertreter«, sagte er schließlich kleinlaut.

»Aha. Und was kann man sich darunter vorstellen?«, fragte ich mit aller Einfühlsamkeit, die mir in dem Moment zur Verfügung stand.

»Hören Sie, das ist mir alles höchst peinlich.«

»Keine Sorge. Von uns wird niemand etwas darüber erfahren.«

»Meine Frau zieht sich dafür ein kurzes Röckchen an mit nichts drunter. Dazu eine tiefe Bluse und hohe Pumps. So setze ich sie dann in der Frankfurter Straße ab und fahre einmal ums Karree und zu ihr zurück. Sie kommt dann zu mir ans Auto, und ich frage: ›Na, Schatzi, how much?‹ Wir tun dann so, als wären wir uns fremd. Ich frage sie, was sie nimmt, und sie will wissen, was sie machen soll. Dann fahren wir gemeinsam zum Güterbahnhof. Da bekommt sie dann die Knete und so weiter und so fort. Meine Frau steht darauf. Mir ist das eher egal. Aber sie macht das mächtig an. Einmal stand schon ein anderer bei ihr, als ich angefahren kam. Das hat sie ganz mächtig angetörnt. Sie hat es gern, wenn sie auf Nuttchen machen kann, das ihr Haushaltsgeld aufbessern will. Und ich gebe den einsamen Außendienstler in einer fremden Stadt. Wir sind jetzt dreiundzwanzig Jahre miteinander verheiratet. Da kann man doch froh sein, wenn überhaupt noch was läuft.«

»Herr Brandstätter, es gibt da einen Zeugen, der sie an dem Abend gesehen haben will. Aber der Mann sagt, da wäre eine Blondine bei Ihnen im Auto gesessen. Und Ihre Frau ist ja, soweit wir das mitbekommen haben, eher brünett, nicht wahr?«

»Das hat nichts zu sagen«, entgegnete er, »das gehört zum Spiel. Sie arbeitet gerne mit blonder Perücke.«

»Aha. Und die Piccolos?«

»Da gibt es ein, zwei Schlückchen schon unterwegs auf der Fahrt. Gewissermaßen als Motivationshilfe. Und dann zwischendurch halt auch noch den einen oder anderen Schluck. Wollen Sie mich jetzt wegen Alkohol am Steuer drankriegen?«

»Nein, keine Angst. Aber sagen Sie uns doch bitte noch, an dem Samstagabend, war Ihnen da etwas aufgefallen. Ich meine, war da irgendetwas Besonderes auf dem Gelände des Güterbahnhofs? Darum geht es uns.«

»Meinen Sie etwa den Typen mit dem Koffer?«

»Was heißt das? Was war da mit einem Typen?«

In unseren Köpfen klingelten alle Glocken.

»Der kam da über den Platz. Der kam an und hatte einen Koffer dabei, auf so einem Gestell mit Rädern, dass er ihn nicht tragen musste. Der kam da an.«

»Und?«

»Und dann hat er den Koffer auf so einen von den Betonsockeln gestellt.«

»Einfach so?«

»Das sah aus, als würde er ihn öffnen wollen. Zuerst jedenfalls.«

»Er hat ihn nicht geöffnet?«

»Nein.«

»Und warum nicht?«

»Oh Mann …«

»Herr Brandstätter, das ist alles wichtig für uns. Bitte …«

»Weil dann ein Polizeiauto angekommen war, ein Streifenwagen. Da ist er dann ruckzuck flitzen gegangen.«

»Und der Streifenwagen?«

»Der ist stehen geblieben.«

»Aha, und weiter?«

»Licht aus.«

»Sie meinen, an dem Streifenwagen wurde das Licht ausgeschaltet?«

»Richtig.«

»Herr Brandstätter, warum müssen wir Ihnen jedes Wort aus der Nase ziehen? Warum können Sie uns nicht einfach erzählen, was sich da im Einzelnen zugetragen hat?«

Keine Reaktion.

»Herr Brandstätter, ich hatte Sie gefragt, was dann geschehen ist, nachdem bei dem Streifenwagen das Licht ausgeschaltet wurde.«

»Wie soll ich sagen? Die haben sich dann lieb gehabt.«

»Moment mal, haben wir das richtig verstanden …«

»Halt so rumgemacht miteinander.«

»Die Polizisten in dem Streifenwagen haben was?«

»Na ja, auf dem Beifahrersitz, das war wohl eine Frau, jedenfalls sah es danach aus. Von den Bewegungen her und so.«

»Und Sie, was haben Sie dann gemacht?«

»Erst mal nichts. Wir hatten ja gedacht, wir sehen nicht richtig. Aber dann sind wir ganz vorsichtig losgefahren. Ohne Licht. Das habe ich erst angemacht, als wir auf der Lahnstraße waren. So war das. Mehr gibt es dazu nicht zu sagen. Bitte gehen Sie jetzt.«

»Nur eine Frage noch: Können Sie uns den Mann mit dem Koffer vielleicht ein wenig beschreiben? War er groß, klein, dick oder dünn, mit Bart oder ohne, was hat er angehabt, irgendwas?«

»Nein, dafür war es viel zu dunkel. Und jetzt gehen Sie bitte. Bitte!«

Georg Brandstätter ging es nicht gut. Er hatte seine Ellbogen auf den Cocobolo gestützt und seinen Kopf in die Hände vergraben. Wir verabschiedeten uns.

Ich sagte: »Bleiben Sie sitzen. Wir finden alleine raus.« Obwohl ich mir da nicht sicher war.

Auf unserer Odyssee Richtung Haustür kam uns unterwegs als rettender Ganz-in-Gucci-Engel Frau Brandstätter entgegen.

»Was haben Sie gewollt von meinem Mann?«, sprach sie uns an.

»Es ging um letzten Samstagabend. Auf dem Gelände des Güterbahnhofs. Sie wissen, was ich meine?«

Sie sah uns einen Moment lang stumm an. Dann fragte sie: »Flittchen und Vertreter?«

»Richtig. Können Sie uns vielleicht auch was dazu sagen?«

»Was soll ich Ihnen dazu sagen? Mein Mann steht nun mal auf solche Spielchen. Also tu ich ihm den Gefallen. Manchmal will er auch, dass ich irgendwelche Treppen hochgehe, damit andere Männer mir unter den Rock gucken können. Das macht ihn einfach scharf. Ihm tut es gut, und für mich ist es nicht schlimm. So verhält sich das. Zufrieden?«

»Uns geht es darum, was sich da auf dem Gelände des Güterbahnhofs abgespielt hat.«

»Sie meinen die Nummer da in dem Streifenwagen?«

»Auch, ja. Aber am meisten der Mann, der da mit dem Koffer unterwegs war.«

»Der hat den Koffer da abgestellt. Was soll da sonst noch gewesen sein. Oder hat mein Mann etwas anderes gesagt?«

»Nein, hat er nicht. Aber haben Sie den Mann erkennen können? Ich meine, würden Sie ihn vielleicht wiedererkennen?«

»Das glaube ich nicht. Er hatte wohl eine dunkle Kapuzenjacke an. Aber beschwören kann ich das nicht. Es war einfach viel zu dunkel. Die beiden in dem Streifenwagen würde ich auch nicht wiedererkennen. Falls Sie das auch noch interessiert.«

BRAUNWASSER

Dr. Ansgar Lindenstruth,
Justus-Liebig-Universität Gießen,
Institut für Rechtsmedizin:

»Ertrunken?«, fragte Worstedt nach und paffte an seinem Stumpen, den er schon am Güterbahnhof angeraucht hatte.

»So, wie es aussieht, ja«, entgegnete ich, »er war nicht sehr groß. Um die ein Meter sechzig und zirka vierundsechzig Kilo schwer, muskulös. Was das Alter angeht, könnte er Mitte fünfzig gewesen sein. Die Abtrennung der Extremitäten wurde offensichtlich post mortem vorgenommen. Ansonsten hätte sich keine sogenannte Ertrinkungslunge ausbilden können. Außerdem wären die Wunden im Abtrennungsbereich stärker umblutet. Das Abtrennen der Gliedmaßen wurde mit einer scharfen Klinge herbeigeführt, worauf die extrem sauberen Schnittkanten schließen lassen.«

»Skalpell?«

»Möglich. Vielleicht auch ein Teppichmesser oder etwas Ähnliches.«

Wir hatten den Rumpf des toten Mannes schon wieder zugenäht.

»Seine Lungen waren stark überbläht«, fuhr ich fort, »aber gleichzeitig voll mit Wasser. Um genau zu sein: mit Braunwasser. Und um noch genauer zu sein: Braunwasser mit erheblichem Fäkalienanteil.«

»Was heißt?«

»Was heißt, dass er irgendwo in der Kanalisation oder in einer Kläranlage sein Ende gefunden hat.«

Worstedt sagte erst einmal nichts. Er war am Überlegen: »Sonst noch was?«

»Ja, das Tattoo auf seiner Schulter, das ist mit Knasttinte gestochen worden.«

»Negerdörfl-Fotzn?«

»Genau. Weil das Tätowieren im Knast verboten ist, gibt es da auch keine Tusche. Man muss sie sich deshalb selbst herstellen. Dafür werden bevorzugt Schuh- oder Pantoffelsohlen verbrannt und die Asche sodann mit Eigenurin zu einer dickflüssigen Pampe vermischt. Urin deshalb, weil er angeblich desinfizierend wirken soll. Zum Stechen werden dann zwei oder drei Nähnadeln benutzt. Die werden mit Garn aneinandergebunden, sodass immer zwei oder wie gesagt drei Nadeln gleichzeitig in die Haut einstechen und die Tunke, mit der sich das Garn zuvor vollgesaugt hat, unter die Haut transportieren.«

»Scheint so, als hätte man im Knast seinen Spaß mit ihm gehabt.«

»So sieht's aus. Dafür spricht auch, dass ich auf dem linken Schulterblatt noch etwas gefunden habe.« Um

Worstedt zu demonstrieren, was das war, wendete ich den Torso. »Hier«, deutete ich auf die fragliche Stelle, »eine Bisswunde. Nach dem Fortschritt ihrer Verheilung Jahre alt.«

»Was meinen Sie, woher die stammen könnte? Ekstase?«

»Gut möglich. Auf alle Fälle von jemandem, der ein Gebiss hatte mit ziemlichen Lücken zwischen den Zähnen.«

Ich reichte Worstedt eine Lupe, womit er sogleich die besagte Stelle in Augenschein nahm.

»Ich habe ein forensisches Dentallabor kontaktiert«, sagte ich, »mal sehen, ob dabei was rauskommt.«

»Wie sieht es mit dem Todeszeitpunkt aus? Können Sie dazu was sagen?«

»Ganz schwer, weil wir nicht wissen, wo der Koffer sich zwischenzeitlich befunden hat beziehungsweise welchen Temperaturschwankungen er ausgesetzt war. Bleibt uns nur die Untersuchung der Maden. Danach müsste er vor mindestens sieben bis maximal zehn Tagen umgekommen sein.«

»Sie geben mir Bescheid, wenn sich was ergibt?«

»Sowieso.«

»Und noch was, Worstedt«, sagte ich, als er schon Richtung Ausgang unterwegs war.

»Ja?«

»Geben Sie Ihrem Friseur eine zweite Chance.«

EULENBOCKER

Hartmut Seipp, Kriminaloberkommissar Polizeipräsidium Mittelhessen, Gießen:

Unsere Nerven lagen blank. Das war das schrecklichste Verbrechen, das wir je aufzuklären hatten. Wir gingen allen Hinweisen nach, von denen wir meinten, dass sie uns weiterbringen konnten.

Landesweit und über Interpol auch in den Anrainerstaaten überprüften wir Vermisstenmeldungen. Ohne Erfolg. Immer wieder gab es Merkmale, die nicht mit unserem Torso in Einklang gebracht werden konnten. Man glaubt ja nicht, wie viele Vermisste größer als ein Meter siebzig und schwerer als siebzig Kilo sind. Ganz abgesehen davon, dass sie, sofern sie überhaupt Tätowierungen hatten, diese nicht auf dem hinteren Schulterblatt trugen.

Weil wir die Benennung Negerdörfl auf dem Schulterblatt des Torsos als Hinweis gewertet hatten, dass es da einen Bezug nach Wien geben könnte, hatten wir auch dort die Polizei kontaktiert. Aber ebenfalls negativ. Es wurde niemand vermisst, auf den unsere Daten passen wollten.

Immer wieder rekapitulierten wir die uns vorliegenden Fakten und eruierten mögliche Strategien für unser Vorgehen. Und zwischendurch immer wieder stumpfsinniges Grübeln, wer dieser Mensch wohl gewesen sein mochte. Irgendwo muss er doch gearbeitet oder zumindest gewohnt haben. Und es musste doch jemandem auffallen, wenn er plötzlich nicht mehr da war.

Zu alledem kam noch, dass die Lage durch die Vergiftung von Krokoczinskis Hund zusätzlich angespannt war. Handelte es sich um die willkürliche Tat eines Hundehassers, oder sollten Kroko und seine Familie gezielt attackiert werden?

Unsere personellen Ressourcen waren am Rand der Belastbarkeit. Wir arbeiteten rund um die Uhr. Es wurde telefoniert, gemailt, Akten ausgewertet, Befragungen durchgeführt – und zwischendurch immer wieder Lagebesprechungen und und und …

Eigentlich hätte Kroko sich längst um die beiden kümmern müssen, die sich da in dem Streifenwagen am Güterbahnhof miteinander vergnügt hatten. Es handelte sich um Pia Schellhorn und Jörg Schieferstein von der Bereitschaftspolizei. Sie waren noch nicht lange bei uns, und wir konnten sie gerade mal zwischen Tür und Angel fragen, ob ihnen während ihres Schäferstündchens etwas aufgefallen sei. Das sei nicht der Fall gewesen, erklärten sie unisono. Damit war die Sache zunächst auf Eis gelegt. Wegen eines möglichen Disziplinarverfahrens würden sie sich später verantworten müssen. Krokoczinski wollte sich unmittelbar darum kümmern, sobald er etwas Luft hätte.

In den Zeitungen waren große Berichte veröffentlicht worden, in denen sowohl Gingers Schicksal beschrieben als auch Hundehalter gewarnt wurden, beim Gassigehen darauf zu achten, dass ihre Vierbeiner unterwegs nichts fraßen, was sie zufällig fanden. Es wurden Befragungen in Apotheken, Drogerien, Baumärkten und überall dort durchgeführt, wo Rattengift erhältlich war, um darüber dem Täter auf die Spur zu kommen. Letztendlich ohne Erfolg.

Bezeichnend für unsere Lage war, dass Roman nicht dazu kam, seinen halbseitigen Haarschnitt endlich vervollständigen zu lassen. Seine äußere Erscheinung und die nicht mehr zu ignorierenden Ausdünstungen seines Körpers ließen vermuten, dass er seit Tagen nicht mehr zu Hause gewesen war und sich nicht geduscht hatte.

Zwischendrin hatte er mal im Scherz bereut, dass er sich einer Sprengung des Koffers in den Weg gestellt hatte. Er hatte gesagt, dass der Schniedel von dem Torso dann vielleicht bis auf den Bahnhofsvorplatz geflogen wäre, aber von dem Rest wäre nichts übrig geblieben, was uns jetzt das Leben schwer machte.

Unterm Strich gab es verdammt wenig, was uns weiterhelfen konnte, aber wenigstens wussten wir, wann der Koffer am Güterbahnhof abgestellt worden war. Also galt es, darauf aufzubauen, herauszukriegen, wer ihn dort abgestellt hat.

Wer war der Mann, den die Brandstätters an dem besagten Abend am Güterbahnhof gesehen hatten?

Wir mussten alles abklopfen, was uns an Informationen über das Geschehen in Gießen an diesem Abend zur Verfügung stand. In erster Linie hat uns natürlich interessiert, was sich in der Nähe des Bahnhofs zugetragen hat.

Ich hatte mir zu diesem Zweck die Nacht um die Ohren gehauen und alle Aufnahmen von Überwachungskameras gesichtet, die uns zur Verfügung standen. Nicht nur, dass ich irgendwann das Gefühl bekam, meine Augen wären zu rechteckigen Sehscharten mutiert, meinte ich auch bisweilen, mich selbst in manchen der Aufnahmen zu erkennen. Und dann hat die Intensität meiner Vorgehensweise noch dazu geführt, dass sich die Pixel auf dem Monitor nicht mehr zu ganzen Bildern formieren wollten, sondern als ein Meer von einzelnen springenden Punkten wahrgenommen wurden.

Deshalb wollte ich auch im wahrsten Sinne des Wortes meinen Augen nicht mehr trauen, als ich tatsächlich in einer der Aufnahmen einen Mann mit einem Koffer auf einem Fahrgestell ausmachen konnte, wie wir ihn am Güterbahnhof gefunden hatten. Um sicherzugehen, dass ich nicht einer Fata Morgana oder etwas Ähnlichem aufsaß, rief ich Wagenbach hinzu. Gemeinsam hingen wir mit unseren Blicken an dem Screen und zoomten, soweit die Beibehaltung der Schärfe es zuließ, in den Bildausschnitt hinein.

Dann ein »Jawoll« von meinem Kollegen, »das ist der Koffer.«

Wir gaben uns Five. Das war unser Mann. Wir waren eine Etappe weiter.

Aber wer konnte das sein? Es war schier unmöglich, das Gesicht des Mannes zu erkennen. Er hatte permanent den Blick nach unten gerichtet und trug zudem die Kapuze seines Sweatshirts über dem Kopf.

Insgesamt waren wir fast zwei Stunden damit beschäftigt, uns immer wieder die Stelle der Aufnahme anzuschauen, wo der Mann mit dem Koffer zu sehen war.

Dann meinte der Lutz plötzlich, erkannt zu haben, dass der Mann etwas an seiner linken Hand hatte. »Da, siehst du«, sagte er, »er kann nicht richtig zugreifen damit.«

Und tatsächlich. Ich sah es auch. Es gab etwas, was den Mann daran hinderte, mit seiner linken Hand das Wägelchen so zu manövrieren wie mit seiner rechten.

Als ich diese körperliche Einschränkung registriert hatte, fiel es mir wie Schuppen von den Augen: »Weißt du, wer das ist?«

»Wer?«

»Das ist der Eulenbocker.«

»Wer?«

»Der Eulenbocker«, wiederholte ich.

Eigentlich heißt der Eulenbocker ja Jörg Rotweil. Er wohnt, soweit ich weiß, in der Margaretenhütte. Seinen Namen Eulenbocker verdankt er einem Geschehen im früheren *Dortmunder Eck*. Das war eine ordentliche Gaststätte, wo man in Ruhe sein Bier trinken konnte und es auch Kleinigkeiten zu essen gab. Daneben aber gab es einmal die Woche eine gepflegte Pokerrunde in einem der Hinterräume.

Weil die Jungens, die sich da regelmäßig trafen, immer mords Patte auf dem Tisch liegen hatten, hat der

Jörg sich was einfallen lassen, um sein karges Kellnergehalt ein wenig aufzubessern. Dafür hat er sein Tablett an der Unterseite mit einem feuchten Lappen angenässt. Wenn er dann was zum Trinken gebracht hat, hat er das Tablett bevorzugt auf die Geldscheine gestellt, die da auf dem Tisch lagen. Durch die Feuchtigkeit an der Unterseite des Tabletts blieben daran die einen oder anderen Scheine kleben, die er dann für sich eingesteckt hat.

Das ging so lange gut, bis eines Nachts einer vom Eulenkopf da war, den sie »Mossemagnet« nannten, weil er so sündhaft gut aussah, dass die Weiber hinter ihm her waren wie der Teufel hinter der armen Seele. Als der Jörg an dem besagten Abend mit seinem Tablett ankam und es auf die Geldscheine von dem Mossemagnet gestellt hat, hat der ihn angeguckt und gesagt: »Ich komme zwar vom Eulenkopf, aber sehe ich deshalb aus wie eine Eule?«

Niemand in der Runde konnte verstehen, was das sollte, was der da abzog. Und der Jörg hatte nur gesagt: »Nein, natürlich siehst du nicht aus wie eine Eule.«

Und der Mossemagnet hat dann gesagt: »Aber wenn ich nicht aussehe wie eine Eule, dann sag mir doch mal, warum du mich bocken willst wie eine Eule?«

Bevor der Jörg noch ein einziges Wort sagen konnte, hatte der Mossemagnet das Tablett umgedreht, an dessen Unterseite ein Geldschein gebabbt hat. Und im nächsten Moment hat er dem Jörg dessen linke Flosse mit einer Gabel durch den Handrücken hindurch auf die Tischplatte genagelt.

So ist der Eulenbocker zu seinem Namen und zu einer steifen linken Hand gekommen.

LATSCHOS

Bettina Rotweil,
Bewohnerin Margaretenhütte, Gießen:

Aufmachen, Polizei«, hatten sie durch die Tür gerufen und dreimal hintereinander volle Granate geklopft. Ich hatte nur gedacht, die haben sie ja wohl nicht alle. Es war viertel vor fünf. War das ein schlechter Scherz? Also bin ich raus und hab kurz rausgelunst durch den Gucki. Verdammt, der ganze Flur voll mit Bullen.

Dann wieder: »Hier ist die Polizei. Öffnen Sie die Tür!«

Ich dann ins Schlafzimmer. Der Jörg noch voll vernebelt vom Abend zuvor: »Wassen das? – Verdammter Scheiß.«

»Das frag ich dich. Was hast du wieder verbockt, dass die hier um die Uhrzeit antanzen?«

»Nix, verdammte Kacke, ich habe nix verbockt. Keine Ahnung, was die wollen.«

»Erzähl so keinen Stuss. Die tanzen doch nicht mit der ganzen Kavallerie hier an, wenn es keinen Grund gibt.«

»Sag ihnen, dass du noch nichts anhast.«

Also bin ich zur Tür: »Was wollen Sie denn überhaupt?«

»Wir wollen zu Ihrem Mann. Öffnen Sie bitte die Tür!«

»Einen Augenblick. Ich muss mir erst was anziehen.«

Sofort hieß es wieder: »Aufmachen! Öffnen Sie die Tür! Sofort!«

Ich wieder zurück ins Schlafzimmer. Da war der Jörg schon in voller Montur und dabei, sich aus dem Fenster runterzuhangeln in den Hof.

»Wenn du wieder irgendeine Scheiße gebaut hast, ich sag's dir, …«

»Quatsch nicht, halt die so lange auf, wie es geht, verdammt.«

Also bin ich wieder zur Tür: »Haben Sie denn überhaupt einen Durchsuchungsbefehl?«

»Wir wollen nichts durchsuchen, Frau Rotweil. Wir wollen nur Ihren Mann sprechen.«

»Sprechen? Worüber denn?«

»Das werden wir ihm schon sagen. Öffnen Sie ganz einfach die Tür.«

»Und wenn er nicht da ist?«

»Egal, dann machen Sie eben auf, damit wir uns davon überzeugen können.«

Als dann wieder das Klopfen losging, habe ich das Schlafzimmerfenster zu- und anschließend die Wohnungstür aufgemacht. Ich hatte meinen schwarzen Spitzen-BH an und den dazugehörigen Slip. Ich hatte mir gedacht, wozu habe ich denn das sauteure Zeug, wenn es nie jemand sieht. Und damit es nicht zu offensichtlich daherkommt, hatte ich mir ein Handtuch vor die Vorderfront gehalten.

»Wissen Sie denn, wo er ist, Ihr Mann?«

»Keine Ahnung. Wahrscheinlich im Bett bei irgendeiner anderen Schlampe. Was weiß denn ich. Suchen Sie die Wohnung ab. Sie werden nichts finden. Und gucken Sie mir nicht auf den Po, verstanden? Das mag ich nämlich nicht. Das ist sexuelle Belästigung. Da kann ich Sie für anzeigen.«

Der Oberbulle ging langsam durch die Wohnung, bis er zurückkam, vor mir stehen blieb und mich von oben bis unten musterte.

Ich sagte: »Glotz nicht so, ich bin glücklich verheiratet.«

Er sagte: »Wir sind hier, weil wir wissen wollen, wo Ihr Mann in der Nacht von Samstag auf Sonntag war. In der Regel bekommen die Männer in so einem Fall von ihren Frauen bestätigt, dass er bei ihr war. Ist das so, war der Jörg zu Hause bei Ihnen?« Er sah mir tief in die Augen.

»Nein.«

»Sondern?«

»Arbeiten.«

»Arbeiten, aha, und wo? Wo war er arbeiten?«

Verdammte Kacke, hatte ich gedacht. Er hatte mir hoch und heilig geschworen, dass er arbeiten geht. Und jetzt das.

Dann klingelte dem Bullen sein Handy. Er nahm das Gespräch an: »Ja. – Okay, wir kommen runter.«

Er sah mich an: »Ich werde Ihnen sagen, wo Ihr Mann ist. Er ist unten im Hof.«

Verdammt.

Ich bin dann mit runtergelaufen in den Hof. Da hatten sie den Jörg aber schon in der Mangel, und der ganze Block hing an den Fenstern. Ein Uniformierter hatte ihm Handschellen angelegt und ihn zu einem VW-Bus geführt. Darin hatte es einen Tisch, an den sie ihn dann gesetzt haben.

»Was wollt ihr von mir, verdammt?«, hatte der Jörg gewettert, »ich habe nichts gemacht.«

Fast wäre mir rausgerutscht: »Stimmt, du machst ja nie was«, aber ich habe besser meine Klappe gehalten. Schließlich ist er ja mein Kerl.

Dann wollten sie wissen, wo er die Nacht von Samstag auf Sonntag verbracht hätte.

Na bravo, hatte ich gedacht, dieser Drecksack. Mir hat er erzählt, er hätte einen Auftritt mit den Latschos, um Geld zu verdienen. Und dann das.

»Von Samstag auf Sonntag«, sagte er schließlich und begann zu überlegen, »das kann ich sagen: Ich war in Atzenhain. Im Vogelsberg. Da habe ich mit meiner Kappelle auf einer Hochzeit gespielt. Wir sind die Latschos. Ich bin der Drummer. Früher habe ich mal Gitarre gespielt. Aber seitdem meine linke Hand …«

Er hob seine kaputte Tatze hoch. Die Bullen wussten sofort, was es damit auf sich hatte.

»Was war das für eine Hochzeit?«, wollte dann einer wissen. »Wer hat da geheiratet? Wer war da alles da? Hopp!«

»Das war der Sohn von dem Laubacher, dem Landmaschinenverleiher, den kennt da jeder. Und auf der Hochzeit, wer da war? Soweit ich das mitbekommen habe, war da der halbe Vogelsberg. Ruft an bei dem Laubacher, der wird euch alles bestätigen.«

WUFF, GINGER, WUFF

Frank Krokoczinski, Einsatzleiter Polizeipräsidium Mittelhessen, Gießen:

Einen Grabredner, warum denn das?«, hatte ich gefragt, und sie hatte geantwortet: »Ist doch klar: weil Ginger keiner Konfession angehört hat.«

»Und was wird der machen, dieser Grabredner?«

»Er wird sich mit uns zusammensetzen, und wir erzählen ihm aus Gingers Leben. Und aus dem, was wir ihm erzählen, schreibt er eine Trauerrede, die er dann bei der Beerdigung auf dem Tierfriedhof zum Abschied vortragen wird. So, wie man das eben macht, wenn jemand gestorben ist.«

»Eine Beerdigung?«

»Ja, natürlich. Oder willst du ihn in der Massenkremierung verbrennen lassen? Er war doch unser Hund. Er war ein Mitglied unserer Familie. Ich habe das schon alles mit dem Vier-Pfoten-Beerdigungs-Sevice besprochen.«

»Du hast was?«

»Ja, natürlich, jemand musste sich ja darum kümmern. Du hast ja von morgens bis abends nichts anderes mehr im Kopf als deinen blöden Torso vom Güterbahnhof.«

»Und was soll das alles kosten?«

»Über den Daumen: zwölfhundert.«

»Zwölfhundert Euro?«

»Na ja, ohne die Bewirtung hinterher natürlich.«

Mir fiel nichts mehr ein. Meine Frau war im Begriff, ein Staatsbegräbnis in Auftrag zu geben. Neben dem Grabredner sollte auch eine Klezmer-Formation für den musikalischen Rahmen engagiert und alle unsere Freunde samt der Hundeschulenbetreiberin Paparone zu der Beisetzung eingeladen werden. Hinterher sollte noch für alle ein Abschiedsessen in der Gastwirtschaft *Hawwerkasten* stattfinden. Außerdem hatte sie einen Kranz bestellt mit einer Schleppe, auf der ein Knochen abgebildet sein sollte mit dem Spruch daneben: *Wuff, Ginger, Wuff.*

Ich musste schlucken. Was Loni nicht entging.

»Natürlich können wir uns das auch alles sparen«, sagte sie, »wenn dir das zu viel Geld ist.«

»Nein, Blödsinn«, lenkte ich zähneknirschend ein.

»Aber es gäbe auch die Möglichkeit, ihn einzuäschern«, erwiderte sie, »in Lollar gibt es extra ein Krematorium für Tiere. Die sind darauf spezialisiert. Oder aber wir können ihn ausstopfen lassen. Dafür müssten wir dann aber einen anerkannten Tierpräparator engagieren.«

Unser Treffen mit dem Grabredner hatten wir auf den folgenden Vormittag gelegt. Dann wären die Kinder noch in der Schule, um sie nicht unnötig zu belasten.

Robert Freiligrath war vielleicht Mitte fünfzig, trug ein Sakko in Fischgrätmuster und Jeans, deren hintere Beinpartien leicht abgestoßen waren. Er hatte einen blauen Klemmhefter dabei, in dem sich ein Vertragsformular sowie mehrere weiße Blätter befanden. Vom Wesen her handelte es sich um einen lockeren Typen, der uns zur Freude meiner Frau die gesamte Organisation von Gingers Beerdigung abzunehmen versprach. Wir sollten nur sagen, was wir wollten. Er würde es besorgen oder bewerkstelligen. Das sei schließlich sein Job.

Loni hatte drei Päckchen Tempotaschentücher auf den Wohnzimmertisch deponiert, die sie im Verlauf des Gesprächs im Kampf gegen ihre Tränen dezimierte.

Wir schilderten, dass wir Ginger aus dem Tierheim in der Rödgener Straße geholt hatten. Er war als kleiner Welpe in einem Pappkarton auf dem Parkplatz Pfaffenpfad an der A 45 kurz vor der Ausfahrt Lützellinden ausgesetzt worden. Als Leute, die dort angehalten haben, ihn entdeckt hatten, hat er sogleich Reißaus genommen. Das hatte eine Gefahrenmeldung über den Hörfunk des HR zur Folge: *Vorsicht im Bereich der Ausfahrt Lützellinden. Auf der A 45 befindet sich ein kleiner Hund orientierungslos auf der Fahrbahn.*

Nachdem er zu uns gekommen war, war er ein völlig verängstigter, kleiner Kerl. Und zudem ein ausgemachter Angstbeißer. Das legte sich erst, als wir mit ihm die Hundeschule von Astrid Paparone besucht hatten. Dort war er gewissermaßen erzogen worden.

Unsere Schilderungen, die Herr Freiligrath sorgfältig notierte, wurden immer wieder davon unterbrochen, dass meine Frau ihre Tränen nicht zurückhalten konnte. An Herrn Freiligrath war mir aufgefallen, dass er sich bisweilen an seiner linken Wade kratzen musste. Ich wollte das nicht bewerten. Aber es war mir eben aufgefallen.

Ansonsten unterstrich er nochmals die Wichtigkeit einer würdevollen Verabschiedung von Ginger, um emotionalen Raum für ein neues Tier in unserem Leben zu schaffen.

Zwischendrin kam mir immer wieder der Gedanke, dass Herr Freiligrath mir irgendwie bekannt vorkam. Aber woher nur? Ich konnte mir keinen Reim darauf machen.

Das änderte sich erst, als er fragte, ob wir uns schon einen Sarg für Ginger ausgesucht hätten. Fast wäre mir rausgerutscht, dass ich eher vorhatte, unseren Hund in einem Koffer mit Holzbeschlägen von meinem Onkel Gustav zu beerdigen, den wir noch im Keller hatten.

Dann sagte ich aber aus zweierlei Gründen besser nichts. Zum einen, um meiner Frau nicht unnötig Luft uffs Kärrnche zu liefern, wie man so sagt, dass ich bei den Kosten für Gingers Beerdigung zu knickerig aufs Geld schauen würde. Zum anderen, weil es mir bei meinem Gedanken an den Koffer wie Schuppen von den Augen fiel.

Natürlich, der Koffer, dachte ich. Und in dem Moment erinnerte ich mich daran, dass der Mann, der in der Aufnahme von der Überwachungskamera mit dem Koffer unterwegs war, zwei-, dreimal innehielt, um sich mit dem rechten Fuß an seiner linken Wade zu kratzen. Das war immer nur für einen kurzen Augenblick. Was aber jetzt, wo ich gesehen hatte, dass Freiligrath sich während unseres Gesprächs ebenfalls ein paar mal an der Wade gekratzt hatte, einen Schuh ergab.

War das der Mann, der mit dem Koffer vom Güterbahnhof auf unserer Aufnahme zu sehen war? Als er sich entschuldigte, um auf Toilette zu gehen, liefen meine Gedanken Amok. Was sollte ich machen. Ich hatte weder meine Waffe noch Handschellen im Haus.

Aber ich musste was machen?

»Was ist los?«, fragte Loni, als ich plötzlich aufsprang und den AC-Stecker aus unserem Fernseher rauszog sowie den zu dem Kabel gehörenden Netzstecker. Während ich das Kabel in meinem hinteren Hosenbund verstaute, konnte ich nur sagen: »Alles okay, bleib ganz ruhig. Es ist alles gut.«

Dann kam Herr Freiligrath vom Klo zurück. Ich ging auf ihn zu und sagte überaus freundlich: »Wissen Sie, Herr Freiligrath, während Sie austreten waren, ist mir ein Gedanke gekommen.«

»Ach ja, und welcher?«, fragte er entgegen.

Da stand ich ihm schon sehr nah gegenüber und ging mit meiner Rechten zu dem Revers seines Sakkos, gerade so, als wollte ich dort einen Fussel entfernen.

Im nächsten Moment aber hatte ich beide Revers seiner Jacke gepackt und über seine Schultern gestülpt. Dann habe ich die Revers vor seinen Unterleib heruntergezogen und vorne zusammengehalten, wodurch er seine Arme nicht mehr frei bewegen konnte. Der so Gefesselte begann sofort aus Leibeskräften um Hilfe zu brüllen.

Loni ihrerseits schrie, was das Zeug hielt: »Was machst du da? Frank, bist du verrückt geworden?!«

Da hatte ich Freiligrath aber schon auf den Boden bugsiert und mich darangemacht, ihn auf dem Rücken mit dem Fernsehkabel zu fesseln.

»Hörst du auf!«, schrie Loni weiter und schlug mir mit einer Illustrierten, die sie gerade greifen konnte, von hinten an den Kopf.

»Hör du auf!«, schrie ich zurück, »ruf lieber die 110 an. Die sollen sofort herkommen!«

ATTILA

Mario Krumpholz, Spurensicherer Polizeipräsidium Mittelhessen, Gießen:

Nachdem ich drei-, viermal an seinen Schreibtisch getreten hatte, um ihn wach zu kriegen, habe ich ihm ins Ohr geflüstert: »Worschtfett, hörst du mich, Worschtfett?«

Mit einem Schlag war er wach: »Was ist los? Was hast du gesagt?«

»Wir haben gleich eine Vernehmung«, fuhr ich fort.

»Ach du Scheiße, wie spät ist es?«

»Egal, wir werden rechtzeitig da sein. Aber vorher möchte ich dir noch was zeigen.«

»Deine Briefmarkensammlung oder was?«

Unterwegs auf dem Flur hat er versucht, wach zu werden. In meinem Büro stand der Louis-Vuitton-Koffer auf meinem Arbeitstisch.

»Ich habe ihn mir noch mal vorgenommen«, hatte ich gesagt.

»Klasse. Und?«

»Es gibt da diesen Anhänger mit dem Fensterchen, wo Leute Zettel mit ihrer Adresse oder Visitenkarten einstecken.«

»Okay. Aber da war nichts drin, soweit ich das gesehen habe.«

»Auf den ersten Blick nicht, richtig. Weil der Hintergrund des Fensterchens dunkel ist. Wenn man allerdings einen hellen Hintergrund einschiebt, erscheint auf der transparenten Folie eine Abzeichnung.« Ich demonstrierte ihm, wovon ich sprach. »Wärmeeinwirkung kann im Innern zur Bildung von Kondenswasser führen. Selbiges wiederum führt dazu, dass die Farbe des Schriftträgers feucht wird und sich auf der Folie abzeichnet. Hier …« Ich führte ein Stück weiße Pappe in den Adressanhänger ein, woraufhin handgeschrieben der Name *Attila Havlicek* und eine Anschrift in der Wiener Brunnengasse zum Vorschein kamen.

»Attila Havlicek?«

»Richtig. Ich habe gleich in Wien angerufen und versucht, was rauszukriegen. Aber der Mann ist schon seit zwölf Jahren tot.«

»Sag mal, die Maritz, die ist doch gerade in Wien …«, sagte Worstedt.

»Vergiss es. Da habe ich auch sofort dran gedacht und sie angerufen. Sie hat mich aber gleich weggedrückt und mir drei Minuten später eine SMS geschickt: Sie sei in Urlaub und verbitte sich jedwede berufliche Kontaktierung.«

DEUTSCHE WERTARBEIT

Frank Krokoczinski, Einsatzleiter Polizeipräsidium Mittelhessen, Gießen:

»Was soll das ganze Bohei hier?«, hatte er gesagt, als ich den Vernehmungsraum betreten hatte, »habt ihr nichts Besseres zu tun, als euch mit vier Kommissaren um so eine Lappalie zu kümmern?«

Wie sich zwischenzeitlich herausgestellt hatte, war unser Grabredner nicht gerade ein unbescholtenes Blatt. Aus seinem Vorstrafenregister ging hervor, dass er aus Frankfurt stammt. Er war im Stadtteil Bonames groß geworden und hat es in Darmstadt, Rüsselsheim und Kelsterbach zu einem stolzen Kontingent an Verurteilungen wegen Trickbetrügereien gebracht. In letzter Zeit hatte er bevorzugt Käufer bei Ebay über den Tisch gezogen. Von kleinen Metallplatten, die er anstatt Handies verschickt hat, bis hin zu Autogrammkarten, die er »der Einfachheit halber« selbst signiert hatte.

»Einsatzleiter Krokoczinski betritt den Vernehmungsraum«, hatte Wagenbach in das Mikrofon der Protokollaufzeichnung diktiert. Außer ihm waren noch die Kommissare Seipp und Worstedt in dem Raum. Und, wie gesagt, Robert Freiligrath, unser Grabredner. Es war uns ein Rätsel, warum er nach seiner Blümchenkriminalität dazu übergegangen war, einen Mann abzuschlachten und ihm die Extremitäten abzutrennen. Was war mit dem Mann geschehen, dass er sich zu so einer Tat hinreißen lassen konnte?

»Okay, können wir anfangen?«, hatte Roman dann in die Runde geworfen.

Sie hatten auf mich gewartet. »Bitte«, hatte ich geantwortet, »fangen wir an.«

»Sie wissen, warum Sie hier sind?«, begann Roman das Verhör.

»Keine Ahnung«, entgegnete Freiligrath kaltschnäuzig, »und kommt mir bloß nicht mit dem Schmus von wegen Vorstrafen und dem ganzen Rotz, dass ich alles von mir aus erzählen soll, weil ihr ansonsten nach nebenan an eure Computer springt, um dann doch rauszukriegen, was ich alles auf dem Kerbholz habe. Ich kenn diese ganzen Tricks. Die könnt ihr euch in die Haare schmieren. Sagt mir ganz einfach, worum es geht.«

»Um den Koffer. Es geht um den Koffer«, antwortete Wagenbach, »um den Koffer, mit dem Sie am vergangenen Samstagabend den Bahnsteig eins des Gießener Bahnhofs passiert haben und den Sie hinterher auf dem Gelände des Güterbahnhofs stehen gelassen haben.«

»Ach du Scheiße, wegen so einer Bagatelle macht ihr so einen Aufriss? So was passiert doch jeden Tag irgendwo in Deutschland. Ein Kumpel von mir in Stuttgart, der macht das jede Woche ein paarmal.«

Verdammt, hatte ich in dem Moment gedacht, wen hatte meine Frau uns da ins Haus geholt? Ich war froh, dass ich im richtigen Moment das Richtige getan hatte, als ich ihn überwältigt habe.

»Moment mal«, mischte Worstedt sich ein, »Sie meinen, Ihr Kumpel begeht so eine Tat mehrmals die Woche?«

»Was heißt denn hier ›Tat‹? Die, die es betrifft, sind im Endeffekt doch selbst schuld. Wenn sie sich ordentlich um ihr Gepäck kümmern würden wie die anderen Reisenden auch, würde gar nichts passieren. Aber nein, sie müssen ja nach der Ankunft erst mal irgendwelche Gspusis oder welche von der Familie mit Bussi, Tränen und was nicht begrüßen. Und dabei ist ihnen ihr Gepäck voll egal.«

Ich musste einschreiten: »Wovon sprechen Sie, Mann? Wollen Sie uns verarschen? Hier geht es um Mord!«

»Um Mord? Was soll denn der Scheiß jetzt? Hier geht es um einen verdammten Koffer, den ich mir vor einem Fernreisebus mitgegeben habe, und sonst nichts.«

»Was heißt ›mitgegeben‹?«, wollte Seipp nun wissen.

»Na ja, halt einfach mal beherzt zugegriffen, wenn so ein Fernreisebus eintrifft. Da gibt es immer welche, die sich nicht gleich um ihr Gepäck kümmern. Da schnappt man einfach mal zu. Im Prinzip völlig ungefährlich. Denn wenn wirklich mal jemand einen mit seinem Koffer abzischen sieht und was sagt, sagt man einfach: ›Oh, da habe ich mich offensichtlich vertan. Mein Koffer sieht doch tatsächlich ganz genauso aus‹.«

»Und der Koffer, mit dem wir Sie auf dem Bahnsteig gesehen haben, war das mit dem auch so?«

»Ja, was denn? Der war mit einem kleinen Fahrgestell dran. Das kam mir sehr gelegen, weil ich im Moment nicht so gut zu Fuß bin. Habe da eine Entzündung an der linken Wade. Jedenfalls konnte ich ihn schön schnell zur Seite schaffen, diesen Koffer. Ich bin dann über den Bahnsteig zum Fahrstuhl und damit hoch auf die Fußgängerbrücke. Dann über die Gleise und ab in Richtung Lahnstraße. Da habe ich dann Stopp gemacht auf dem Gelände vom Güterbahnhof und wollte mal einen Blick reinwerfen. Das sah ja nicht gerade billig aus, das Teil. Als ich aber die Schnallen aufmachen wollte, kam plötzlich ein Streifenwagen an. Da habe ich nur gedacht: Ach du Scheiße.«

»Sie meinen …«

»Ich meine, da hab ich mich einfach abgemacht. Ich hatte ja zuerst gedacht, die wären hinter mir her. Aber dann habe ich gesehen, dass die da in dem Wagen dazu übergegangen waren, miteinander ihren Spaß zu haben. Da habe ich gedacht: Mein Gott, wie weit ist es schon gekommen mit unserem Land? Das hat mich richtig erschüttert, Zeuge einer solchen moralischen Verwahrlosung werden zu müssen. Wenn Sie verstehen, was ich meine.«

Seipp antwortete: »Da kann man nur hoffen, dass Sie keine bleibenden psychischen Schäden davontragen.«

Das wollte Freiligrath nicht widerspruchslos stehen lassen: »Ich will Ihnen mal was sagen«, brauste er auf, »ich habe immer mein Auskommen gehabt als ordentlicher Taschendieb. Aber heute ist da ja nichts mehr zu löten. Jede verdammte Rolltreppe, jede Bushaltestelle ist aufgeteilt zwischen Rumänen und Marokkanern. Und die ballern sich gnadenlos gegenseitig die Rüben weg, wenn einer aus dem feindlichen Lager ins Terrain des anderen eindringt. Mit deutscher Wertarbeit machst du da heute keinen Stich mehr!«

ÖLWECHSEL

Dimitri Anatoljew, Fernbusfahrer, Wien:

Als sie mich gefragt hat, ob ich schon mal was von einem »Katzenkönig« gehört hätte, habe ich nur auf das Schild über der Frontscheibe gezeigt: *Sprechen mit dem Fahrer während der Fahrt verboten*. Damit war das Thema erledigt.

Das war eine Woche zuvor. Da war sie mit mir von Wien hochgefahren nach Gießen. Über Prag und Dresden. Sie hatte sich in die erste Reihe gesetzt. Seitlich rechts hinter mir. Ich hatte mir die Tour mit dem Ferdi Mrazek geteilt. Ich vier Stunden, er vier Stunden und so weiter. Als ich meine erste Etappe hinter mir hatte, habe ich einen Liter Milch getrunken. Auf Ex. Dann war ich weg. Das wirkt bei mir immer. Manchmal muss ich vorher noch rülpsen. Ein-, zweimal, aber dann schnarche ich auch schon vor mich hin.

Vier Stunden später bin ich dann aber immer wieder voll da. Fit wie ein Turnschuh, wie man so sagt. Schlaftabletten oder so'n Scheiß gibt's bei mir nicht. Diesen

Vier-Stunden-Rhythmus habe ich im Blut. Manchmal habe ich schon im Scherz gesagt, dass, wenn ich mal hinüber bin, sie besser vier Stunden nach dem Begräbnis in der Kiste nachgucken sollen, ob ich auch wirklich noch drin bin. Nicht, dass ich schon wieder irgendwo hinterm Steuer sitze.

Mit dem Katzenkönig, nach dem die Frau gefragt hat, habe ich nichts anfangen können. Trotzdem musste ich dauernd daran denken, was sie wohl damit gemeint haben könnte. Natürlich hätte ich sie noch mal fragen können, aber das wollte ich nicht. Am Ende hätte sie mir danach den Rest der Fahrt über ein Ohr abgekaut.

Alles, was mir zu Katzen einfällt, ist, dass wir immer welche bei uns zu Hause hatten. Aber da gab es auch alles Mögliche andere Getier. Bis hin zu kleinen Wölfen. Irgendwann hat mein Vater mal so einen kleinen Kerl aus dem Wald mit nach Hause gebracht. Nikita hatten wir ihn getauft. So wie den alten Chruschtschow. Der wo bei Wut gerne mit seinem Schuh auf den Tisch gehauen hat. Wir haben ihn mit dem Fläschchen großgezogen. Und irgendwann hatten wir dann noch einen, Leonid, und so weiter.

Meine Eltern haben heute immer noch ihren Spaß, wenn sie davon erzählen, wie ich als Kind am liebsten mit den kleinen Wölfen aus einer Schüssel gefressen hätte. Jedes Mal, wenn ich sie besuchen fahre, reden sie davon. Alle zwei Jahre. Dann bringe ich den Wölfen auch immer was mit, eine Lkw-Felge oder so, damit sie was zum Spielen haben.

Und dann erzählen meine Eltern auch immer wieder davon, wie ich zum ersten Mal einen Autobus gesehen und mich sofort darin verliebt habe. Das war auf dem Marktplatz in Sobolewo. Die Stadt war fünf, sechs Stunden strammer Fußmarsch entfernt von uns. Ich meine, ich war acht oder neun, als mein Vater mich zum ersten Mal dahin mitgenommen hat.

An dem Tag hatten wir uns zu Hause losgemacht, als es noch dunkel war. Am späten Vormittag waren wir dann da. Ich hatte bis dahin schon hin und wieder mal ein Auto gesehen, aber das war ja überhaupt nichts gegen so einen richtigen Bus. Im ersten Moment hatte ich gedacht, dass es sich um ein großes, mir unbekanntes Tier handelt. Von Weitem sah die Frontscheibe, die durch einen Steg in der Mitte geteilt war, nämlich aus wie ein Gesicht mit zwei riesigen Augen.

Ich bin dann ganz vorsichtig zu den Männern gegangen, die um die offene Motorhaube standen. Sie waren alle völlig fasziniert von dem, was sie da zu sehen bekamen. Und ich natürlich auch. Deshalb habe ich mich langsam vorgearbeitet, um irgendwann den gesamten Motorraum bestaunen zu können. Mein Gott, war das ein Anblick. Dieses wunderbare Metall. So ordentlich angeordnet, so glänzend alles. Mit jeder Menge kleiner und großer Schläuche und Verbindungen überall. Ich hatte bis dahin noch nie in meinem Leben etwas so Beeindruckendes gesehen, so Wertvolles. Und ich möchte verflucht sein, wenn es irgendwo in den Wäldern Kamtschatkas etwas gibt, das auch nur annähernd schön ist.

Ich konnte nicht anders. Ich musste diesen wunderbaren Motor berühren, ihn streicheln. Ja, am liebsten hätte ich mich zu ihm unter die Haube gelegt, so sehr hat er meine Seele bewegt.

Weil niemand der umstehenden Männer bisher seine Hand in den Motorraum geführt hatte – so groß war ihre Ehrfurcht –, wollten sie auch nicht hinnehmen, dass ich das einfach tun dürfte.

»Finger weg«, hieß es dann auch sofort, als ich meine Hand zu dem Motorblock bewegte. Und ein anderer hatte gar gemeint, das sei nichts für Mädchen. Da hatte er aber auch schon im nächsten Moment die Nase dick. Obwohl ich ja noch ein kleiner Junge war, hat seine Äußerung in mir Kräfte freigesetzt, von denen ich gar nicht wusste, dass ich sie hatte. Batsch, hatte ich ihm eine in die Fresse gegeben. Ich wusste in diesem Moment, dass so ein Motor, so ein Bus, dass das mein Leben war, dass ich Busfahrer werden wollte.

Danach dauerte es nicht mehr lange, bis es hieß, ich hätte Benzin im Blut. Denn ich ließ keine Gelegenheit aus, mich über die Funktionsweise von Motoren und allem, was man über Kfz-Mechanik erfahren konnte, schlau zu machen. Ich sog alles in mich hinein, was man auf diesem Gebiet an Wissen erlangen konnte.

Irgendwann gab es dann aber Anzeichen dafür, dass in meinen Adern eher Öl fließt anstatt Benzin. Das war, als ich zwölf, dreizehn war und es anfing, dass ich einmal im Monat eine ziemlich blutige Sauerei hinter mich bringen musste. Als meine Eltern das mitbekamen, wollten sie es mir mit den Worten verständlich machen, die ich in meiner motorisierten Wahrnehmung verstehen würde. Deshalb meinten sie, das sei nicht schlimm, das sei so eine Art Ölwechsel, der da in mir vonstatten ginge und hielten fortan Lappen für mich bereit, um die Angelegenheit einigermaßen in den Griff zu kriegen.

So habe ich mich im Lauf der Zeit mehr und mehr damit arrangiert. Und jetzt gehört das Prozedere einfach zu meinem Leben. So wie Atmen auch. Und das einzig Unangenehme ist nach wie vor der Geruch, der sich dann bisweilen um mich herum breitmacht.

Dass ich die Frau mit ihrer Frage nach dem Katzenkönig so kurz abgebügelt habe, hat natürlich auch damit zu tun, dass ich keine Lust hatte auf eine Unterhaltung mit ihr. Ich habe im Prinzip nie Lust auf Unterhaltungen mit Frauen. Das ganze Geschwätz, was sie unnötig in die Welt blubbern, kann mir voll gestohlen bleiben. Die einzigen Männer, die Frauen zuhören bei ihrem Geschwätz, sind Heiratsschwindler und Notgeile. Und weil ich weder zu den einen gehöre noch zu den anderen, habe ich mit all dem nichts am Hut.

In Prag ist dann eine Frau zugestiegen, der sie dann haarklein erzählt hat, dass sie mit dem Bus bis Gießen fahren wolle und dann mit dem Zug weiter ins nahe gelegene Wetzlar. Dort würde nämlich ein Festival stattfinden. Wenn ich das richtig verstanden habe, ging es um fantastische Literatur oder so was. Der Frau ist das wohl zu viel geworden mit dem Geschwätz. Sie hat sich deshalb einen anderen Platz gesucht.

Wenn es irgendwo auf der Welt eine Universität gäbe mit dem Studienfach Busfahrer, könnte ich dort sofort als Professor anfangen. Denn es gibt nichts, was ich auf diesem Gebiet nicht wüsste. Egal, ob es darum geht, wie man Fahrgästen extra was abknöpft für Übergepäck, bis hin zu, wie man Grenzer oder Bullen bei Kontrollen schmiert. Dass es dabei nämlich ganz wichtig ist, immer zwei gleiche Geldscheine unter das

Dokument zu legen, das sie von einem kontrollieren wollen.

Das hat den Grund, dass bei solchen Kontrollen immer zwei Leute beteiligt sind. Und wenn der eine das Dokument in die Hand kriegt und spürt, dass sich darunter was befindet, tastet er erst mal, ob es sich um einen Schein handelt oder um zwei. Wenn es zwei gleich große Scheine sind, ist die Sache geritzt. Dann streift er einen Schein unbehelligt in seine Tasche, während er das Dokument mit dem anderen Schein weiterreicht an seinen Kollegen. Der dann ebenfalls seinen Schein in die eigene Tasche verschwinden lässt.

Wenn der Kontrolletti aber nur einen Schein ertastet, dann läuft nichts, dann wird auf Teufel komm raus kontrolliert und das Dokument zu guter Letzt zusammen mit dem einen Schein zurückgegeben. Der Grund dafür ist, dass, wenn nur ein Schein für die Bestechung rüberwachsen soll, dies für die Kontrollettis viel zu gefährlich ist und zu kompliziert. Denn dann muss die Sachlage kommuniziert werden. Dabei kann es zum einen zu Streitereien kommen, oder man kann dabei beobachtet werden, wenn das Geld aufgeteilt und übergeben wird. Daher der Grundsatz: wenn bestechen, dann immer mit zwei gleichen Scheinen unter dem Dokument, das zur Einsichtnahme gefordert wird.

Vor der Abfahrt von Gießen zurück nach Wien habe ich die Frau vor dem Mathematikum am Gießener Bahnhof gleich wiedererkannt. Sie war irgendwie ziemlich durch den Wind, wie sie da vor dem Bus zwischen den anderen Fahrgästen wie ein kopfloses Huhn hin und her gelaufen ist und völlig verstört von sich gegeben hat, sie würde bedroht werden.

Während die meisten sich nur von ihr abgewandt haben, ist ein Mann richtiggehend auf sie eingegangen. Der Typ sah irgendwie schräg aus. Ein wilder Kerl mit einer noch wilderen Frisur, so will ich mal sagen.

Als die Abfahrt dann näherrückte, kam der Mann zu mir und wollte wissen, ob noch Platz im Bus sei, damit er mitfahren könne. Weil wir nicht ausgebucht waren, habe ich ihm ein Ticket verkauft, und so ist er eingestiegen und kurz entschlossen mitgefahren.

Ganz offensichtlich hatte das vermeintlich bedrohte Weibchen es geschafft, in ihm einen übersteigerten Beschützerinstinkt wach zu kitzeln, weshalb er die Fahrt nach Wien über auf sie aufpassen wollte.

Er hatte sich neben die Frau gesetzt, die wieder in der ersten Reihe Platz genommen hatte. Nach dem Losfahren hat sie sich erst einmal etwas beruhigt, aber dann hat sie wie ein Schnellfeuergewehr auf ihn eingeredet. Soweit ich das mitkriegen konnte, ging es um alle möglichen Bücher mit irgendwelchen Fantasiegeschichten. Na fantastisch, hatte ich da gedacht und war eher erleichtert, dass ich mir das Gesülze nicht anhören musste. Irgendwann habe ich dann gehört, wie der Mann gemeint hat, dass Literatur nicht seine Sache sei. Da war dann erst mal Schicht im Schacht. Sie hat daraufhin eine ganze Weile nur stumm in die Landschaft geguckt und Fresse gezogen.

Kurz hinter Dresden wollte der Typ dann wieder einrenken und hat die Sprache auf den Marathon gebracht, der am kommenden Wochenende in Wien stattfinden sollte. Aber damit hat er ganz offensichtlich die falsche Torte angeschnitten. Sie hat nämlich gleich gemeint, dass sie mal mit einem zusammen war, der Marathon gelaufen sei. Ein richtiger Lauf-Nerd sei das gewesen. Von morgens bis abends sei es immer nur ums Laufen gegangen. Egal, über welches Thema gerade gesprochen wurde, es brauchte immer nur drei Sätze, dann ging es um sein Scheiß-Marathon-Gelaufe. Um Trainingspläne, Strategien, bis hin zu irgendwelchen Nahrungsergänzungsmitteln wie zum Beispiel Eisentabletten, die den Aufbau der roten Blutkörperchen unterstützen sollen, die unter dem Fußsohlenknochen bei jedem Auftreten kaputt gedrückt würden. Sie konnte alles abspulen, was bei diesem Thema von Bedeutung sein konnte, und ich habe nur gedacht: Mein Gott, was diese Frau für ein Gedächtnis hat, dass sie sich das alles merken kann.

Darüber hinaus machte sie noch die ganze Marathonlauferei dafür verantwortlich, dass die Krankenkassenbeiträge permanent stiegen und man keinen Termin mehr beim Orthopäden bekam. Da müsste man sich mittlerweile zwei Stunden vor dem Öffnen der Praxis schon am Eingang anstellen, um überhaupt drangenommen zu werden.

Nach unserer Ankunft am Busbahnhof in Wien-Erdberg standen die beiden dann noch einen Moment am Bus. So, wie es aussah, hat der Typ ihr was auf einen Zettel geschrieben. Gleich danach ist sie in ein Taxi gesprungen, das gerade vorbeikam. Da hat der Typ mir doch ein bisschen leid getan, wie er so ganz einsam dastand.

Dann aber hat er wohl etwas entdeckt gehabt, was da auf dem Boden lag. Er hat sich gebückt und es aufgehoben. Ich hatte den Eindruck, dass es etwas war, das sie, also die Frau, verloren hatte. Er hat ihr dann noch hinterhergerufen und ist auch ein Stück losgelaufen hinter dem Taxi her. Aber da hatte er schlechte Karten. Das ist weggefahren, ohne noch mal anzuhalten.

PARADOXE INTERVENTION

Frank Krokoczinski, Einsatzleiter Polizeipräsidium Mittelhessen, Gießen:

»Manchmal will ein Mädchen einfach nur mal einen reinkriegen«, hatte sie gesagt und dabei nach unten geschaut, »können Sie das verstehen?«

Sie war nicht gerade eine Schönheit, beileibe nicht. Aber sie hatte ein aufrichtiges Wesen, und man konnte sich vorstellen, dass sie für einen da wäre, wenn es mal hart auf hart kam. Ich hatte das Gefühl, dass aus ihr mal eine gute Polizistin werden könnte.

»Nun ja, ich bin kein Mädchen«, entgegnete ich, »aber wenn ich davon schon früher gehört hätte, wäre die eine oder andere Situation in meinem Leben vielleicht anders verlaufen.«

Sie blickte auf: »Was heißt ›früher‹?«

»In meiner Sturm- und Drangzeit, so will ich mal sagen. Damals haben wir uns gerne lustig gemacht über einen Spruch vom alten Goethe.«

»Welchen?«

»In der Jugend waren alle meine Glieder weich – bis auf eines. Heute im Alter aber sind alle meine Glieder steif – bis auf eines.«

»Schöner Spruch.«

»Ja.«

Pause.

»Wie lange bist du schon bei uns in der Bereitschaft?«, wollte ich dann von ihr wissen.

»Anderthalb Jahre«, antwortete sie.

Ich musste überlegen, was ich mit ihr anstellen sollte beziehungsweise mit dem, was sie getan hatte. Schließlich sagte ich: »Das hast du aber fein gemacht.«

»Bitte was?«

»Ja, ich kann es nicht anders sagen. Ganz super.«

Ihr Blick verriet, dass sie nicht glauben konnte, was sie da von mir gehört hatte. Es war ja auch nicht so einfach zu verstehen. Denn schließlich stellte die Nummer im Streifenwagen eine heftige Verfehlung der Dienstpflicht dar. Nur warum sollte ich ihr dazu noch die Hölle heißmachen, wo sie doch schon vom gesamten Präsidium hochgenommen wurde?

Ich dachte daran, was für Sachen ich anderthalb Jahre nach meinem Abschluss der Polizeischule angestellt hatte, und daran, dass sie nicht an einer Dienstaufsichtsbeschwerde vorbeikommen würde.

Und dann dachte ich auch noch an ein Seminar beim LKA, wo wir eine Lektion in Sachen *Paradoxe Intervention* bekommen hatten. Eine Methode, um in einer vielschichtig komplizierten Situation durch ein der rationalen Konfliktlösung entgegenwirkendes Verhalten eine Korrektur der originären Situation herbeizuführen.

Als Beispiel wurde uns eine Situation vor Augen geführt, in der ein Mann auf der Brüstung eines Hochhauses steht und damit droht, sich in die Tiefe zu stürzen. Das Schauspiel zog sich über Stunden hin, und es waren zig Polizisten und Rettungskräfte im Einsatz. Bis schließlich einer der Polizisten seine Waffe auf den Selbstmordkandidaten richtete und schrie: »Wenn du jetzt nicht auf der Stelle runterspringst, knall ich dich ab!«

»Was wird jetzt mit mir passieren?«, fragte sie dann.

Ich antwortete, dass das nicht in meinem Ermessen liege, dass ich nur einen Bericht verfassen würde und dann eine übergeordnete Behörde über den Fall entscheide. Lieber hätte ich ihr den Rat gegeben: Anschisskoffer auf, Anschiss rein, Anschisskoffer wieder zu – aber das konnte ich nicht. Denn ich war ihr Vorgesetzter, und die Stützen unserer Hierarchie beruhen nun mal auf den Prinzipien von Ordnung und Vorbildlichkeit.

Unmittelbar nach dem Gespräch mit Pia Schellhorn habe ich mir ihren Kollegen Lars Schieferstein zur Brust genommen, ebenfalls seit anderthalb Jahren bei uns in der Bereitschaft. Er und Pia hatten sich bereits auf der Polizeischule in Wiesbaden kennengelernt. Er war da schon auf sie abgefahren, hatte er gesagt, hatte aber bisher nie den Mut gehabt, ihr das zu sagen. Bis letzten Samstagabend.

Er sagte: »Als ich an dem Morgen aufgewacht bin, hatte ich schon gemerkt, dass etwas Schlimmes passieren wird.«

Ich hatte nur gedacht: Verdammt, was wird das denn, wenn es fertig ist?

Dann hat er gesagt: »Hier«, und hat seine Waffe samt Dienstausweis auf den Tisch zwischen uns geknallt, »aus mir wird nie ein guter Polizist. Das ist das Ende.«

Ich dachte, ob er vielleicht was genommen hätte. Oder vielleicht was nicht genommen hätte. Ich entgegnete: »Jetzt bleiben Sie mal auf dem Teppich, Lars. So schlimm war das doch auch wieder nicht.«

Sein Blick durchbohrte meinen Kopf: »Das können Sie doch gar nicht beurteilen!«

»Heißt das, Sie wollen nicht länger Polizist sein, wollen Ihren Dienst quittieren?«

»Ganz genau. Das heißt das.«

Schon wieder eine vielschichtig komplizierte Situation.

»Na gut, im Prinzip kann ich Sie verstehen«, sagte ich schließlich, »ich habe ja auch schon manchmal darüber nachgedacht, ob das für mich nicht auch das Beste wäre.« Hatte ich ihm wirklich schon den Wind aus den Segeln genommen? Sicherheitshalber schob ich noch hinterher: »Haben Sie denn schon was anderes, was Sie machen könnten?«

Als ich heimkam, war alles still. Kein Ginger, der mich mit einem Schlappen im Maul begrüßt hätte, kein Fernseher, der lief, weil ich vergessen hatte, mir nach Freiligraths Festnahme das Kabel wieder zurückgeben zu lassen. Und Loni saß mit ihrem Handy auf dem Sofa und drückte selbstvergessen auf der Tastatur herum.

»Was machst du da?«, hatte ich gefragt.

»Quiz-Duell«, hatte sie geantwortet.

»Das hast du doch schon ewig nicht mehr gespielt«, sagte ich.

»Stimmt.«

Vor zwei, drei Jahren hatte sie das manchmal bis zur Besinnungslosigkeit gespielt. Dass sie es jetzt wieder tat, wollte ich nicht als gutes Zeichen werten.

Ich überlegte mir, ob ich ihr eine Runde »Flittchen und Vertreter« vorschlagen sollte. Aber ich ließ es besser. Denn es war zu befürchten, dass sie dann hätte wissen wollen, von welcher Schlampe ich dieses Spielchen erfahren hatte.

Vor meinem inneren Auge rauschten die Bilder des Tages vorbei: Robert Freiligrath, Pia Schellhorn, Lars Schieferstein …

Dann ging mein Handy. Auf dem Display: *Roman*.

»Ja«, meldete ich mich.

Es hätte mir gefallen, wenn da ein Wort der Entschuldigung gefallen wäre, dass er mich mitten in der Nacht anklingelt. Aber nein, nichts. Stattdessen brühwarm die Nachricht, dass er unterwegs sei nach Wien.

Ich wollte meinen Ohren nicht trauen. Was für ein Tag! Waren denn alle nur noch hoffnungslos durchgedreht? »Wieso, verdammte Kacke, bist du unterwegs nach Wien?«, brüllte ich in mein Handy, »wir haben hier das schlimmste Verbrechen aufzuklären, das je bei uns passiert ist, und du fährst nach Wien!«

Anstatt einer Antwort war vom anderen Ende nur ein leeres »Hallo?« zu vernehmen.

»Was heißt hier ›hallo‹? Du hast dich ohne jede Absprache von deinem Dienstort entfernt …«

Ich war noch nicht fertig mit ihm, als in meine Rede hinein seine Stimme erklang. Diesmal sagte er völlig unbedarft: »Ich kann nichts mehr hören. Offensichtlich ist hier ein Funkloch. Ich mache jetzt einfach Schluss. Bis dann.«

Dann war die Verbindung weg.

WIR HABEN ALLES

Klara Nowak, Kolonialwarenhandlung Brunnengasse, Wien Ottakring:

Wir haben alles«, hatte ich gesagt, als er unseren Laden betrat. Mir war sofort klar, dass es sich um einen Piefke handelte. Schon allein, wie er »Grüß Gott« gesagt hatte. Das war keine Begrüßung. Das war Textaufsagen bei einer Schultheater-Aufführung, einer deutschen.

Auf meine Frage, ob ich dem gnädigen Herrn vielleicht helfen könne, hat er zurückgestelzt, er würde sich gerne nur ein wenig umschauen. Und das angeblich deshalb – man höre –, weil ihn »das Ambiente« unseres Ladens so anspreche. Von da an war für mich äußerste Vorsicht geboten. Nicht, dass ich was gegen Ausländer hätte, aber so einen Schmarrn habe ich in den ganzen dreiundvierzig Jahren, die ich mittlerweile in diesem Geschäft verbracht habe, ja noch nie gehört.

Um auf Nummer sicher zu gehen, habe ich nach hinten gerufen: »Nowak!«

Ich zählte innerlich bis vierzehn, bis die Stimme meines Mannes zurückrief: »Was ist?«

Da könnte einer kommen, unseren ganzen Laden leerräumen und mit mir was weiß ich anstellen, da würde er immer noch im Hinterzimmer seine Heimatfilme gucken und mir erzählen, dass er »Internetrecherchen nach günstigen Restposten« betreibt.

»Hier ist ein Herr, den das Ambiente unseres Ladens anspricht!«, habe ich dann nach hinten gerufen.

»Ist nicht schlimm!«, hat er zurückgerufen, »Hauptsache, er kauft was!«

»Er will sich nur ein wenig umschauen!«

»Was?«

Auf einmal schwerhörig, oder was, dachte ich. Dass ich nicht lache. Sobald ich nach hinten komme, um zu gucken, was er macht, hört er mich schon auf zwei Kilometer Entfernung und klickt auf dem Computer weg, was er sich gerade anguckt, damit ich bloß nichts mitkriege.

»Er will sich nur ein wenig umschauen!«, wiederholte ich mit Nachdruck.

»Lass ihn!«, rief der Nowak zurück, »er wird schon was finden!«

Aber auch nur vielleicht, dachte ich für mich. Denn eine innere Stimme sagte mir: Dieser Mensch ist nicht hier, um etwas zu kaufen. Also sprach ich ihn zur Sicherheit nochmals an: »Suchen Sie etwas Besonderes?«

Zwar steht über dem Eingang noch immer *Kolonialwaren*, aber weil unser Angebot seit der Gründung des Geschäfts im Jahre 1913 permanent erweitert wurde, gelten wir mittlerweile bei manchen Leuten als das kleinste Kaufhaus Wiens. Es gibt praktisch nichts, was irgendwann einmal in einem Haushalt gebraucht werden könnte, das man bei uns nicht bekommt. Egal, ob Strapsband, Muskatnuss-Reiben, Nasenhaartrimmer oder Reiskocher, wir haben alles im Angebot, alles. Es ist schon eine ziemliche Leistung, immer das gesamte Sortiment im Kopf zu haben. Aber damit halte ich mich jung. Und manchmal werde ich deshalb schon mal gefragt, ob ich Gingko-Tabletten oder so etwas nehme, um mich geistig fit zu halten. Aber da kann ich nur laut lachen. So was kostet doch nur Geld.

Zudem halte ich meine grauen Zellen natürlich noch dadurch auf Trab, dass ich, wenn jemand unseren Laden betritt, den ich nicht kenne, ergründen will, was für einen Hintergrund dieser Mensch wohl haben mag. Dafür braucht es schon ein ausgeprägt taktiles Einfühlungsvermögen, und jeder noch so kleine Hinweis kann für eine solche Prognose von Bedeutung sein.

Unser Piefke war kein einfacher Fall. Von seinem orientierungslosen Umherstreifen durch unser breit gefächertes Sortiment konnte jedenfalls keine nennenswerte Interessenlage abgeleitet werden. Und was sein äußeres Erscheinungsbild anging, so gab es günstigstenfalls Anlass zu der Vermutung, dass wir es mit einem geneigten Tschecheranten zu tun hatten, der unter einen Rasenmäher geraten war.

Gleichzeitig hat mir aber mein Hausverstand geflüstert, dass es sich auch um einen Ungustl handeln könnte, der sich womöglich als Kieberer entpuppt. Mir blieb keine andere Möglichkeit. Ich musste ihn in ein Gespräch verwickeln. Also sagte ich: »Wir haben auch Sonderangebote.«

»Ach ja«, entgegnete er, »und was, wenn ich fragen darf?«

»Nowak!«

»Was ist?«

»Was haben wir heute für Sonderangebote?!«, rief ich nach hinten, ohne den Ausländer aus dem Blick zu lassen.

»Eierköpfer und Kabelbinder!«

»Eierköpfer und Kabelbinder«, leitete ich weiter.

»Was sind das denn für Kabelbinder?«

»Was sind das denn für Kabelbinder?!«

»Dreißiger!«

»Dreißiger.«

»Und was kosten die?«

»Und was kosten die?!«

»Zwanzig Stück 8,99!«

»Zwanzig Stück 8,99.«

»Na gut, dann nehme ich die«, sagte er schließlich und griff in seine Hosentasche nach Geld.

Ich sagte: »Da unten«, und wies zu dem Regal, wo die Kabelbinder sich befanden: »Ganz unten.«

Er fand die Packung und kam zu mir an die Kasse. Jetzt war ich felsenfest davon überzeugt, dass mit diesem Menschen etwas nicht stimmen konnte. Wer blättert schon für zwanzig läppische Kabelbinder – egal, wie lang sie sind – 8,99 Euro hin?

Während ich das Wechselgeld aus der Kasse nahm, sagte er plötzlich: »Sagen Sie, könnte es sein, dass hier in dem Haus einmal ein Attila Havlicek gewohnt hat?«

Aha, dachte ich, darum geht es also. Jetzt wusste ich, woran ich war. »Was wollen's denn von dem?«, fragte ich einfach mal nassforsch dagegen.

Darauf war er nicht vorbereitet. Er schaute mich einen Moment lang nachdenklich an, bevor er meinte, dass er Polizist aus Deutschland sei. Und begann, mir eine Geschichte aufzutischen, die so unglaubwürdig daherkam, dass sich mir sprichwörtlich die Fußnägel aufrollten.

Er erzählte, dass man in der Stadt, wo er Polizist sei, einen Koffer mit einem Torso darin gefunden habe und der Namensanhänger darauf hingewiesen hätte, dass darin mal der Name Attila Havlicek und diese, unsere Adresse zu lesen gewesen sei.

Wahrscheinlich hat er selbst gemerkt, dass er mit so einer Geschichte bei einem gesunden Menschenverstand auf Granit biss. Hätte ich in dem Moment Hosen angehabt, ich hätte mir die Taschen zugehalten, um sie nicht von ihm vollgemacht zu bekommen. Und irgendwie schien er an der Art, wie ich meinen Kopf skeptisch zur Seite geneigt hatte, bemerkt zu haben, dass er mit dieser Räuberpistole bei mir nicht landen konnte.

Weshalb er sagte: »Ich sehe schon, Ihnen kann ich so schnell nichts vormachen.«

Worauf du einen lassen kannst, Bürschi, dachte ich und schmähte: »Ah, gehen's, junger Mann.«

»Also Folgendes«, setzte er erneut an, »im Nachlass meiner verstorbenen Frau Mutter, Gott hab sie selig, habe ich Briefe gefunden, die mich vermuten lassen, dass sie eine Beziehung zu dem Herrn Havlicek unterhielt und womöglich aus dieser Beziehung ich hervorgegangen bin. Wenn Sie verstehen, was ich meine?«

»Warum haben Sie das nicht gleich gesagt?«, fiel mir gewissermaßen ein Stein vom Herzen, »war Ihre Frau Mutter denn Schauspielerin?«

»Nein, wieso?«

»Ja, wissen Sie denn nicht, wer der Havlicek war? Unser Havlicek, den muss man doch kennen.«

»Tut mir leid, aber ich bin aus Deutschland.«

»Er war der große Volksschaupieler. Ein Star war er. Und alle Schauspielerinnen lagen ihm zu Füßen. Der konnte sich bedienen, wie er wollte.«

»Ach ja?«

»Und jetzt sind Sie wahrscheinlich hier, um seinen anderen Sohn kennenzulernen, bei dem es sich ja sozusagen um Ihren Halbbruder handeln müsste, nicht wahr?«

»Bingo«, sagte er daraufhin, was in Deutschland wohl so viel heißt wie *richtig,* »haben Sie vielleicht eine Adresse von dem?«

»Nowak!«

Acht Sekunden später: »Was ist?!«

»Der Mann fragt nach der Adresse von dem Attila seinem Sohn!«

»Der Attila, der ist tot!«

»Ja, ich weiß. Aber wo hat denn sein Bua seine Trafik, der Orson?!«

»Af der Thaliastraßen, wo sonst!«

»Hern's: af der Thaliastraßen, wo sonst.«

NANG-PU

Dr. Orson Havlicek, Trafikant Thaliastraße, Wien Ottakring:

Have you seen the alligators?«, hatte mein Vater gefragt, als er Orson Welles nach seinem zweiten Drehtag in der Kanalisation heim ins Hotel *Sacher* chauffiert hatte.

Dass der amerikanische Filmstar an diesem Tag direkt ins Hotel gebracht werden wollte, war eine Ausnahme. Normalerweise stand nach dem Ende eines Drehtags immer erst einmal ein Abstecher in die Kaiserbar auf dem Programm, seiner Lieblingsdestination in Wien während der Dreharbeiten zum *Dritten Mann*.

Der Aufnahmeleiter am Set hatte die Anweisung, umgehend in der Bar anzurufen und Bescheid zu sagen, wenn Mr. Welles abgedreht war und den von meinem Vater gelenkten Rolls-Royce bestieg. Daraufhin wurde in der Kaiserbar eine Montecristo-A Royal Gran Corona aus dem hauseigenen Humidor geholt und mit einem vergoldeten Zigarren-Cutter samt Gasfeuerzeug und Zedernholz-Fidibus herrschaftlich bereitgestellt. Gleichzeitig wurde einer der Kellner vor der Bar postiert, um mit dem Einbiegen des Rolls in die Krugergasse Handzeichen ins Innere des Lokals zu geben. Woraufhin der Barkeeper die Zubereitung einer Bloody Mary für Mr. Welles in Angriff nahm.

An dem Tag aber, als mein Vater nach den Alligatoren gefragt hatte, wollte Mr. Welles vor einem Besuch in der Bar erst einmal ins Hotel chauffiert werden. Er meinte, er müsse unbedingt vorher ein Bad nehmen, weil er stinken würde wie ein nasser Iltis.

»I smell like a polecat«, soll er sich ausgedrückt und hinzugefügt haben, sich in diesem Zustand unmöglich unter die Menschheit wagen zu können.

Während der Fahrt kam dann aber noch ein zweiter Grund hinzu, warum er erst einmal heim in sein Hotel gebracht werden wollte. Und zwar der, dass er unverzüglich die Produzenten des Films, Alexander Korda und David O. Selznick, anrufen wollte, um ihnen mitzuteilen, dass er für den weiteren Verlauf der Dreharbeiten keinen Fuß mehr in die Wiener Kanalisation setzen würde.

Was war geschehen?

Nachdem mein Vater seine Frage nach den Alligatoren gestellt hatte, wollte Orson Welles wissen, was der Hintergrund derselben gewesen sei. Mein Papa hat ihm daraufhin erklärt, dass es in der Wiener Kanalisation nur so von Alligatoren wimmele. Grund dafür sei, dass in den Dreißigerjahren Alligatoren-Babies in den Wiener Zoogeschäften der große Renner waren. Alle Kinder wollten auf Teufel komm raus so ein niedliches Reptil gekauft bekommen, wie die meisten Freunde bereits eines hatten. So jammerten sie ihren Eltern die Ohren voll, bis sie endlich auch eins ihr Eigen nennen konnten.

Die Zoogeschäfte haben sich damals dumm und dämlich verdient an diesen putzigen Ungeheuern. Als die dann aber irgendwann zu wachsen begannen, haben die Eltern kalte Füße bekommen und sie kurzerhand im Klo runtergespült.

So landeten besagte Alligatoren-Babies in der Kanalisation, wo sie sich von umanandschwimmenden Abfällen dick und fett gefressen und redlich vermehrt haben.

Als Orson Welles das gehört hatte, bekam er ziemlich gelbe Mundecken. Auf keinen Fall wollte er das Risiko eingehen, dass *Der dritte Mann* sein letzter Film werden könnte. Zumal er die Rolle des Harry Lime, für die ursprünglich Noel Coward engagiert werden sollte, ja nur angenommen hatte, weil er dringend Geld brauchte, um seinen eigenen Film *Othello* fertig produzieren zu können. So kam es schließlich, dass die Wiener Kanalisation aufwendig in den Londoner *Shepperton*-Studios nachgebaut werden musste, was den Etat der Herstellungskosten nachhaltig belastete. Es musste an allen Ecken und Enden gespart werden, weshalb zum Beispiel ein Kamerateam nicht noch mal nach Wien geschickt werden konnte, um die eine oder andere Fahrteinstellung nachzudrehen, die bei der Postproduktion als Rückprojektion eingeblendet werden sollte. Stattdessen wurden diese Fahrtaufnahmen aus Kostengründen einfach in London gedreht. Weshalb zum Beispiel in dem fertigen Film in einer Sequenz, in der ein Jeep über den Zentralfriedhof fährt, aus dem Wagenfenster heraus keltische Kreuze zu sehen sind anstatt der in Wien üblichen Grabsteine. Und an einer anderen Stelle des Films fährt im Hintergrund gar ein Doppeldeckerbus vorbei, wie es sie nur in London gibt. Ebenfalls musste bei der Fertigstellung des Films auf die Produktion der ursprünglich geplanten opulenten Orchestermusik verzichtet werden. Stattdessen wurde der Wiener Zitherspieler Anton Karas nach London eingeflogen, was natürlich erheblich kostengünstiger war.

Dass mein Vater während der Dreharbeiten zum *Dritten Mann* der Chauffeur von Orson Welles war, hatte er in erster Linie dem Umstand zu verdanken, dass er eines Tages im Café *Hawelka* in der Dorotheergasse ein Gespräch am Nebentisch mitverfolgen konnte, das sein gesamtes weiteres Leben von Grund auf verändern sollte.

Ursprünglich stammte mein Vater nämlich aus Nang-Pu. Damit ist Attnang-Puchheim gemeint. Nang als Abkürzung von Attnang und Pu von Puchheim. Eine Achttausend-Seelen-Gemeinde, die über ihre Grenzen hinaus eigentlich nur bekannt ist, weil sich dort der Eisenbahnknoten zwischen der Salzkammergutbahn und der Linie Salzburg-Wien befindet.

In Wien sagt man gerne, Sterben sei wie Umsteigen in Attnang-Puchheim.

Ansonsten wäre allenfalls noch erwähnenswert, dass sich in der Gemeinde zwei Etablissements befinden: das *Amore Mio* am östlichen und das *Moonlight* am westlichen Rand der Ortschaft.

Dort in Nang-Pu jedenfalls ist mein Vater aufgewachsen und sollte einmal die elterliche Fleischhauerei übernehmen. Und bestimmt wäre es dazu auch gekommen, wenn er nicht zu seiner Gesellenprüfung eine Einladung von seiner Tante Lalla für eine Woche nach Wien erhalten hätte. Tante Lalla war eine lebenslustige Witwe, die nichts ausließ, um sich herzhaft zu amüsieren. Während dieser Woche waren die beiden eines Abends ins Volkstheater gegangen, wo Feydeaus *Floh im Ohr* gegeben wurde. Bei dieser Vorstellung hat mein Vater sich amüsiert wie nie zuvor in seinem Leben und auch nie wieder danach. Hinterher war er derart begeistert von dem, was er gesehen hatte, dass er die ganze Nacht kein Auge zumachen konnte. Fazit war, dass er ebenfalls auf so einer Bühne stehen und Menschen unterhalten wollte.

Als er dann aber nach der Woche bei Tante Lalla wieder zurück nach Nang-Pu kam und seinen Eltern den Entschluss mitgeteilt hatte, Schauspieler werden zu wollen, kam es nach Zeter und Mordio zum endgültigen Bruch mit ihnen.

Noch am gleichen Tag fuhr mein Papa zurück nach Wien, um fortan bei Tante Lalla zu wohnen und am Max-Reinhardt-Seminar »das Fach« erlernen zu wollen, wie Mimen gemeinhin ihr fragwürdiges Handwerk benennen. Nachdem er aber zweimal hintereinander die Aufnahmeprüfung nicht geschafft hatte, musste er auf privaten Schauspielunterricht ausweichen. Das Geld dafür und für Kost und Logis bei Tante Lalla verdiente er sich bei der Brasserie *Trzesniewski* in der Dorotheergasse. Dort war er dafür zuständig, die nach streng gehütetem Rezept hergestellten Aufstriche auf die leckeren Brötchen zu schmieren und selbige zu verkaufen.

Und weil er nach Feierabend immer gern ins schräg gegenüberliegende Café *Hawelka* gegangen war, hatte er dort, wie gesagt, eines Abends ein Erlebnis, das sein gesamtes weiteres Leben von Grund auf verändern sollte.

Das *Hawelka* war seinerzeit der angesagte Treffpunkt für die Bohème der Wiener Kulturszene. So kam es, dass mein Vater an dem besagten Abend ein Gespräch am Nebentisch verfolgen konnte, in dessen Verlauf der seinerzeit renommierte Filmregisseur Anton Granzinger das Geheimnis seines Erfolges zum Besten gab. Und zwar erzählte er gleichermaßen ausschweifend wie belustigend, seine Karriere einzig und alleine dem Umstand zu verdanken, bei einer Filmproduktion als Fahrer angefangen zu haben. Im Laufe der Zeit habe er aus den Gesprächen, die die von ihm chauffierten Filmschaffenden miteinander geführt hatten, alles erfahren, worauf es in diesem Beruf ankomme. Aufgrund welcher Hintergründe Entscheidungen getroffen werden; wie man es anstellt, seine Ziele zu erreichen, und so weiter.

Als mein Vater das gehört hatte, hat er sich gleich am nächsten Tag losgemacht, um eine Droschkenlenkberechtigung für Wien zu beantragen. Absolut pragmatisch hat er seine Tätigkeit als Chauffeur bei einer Filmproduktion angestrebt. Als er den Taxischein dann endlich hatte, hat er sich mit dieser Qualifikation im Rücken bei verschiedenen Produktionsfirmen beworben.

Als es dann hieß, dass *Der dritte Mann* nach dem Roman von Graham Greene verfilmt werden solle und Orson Welles dafür nach Wien komme, war er wie aus dem Häuschen. Diesen Mann wollte er fahren. Das war sein Ziel. Und er hat es tatsächlich geschafft. So hat er mitbekommen, wie der große amerikanische Filmstar sich auf seine Rolle vorbereitete, wie er sich mit seinem Regisseur und seinen Produzenten auseinandergesetzt hat und vieles mehr.

Diese Episode seines Lebens hat ihn so nachhaltig beeindruckt, dass er zur Erinnerung daran seinen Sohn unbedingt mit dem Vornamen Orson ausstatten musste.

In den folgenden Jahren hat mein Vater dann wahrhaftig eine Karriere als Volksschauspieler hingelegt, die sich sehen lassen konnte. Angefangen hat es damit, dass er bald nach seinem Job als Chauffeur von Orson Welles ein Engagement ans Theater in der Josefstadt bekam. Und zwar spielte er dort in Ödön von Horváths *Geschichten aus dem Wienerwald* den Fleischhauer Oskar. Der Hintergrund für dieses Engagement, so hat er stets zum Besten gegeben, sei gewesen, dass er von Haus aus ja schließlich Fleischhauer war.

Erst auf seinem Sterbebett hat er mir dann gestanden, dass er dieses erste Engagement nicht seiner beruflichen Vergangenheit zu verdanken gehabt habe, sondern vielmehr der Intervention des Filmproduzenten Alexander Korda. Dieser hätte ihn nämlich seinerzeit dazu gebracht, Orson Welles die Geschichte mit den Alligatoren aufzutischen, um so den Auftrag an Land ziehen zu können, in seinem Londoner Studio die Wiener Kanalisation nachbauen zu lassen. Mit den Einnahmen aus diesem Auftrag erhoffte er sich, den Untergang seiner Studios abwenden zu können. Was ihm aber nicht gelang. Im folgenden Jahr wurden nämlich die *Shepperton*-Studios von der *British Lion Studio Company* übernommen.

Mit all dem hatte mein Vater aber nichts mehr am Hut. Er ist seinen Weg gegangen und war bald ein Stern am Himmel des Wiener Volkstheaters. Das ging so weit, dass es irgendwann sogar hieß, der über die Grenzen Österreichs hinaus bekannte Schauspieler Josef Meinrad habe ihn als Nachfolger für den Iffland-Ring im Visier. Nach Meinrads Tod im Jahre 1996 wurde allerdings offenbar, dass mein Vater nicht der Einzige war, der auf diese Auszeichnung gehofft hatte. Vielmehr wanderte der Ring, der jeweils testamentarisch an den würdigsten deutschsprachigen Schauspieler auf Lebzeit weitergegeben wird, in die Schweiz zu Bruno Ganz.

Natürlich hätte mein Vater es gerne gehabt, wenn ich ebenfalls Schauspieler geworden wäre. Er hatte gemeint, mit meinem Vornamen Orson bereits den Grundstein für eine Weltkarriere gelegt zu haben. Mir aber war das ewige Geschwätz über die Schauspielerei immer ein Gräuel. Permanent ging es darum, wer wann wo spielt, wer »schiach wie die Nacht« in welcher tollen Rolle fehlbesetzt wurde, wer besser in der Provinz verfaulen sollte und so weiter.

Und immer wieder wurde kolportiert, wer sich mal wieder als Rampensau während der Vorstellung ganz unmerklich zum Bühnenrücken bewegt habe, sodass das Publikum die mitspielenden Kollegen nur noch von hinten zu sehen bekam. Und wenn jemand erzählte: »Ich habe dich letztens in der Tram gesehen«, sogleich gefragt wurde: »Und, wie war ich?«

All das sollte nicht meine Welt sein. Deshalb hatte ich mich entschlossen, Soziologie zu studieren. Und hinterher habe ich dann mit einer Arbeit unter dem Titel *Die Rolle der Wiener Trafik im demoskopischen Wandel Österreichs* promoviert. Ich weiß nicht warum, aber irgendwie hatte mich die Mischung des Geruchs von Tabak, Papier und Druckerschwärze schon immer fasziniert.

Dann aber hat mich ein böses Schicksal ereilt. Ein Zeckenbiss auf der Donauinsel beim Gänsehäufel hat mir eine Hirnhautentzündung eingebracht. Nach vier Monaten im Krankenhaus war nichts mehr wie zuvor. Mein Kopf wollte nicht mehr. Ich konnte mir meine Karriere als Wissenschaftler abschminken. So kam es, dass ich mich mit meinem Behindertenpass losgemacht habe, um bei der Monopolverwaltung die Übernahme einer Trafik zu beantragen. Denn aufgrund meiner Promotion hatte ich ja längst meinen Spitznamen weg: *Dr. Trafik*.

Als mein Vater dann gestorben war, war es an mir, seine Wohnung in der Brunnengasse leerzuräumen. Das war ein ziemlich grausiges Unterfangen, weil er auf hundertsiebzig Quadratmetern so ziemlich alles aufgehoben hat, was ihm irgendwann mal in die Finger geraten war und danach aussah, vielleicht noch einmal gebraucht werden zu können. Fast sieben Wochen war ich zugange, um die Wohnung leer zu kriegen. Um die Arbeit überhaupt zu schaffen, hatte ich mir nach vier Wochen einen Helfer engagiert. Der hieß Hubertus Grassner und hatte gerade seine Arbeit in der Brauerei verloren gehabt. Er wurde Hubsi genannt, und wenn an ihm etwas auffällig war, dann, dass er mächtig Kraft hatte, obwohl er von zierlicher Statur war.

Als es an die Bezahlung ging, hatte er gefragt, ob er nicht den Koffer haben könne, den mein Vater für seine Reisen zu Gastspielen benutzt hatte. Der war nicht gerade billig gewesen in der Anschaffung, denn es handelte sich um einen echten Louis-Vuitton-Koffer. Aber weil dieser Hubsi so hervorragend gearbeitet hatte und nichts anderes wollte als diesen Koffer, habe ich ihn eben mit selbigem Koffer ziehen lassen.

Eigentlich erinnere ich mich nur deshalb an all das, weil zwei Jahre später eine Schwester meines Vaters, die Tante Josefine, aus Nang-Pu damit angeschissen kam, wo denn der Louis-Vuitton-Koffer ihres Bruders abgeblieben sei. Aber da konnte ich nur sagen: »Hättest du dich damals mal blicken lassen, als ich die Wohnung leerräumen musste, dann hättest du ihn gerne mitnehmen können.«

Sie ist dann ziemlich im Dreieck gesprungen, als ich ihr gesagt habe, dass ich den Koffer einem Helfer überlassen hätte. Dieser Koffer sei doch ein kleines Vermögen wert gewesen, hat sie dann gewettert und sich losgemacht zu der Brauerei, um herauszukriegen, wie sie an den Hubsi herankommen könnte. Bei Ottakringer hieß es aber, dass man ihr leider nicht weiterhelfen könne. Man wisse nicht, was aus ihm geworden sei.

Ich habe danach von der Tante Josefine nie wieder was gehört oder gesehen. Und von dem Hubsi auch nicht.

SUPER SCHWIMMER

Zoltan Fanderl, Brauer, Ottakringer Brauerei, Wien:

Er war ein super Schwimmer. Damit meine ich, dass er fast unschlagbar war bei dem Kartenspiel *Schwimmen*. Woanders sagt man auch *Hosn obi* oder *Einunddreißig* dazu. Jedenfalls, das haben wir seinerzeit in jeder Pause gespielt, und meistens hat der Hubsi dabei gewonnen. Keine Ahnung, wie er das hingekriegt hat. Er war da einfach begnadet.

Das ist aber bestimmt schon zwölf Jahre her, als er hier gearbeitet hat. Zuerst war er im Flaschenkeller und hat dort Bierflaschen aussortiert, die nicht mehr befüllt werden sollten. Die wurden auf einem Förderband vor einer beleuchteten Milchglasscheibe vorbeigeschubst. Wenn zu erkennen war, dass eine Flasche nicht vollständig gereinigt oder sonst wie beschädigt war, wurde sie von dem Band heruntergenommen und in einem Metallkübel zerdeppert, der neben einem stand.

Ich hatte den Job auch mal gemacht. Als ich bei Ottakringer angefangen habe. Dabei war ich zeitweise im Dachstübchen so rammdösig von geworden, dass ich nachts im Schlaf immer noch nach vorne gegriffen und Flaschen zerdeppert habe.

Später war er dann in die Lagerung versetzt worden. Dazu kam es, weil ein anderer Mitarbeiter gefeuert worden war. Ich kann mich nur noch erinnern, dass dieser andere Mann Rudi hieß und ein kleiner, schmächtiger Typ war. »Rudi, der Schlucker«, so hatten wir immer gesagt, wenn wir später noch von ihm gesprochen haben.

Zu Rudis Rausschmiss war es am Ende einer Bockbierzeit gekommen. Da musste das Bockbier, das noch übrig, also nicht verkauft worden war, vernichtet werden. Und damit für dieses Bier keine Steuern bezahlt werden sollten, war jemand da vom Zollamt, um diese Vernichtung von Amts wegen zu überwachen. Das Ganze ging dann so vonstatten, dass zunächst in den Kästen, wo das Bockbier drin war, die Kronkorken von den Flaschen entfernt wurden. Dann wurde eine Schablone über den Kasten gelegt, wodurch nur noch die Hälse herausgelugt haben. Anschließend wurden die Kästen über eine große Plastikwanne gestülpt, um den Inhalt, also das Bockbier, hineinzukippen.

Nachdem auf diese Weise der Inhalt von zirka zwanzig Kästen Bockbier in die Wanne gekippt worden war, sollte deren Inhalt dann nach dem Gravitationsprinzip mit einem Schlauch in einen Abfluss geleitet werden. Als deshalb in die Runde gefragt wurde, wer das Bockbier mit dem Schlauch ansaugen wolle, hatte der Rudi sich gleich gemeldet.

Er hat also angefangen, das Bockbier anzusaugen, aber den Schlauch nicht sogleich abgeknickt, um ihn in den Abfluss zu stecken. Stattdessen hat er tapfer das Bockbier in sich hineingeschluckt. Es müssen vorneweg drei Liter gewesen sein, die er so auf ex in sich hineingepumpt hat, bevor er letztendlich wie ein Maikäfer besinnungslos auf dem Rücken zum Liegen kam. Das war sein Ende bei Ottakringer gewesen, weil das Trinken von Alkohol während der Arbeitszeit streng verboten ist.

Ansonsten war es Rudis Job gewesen, mit Schrubber, Putzeimer und einer Drahtbogenlampe bewaffnet in die Tanks zu steigen, in denen unser Jungbier gelagert wurde, um diese von innen zu reinigen. Um in das Innere eines solchen Tanks zu gelangen, musste man sich aber durch ein oval und verschraubbares Mannloch von vielleicht fünfzig mal dreißig Zentimeter am unteren Ende des Kessels zwängen. Man musste dafür nicht nur klein, sondern auch ausgesprochen gelenkig sein. Nachdem also Rudi weg war vom Fenster, hat man sich daran erinnert, dass es da doch jemanden im Flaschenkeller gab, der ebenfalls recht zierlich war. So ist dann der Hubsi zu mir ins Lager gekommen.

Im Nachhinein betrachtet, hat er seine Arbeit immer ordentlich erledigt. Da gab es nichts auszusetzen. Aber weil er uns beim Schwimmen immer so abgezogen hat, stand es irgendwann an, ihm mal einen Denkzettel zu verpassen. Deshalb habe ich, als er mal wieder in einem Tank zugange war, das Kabel von der Drahtbogenlampe rausgezogen und ihm in den Tank hineingeworfen. Dann habe ich den Mannlochdeckel verschraubt und ihn in dem Tank zappeln lassen.

Ich weiß, dass das eine herbe Lektion war, die er da zu spüren bekam. Er hat im Dunkeln wie am Spieß um Hilfe gebrüllt und war stinkesauer, nachdem ich ihn endlich wieder freigelassen hatte.

Er hat danach drei Tage kein Wort mehr mit mir gesprochen. Dann kam er aber wieder an und hat rumgefrotzelt, ich solle mal zum Braumeister kommen, weil der mich angeblich sprechen wolle. So, wie er das gesagt hat, und vor dem Hintergrund, was ich ein paar Tage zuvor mit ihm angestellt hatte, war für mich klar, dass er mich verarschen wollte. Deshalb habe ich ihm gesagt: »Sag dem Braumeister, dass, wenn er was von mir will, er gefälligst zu mir kommen soll.«

Es dauerte danach vielleicht fünf Minuten, da kam der Braumeister zu mir. Er hat mich dann sozusagen ungespitzt in den Boden gerammt, was mir einfallen würde, mir eine solche Frechheit herauszunehmen. Das würde eine Abmahnung hageln. Und während der ganzen Szene war der Hubsi hinter dem Braumeister von einem Bein aufs andere getanzt und hat mir Ätschi-Bätschi-Grimassen geschnitten.

Zum Feierabend an diesem Tag habe ich ihn an der Haustrunk-Ausgabe abgefangen. Wir sind zusammen raus, und auf der Straße hat er sich eine Betonwatschn gefangen, die vom Feinsten war.

Nach ein paar Tagen Krankfeiern war er dann in der Verwaltung angetanzt und hat seine Papiere geholt. Ich habe später noch mal gehört, dass er bei einer Achterbahn auf dem Prater gelandet sei.

Ja, ja, der Hubsi. Aber ein guter Schwimmer, das war er.

SÄUGETIER

Heinz Gerhard, Pförtner Staatsoper, Wien:

Ich hatte gerade am Bitzinger-Würstelstand meine obligate Feierabend-Bestellung geordert: eine Käsekrainer – also eine mit Emmentaler und leicht geräuchertem Schweinebrät gefüllte Wurst – mit süßem Senf, dem Endstück eines Brotes, einer Essiggurke und einem Ottakringer Dosenbier. Was in gepflegtem Wienerisch heißt: »A Eitrige mit an G'schissenen, an Buggl, an Krokodü und an 16er-Blechl.«

Das 16er-Blechl steht für Ottakringer Dosenbier, weil die Brauerei ihren Sitz im 16. Wiener Gemeindebezirk Ottakring hat.

In den acht Jahren, die ich mittlerweile bei der Oper bin, hat sich dieses Menü zum selbstbewährten Feierabendritual etabliert. Wobei die Beilegung der Essiggurke im täglichen Turnus mit einer Perlzwiebel rotiert, die bei den Eingeborenen »Glasauge« heißt; oder einer scharfen Peperoni, zu der sie »Oaschpfeiferl« sagen, auf Hochdeutsch: Arschpfeife.

Ich hatte also gerade mein Eitrigen-Menü in Auftrag gegeben, und während mir in kulinarischer Vorfreude noch im Mund das Wasser zusammenlief, streifte mein Blick eine Gruppe von Menschen, die offenbar gerade aus dem Albertina-Museum gekommen waren. Und plötzlich blieb mein Blick an einem der Gesichter hängen, das mir aus unerklärlichen Gründen bekannt vorkam. Ohne genau zu wissen, wo ich diese Fresse hinstecken könnte, überkam mich ein unbändiger Drang, diesen Menschen auf Manisch ansprechen zu müssen.

»Na, du Nabelo, auch ma e latscho Guje kalle?«, sagte ich, ohne weiter nachzudenken.

Aber kaum, dass ich den Mann angesprochen hatte, wurde mir auch schon schlagartig klar, um wen es sich bei ihm handelte. Und dass ich mir in dem Moment am liebsten in den Arsch gebissen hätte.

Der Mann war augenblicklich stehen geblieben und starrte mich mit offenem Mund an. »Säugetier?«, fragte er dann.

Mein Gott, wie lange war ich nicht mehr so genannt worden. Dieser Begriff kam mir vor wie das Relikt aus einem früheren Leben. Aber so war es nun mal. Früher wurde ich so genannt: das Säugetier.

Ich hatte den Namen weggekriegt, als wir im sechsten oder siebenten Schuljahr den Maikäfer durchgenommen hatten. Unser Biologielehrer, der Herr Hill, hatte ein besonders ausgeprägtes Gespür dafür, wer seine Hausaufgaben nicht gemacht hatte.

Als er mich damals drangenommen hatte, stand ich auf ziemlich verlorenem Posten, als er meinte: »Heinz, erzähl mir etwas über den Maikäfer.«

Natürlich hatte ich keinen blassen Schimmer. In meinem Innern schlotterten mir die Knie, und der nackte Schweiß schoss mir auf die Stirn. Aber mir fiel nichts, absolut nichts ein, was ich über den Maikäfer hätte zum Besten geben können. Ich war verloren.

Dann aber hörte ich von hinten die Stimme eines Klassenkameraden, der mir zuflüsterte: »Der Maikäfer ist ein Säugetier.« In meiner abgrundtiefen Hilflosigkeit griff ich nach diesem vermeintlich rettenden Strohhalm und verkündete mit dem Brustton der Überzeugung: »Der Maikäfer ist ein Säugetier.«

Der Kommentar unseres Biologielehrers: »Du bist mir auch so ein Säugetier.«

Dann warf die gesamte Klasse sich weg vor Lachen. Es gab kein Einkriegen mehr, und ich war fortan »das Säugetier«.

Nun aber, hier am Würstelstand zwischen Staatsoper und Albertina-Museum, wäre es mir lieber gewesen, nicht mit diesem Namen angesprochen zu werden. Und letztendlich wäre ich am liebsten überhaupt nicht angesprochen worden. Denn bei diesem Typen, dessen Gesicht mir völlig intuitiv aus der hintersten Ecke meines Gedankenfachs aufgefallen war, handelte es sich um niemand anderen als den Bullen, der mich vor mehr als sechzehn Jahren in den Knast gebracht hatte. Dazu war es gekommen, weil ich irgendwann in Gießen im *Krokodil* gesessen habe und zwei Ischen aus dem Schwesternwohnheim in der Frankfurter Straße meine Gnade gefunden hatten. Ich wollte den beiden ein bisschen den Glatten geben. Also habe ich auf dicke Hose gemacht und spendiert, was das Zeug hielt.

Als die Kellnerin dann Schicht hatte, wollte sie Zwischenkasse machen. Da hatte ich knapp über achtzig Mark auf meinem Deckel. Weil ich aber nur fünfzig dabeihatte, habe ich gemeint, ich müsse mal kurz nachladen gehen. Irgendein Arsch hat von der Theke her schon gemeint: »Wo will der denn nachladen gehen? Der hat doch nicht mal eine EC-Karte.«

Keine Ahnung, woher der das wusste, aber es war wirklich so, ich hatte keine EC-Karte. Aber ich wusste, dass drei Häuser weiter im Wetzlarer Weg der *Taxi Reinhard* seinen Hof hatte. Und ich wusste, dass am Wochenende die Fahrer ihre Abrechnungen mit den Einnahmen zusammen in einen Briefkasten auf dem Hof einwarfen. Also bin ich dahin und habe mir zwei Umschläge rausgefischt, in denen dann insgesamt hundertachtzig Mark drin waren. Damit bin ich dann zurück zu den beiden Damen und habe die Kuh fliegen lassen.

Am übernächsten Morgen stand dann dieser Worstedt mit seinen Leuten bei mir vor der Tür und meinte, meine Tante Gerda, die in der Glaubrechtstraße gewohnt hat, sei umgebracht worden.

Weil die Glaubrechtstraße gleich um die Ecke vom *Krokodil* lag und jeder wusste, dass die Tante Gerda immer Geld in einer Teedose in ihrem Küchenschrank gebunkert hat und besagte Dose leer neben ihrer Leiche gefunden wurde, hatten die sich einen Reim darauf gemacht und wollten mir den Mord in die Schuhe schieben.

Als ich erklärt hatte, woher ich die hundertachtzig Mark gehabt hätte, hat mir das nichts geholfen. Denn beim Reinhard hatten sie gesagt, dass bei ihnen kein

Geld aus dem Briefkasten gestohlen worden sei. Womit sie aber letztendlich nur vertuschen wollten, dass sie Fahrer beschäftigt hatten, die nicht angemeldet waren, also schwarzgearbeitet haben. Die hatten Schiss, Ärger mit den Ämtern zu kriegen. Deshalb haben sie gelogen – und ich musste in den Bau.

Hinterher war ich in Gießen erledigt. Meine Familie wollte nichts mehr von mir wissen, und alle anderen, für die feststand, dass ich meine eigene Tante für hundertachtzig Mark umgebracht hatte, um ein paar Tussen zu imponieren, hatten mich auch abgeschrieben.

Ich hatte zwölf Jahre gekriegt, und als ich nach neun wieder freikam, war ich fertig. Ich bin dann weg. Zuerst nach North Dakota in den USA. Da hatte ein Großonkel von mir es zu was gebracht. Als ich aber mitbekommen hatte, dass das alles kriminelle Machenschaften waren, mit denen er sich sein kleines Imperium aufgebaut hatte, bin ich da wieder weg. Ich wollte nichts mehr zu tun haben mit Lug und Trug.

Um das Geld für meinen Rückflug beisammenzukriegen, habe ich dann in Fargo einen Job als Küchenschabe in einem *Seven Eleven* angenommen. Und da hatte eines Tages ein Mann zwei Spiegeleier bestellt gehabt. Weil er wortwörtlich »Spiegeleier« gesagt hatte, sind wir auf Deutsch ins Gespräch gekommen, und nach einer Weile hatte er fragt, was mit mir los sei.

Ich hatte keine Ahnung, was er gemeint hatte. Aber ihm war irgendetwas an mir aufgefallen, weshalb er gemeint hatte, dass ich Hilfe brauchen könnte. Als ich ihm dann anvertraut hatte, was hinter mir lag, hatte er ohne viel Bohei einfach gesagt, dass er mir das Geld für einen Flug nach Wien vorstreckt, wo er lebt, und auch zusehen will, dass ich zu einem Job komme.

Er hatte gesagt, es seien immer fremde Leute, die einem im Leben letztendlich weiterhelfen. Das habe schon der alte Mooshammer – Gott hab ihn selig – immer gesagt. Und so bin ich letztendlich zu meinem Job bei der Staatsoper gekommen. Dieser Mann war dort nämlich ein berühmter Sänger gewesen und mittlerweile leider verstorben.

So viel zu Kommissar Worschtfett, der mir nun gegenüberstand.

»Oh, Verzeihung«, sagte ich, »ich habe Sie ganz offensichtlich verwechselt.«

»Keine Ursache«, entgegnete er, »es wäre mir auch zu komisch vorgekommen, dass jemand, der meint, dass er mir sieben Jahre Knast zu verdanken hat, mich auf offener Straße grüßen könnte.«

»Das waren keine sieben Jahre«, ist es mir dann rausgerutscht, »das waren neun.«

»Stimmt. Aber die hatten Sie nicht mir zu verdanken, sondern dem Gericht, das Sie verurteilt hat. Ich habe Sie nur festgenommen. Und das auch nur, weil das mein Beruf ist. Ich bin Polizist und kein Richter.«

»Was machen wir jetzt?«

»Na ja, wenn zwei Manos sich so weit weg von der Heimat begegnen …«

»Wir werden doch nicht etwa Freunde werden wollen?«

Er zuckte mit den Schultern.

»Ich will dir was sagen, Worschtfett: Wegen dir bin ich von Gießen weg. Ich lebe hier im Exil, verstehst du.

Glaubst du, du kannst mir die sechzehn Jahre zurückgeben, die du mir gestohlen hast? Glaubst du das?«

»Ehrlich gesagt nicht, nein. Aber ich glaube, dass wir uns nicht mehr weiter bekriegen müssten.«

»Und wie? Wie meinst du, könnten wir das, was da zwischen uns steht, aus dem Weg räumen? Sag mir das.«

»Ich würde sagen, du gibst mir ein Stück von deiner Wurst und dann lassen wir es gut sein.«

Nach einer kleinen Batterie von 16-er-Blechln waren wir mittendrin, uns auszutauschen, wie das Leben uns über die Jahre so mitgespielt hatte. Als er mir erzählt hat, was sich da in Gießen am Güterbahnhof zugetragen hat, musste ich mich bei Bob an den blöden Witz mit dem Ami erinnern.

»Kennst du den?«

»Erzähl.«

»Also, da ist ein Amerikaner, der total auf die Brigitte Bardot abfährt. Und als er Geburtstag hat, will seine Frau ihm eine Überraschung machen. Deshalb lässt sie sich auf jede Pobacke ein B tätowieren. Als der Ami dann an dem Abend heimkommt, sagt sie ›Surprise‹, also Überraschung, bückt sich, schlägt ihren Rock hoch und zieht langsam den Schlüpfer hinunter. Er guckt sich das eine Weile an, bis er schließlich meint: ›Who the fuck is Bob?‹«

ZAUBER DER VORSTADT

Kurt Girk, Wienerliedsänger, Wien Ottakring:

Meine ersten Auftritte hatte ich in den 1950er-Jahren. Ich war ein junger, fescher Mann, trug stets elegante Anzüge, weil ich Schneider gelernt hatte. Und weil ich schon von Kindesbeinen an immer gerne gesungen habe, war ich irgendwann dazu übergegangen, bekannte Wienerlieder öffentlich vorzutragen.

Später bin ich dann Eisentandler geworden. Ich war sozusagen nie aufs Singen angewiesen. Deshalb habe ich auch nie den Spaß daran verloren. Heute sagt man, ich sei der letzte Wiener Natursänger. Manche nennen mich den »König von Ottakring«, andere auch den »Frank Sinatra von Ottakring«. Mir ist das egal, Hauptsache, ich bin noch gesund und kann den Menschen mit meinen Wienerliedern nach wie vor Freude bereiten.

Den Heinz habe ich eines Abends in der Vorstadt-Weinschänke *Zum G'spritzten* kennengelernt. Da saßen wir irgendwann beieinander, und er hat mir das Leid über sein verpfuschtes Leben geklagt. Er sei zu

Unrecht wegen Mordes neun Jahre weggesperrt gewesen, hat er erzählt. Hernach habe er seine Heimat verlassen müssen und sei schließlich hier in Wien gelandet. Im Exil, wie er sagte.

Ich meinte, was Besseres hätte ihm ja gar nicht passieren können, denn Wien sei nun mal die schönste Stadt auf der ganzen Welt. Hier gebe es die schönsten Frauen, die besten Lokale und den süffigsten Wein. Außerdem konnte ich ihn an diesem Abend auch noch damit trösten, dass ich in den späten Sechzigern meinerseits ebenfalls mal sechs Jahre in den »Häfn« musste, weil ich angeblich an einem Postraub beteiligt war.

Ich sagte, das sei wie beim Boxen. Da könne auch jeder mal zu Boden gehen. Selbst die Besten. Aber das sei letztendlich nicht wichtig. Wichtig sei einzig und allein, dass man hernach wieder aufsteht und weiterkämpft.

Ich habe ihm auch erzählt, dass sie mir später einen Lungenflügel rausgenommen hätten. Dass mich das aber nicht vom Singen abhalten könne und auch nicht vom Rauchen. Wenn es vorbei sein soll, dann soll es eben vorbei sein.

Wir haben uns an diesem Abend unterhalten, bis die Stühle hochgestellt wurden. Seitdem ist der Heinz einer meiner treuesten Fans. Er kommt zu jedem Auftritt, den ich habe.

Deshalb hat er fast dazugehört, als er zum Auftritt mit meinem Trio ins Schutzhaus *Waidäcker* gekommen war. Das erste Lied, das wir zum Vortrage brachten, war *Der Zauber der Vorstadt*, weil der Heinz das so gerne hört: »In einem Garterl, gar net weit vom Wienerwald, wo noch so hamlich liab a Amsel singt, ja dort vergisst a jed's sei

Leid, ob jung, ob alt, wann süaß und zart a Weanalied erklingt.«

Als ich von Tisch zu Tisch gegangen war und die Leute wie immer mehr oder weniger laut mitgesungen haben, habe ich dem Heinz kurz zugeblinzelt. Er hat das verstanden, weil er durch unseren Abend beim *G'spritzten* gewissermaßen »eingewienert« war.

Als ich mich dann in der Pause zu ihm an den Tisch gesetzt habe, hat er mir den Mann vorgestellt, den er mitgebracht hatte. Er hatte gesagt, das sei der Polizist gewesen, der ihn seinerzeit ins Kittchen gebracht habe. Ich wollte das erst mal gar nicht glauben, denn so, wie dieser Mann aussah, war er im Leben kein Kieberer. Eher hätte ich gedacht, dass es sich um einen in die Jahre gekommenen Rapper handelte.

Dann hat dieser Mann aber erklärt, dass er dort in Deutschland, wo er Polizist sei, also in der Heimat vom Heinz, mit der Ermittlung eines Mordfalls beschäftigt sei, in deren Zusammenhang das Negerdörfl eine Rolle spiele. Und weil ich doch mein gesamtes Leben – bis auf meine Haft in Graz-Karlau – in Ottakring verbracht hätte, hatte der Heinz gemeint, dass ich ihm da vielleicht was verzählen könnte.

Und natürlich konnte ich das. Denn meine Eltern hatten damals neben der Blumengärtnerei *Exner* am westlichen Rand des Negerdörfls, das ansonsten von Freiland umgeben war, einen kleinen Schrebergarten gehabt. So habe ich die schönste Zeit meiner Kindheit in der ehemaligen Armensiedlung Negerdörfl verbracht. Aus heutiger Sicht war das wie Bullerbü, Lummerland und Sesamstraße zusammen, ein richtiges Paradies. Denn die

Menschen, die da lebten, waren zwar bettelarm, aber sie pflegten einen herzlichen, ehrlichen Umgang miteinander, der von großem Zusammenhalt geprägt war.

Die Gablenzgasse, die heute eine stark frequentierte Verkehrsverbindung zwischen dem Stadtzentrum und der Westautobahn ist, war damals ein unbefestigter Feldweg. Da sind am Tag vielleicht zwei Lastwagen oder Pferdefuhrwerke vorbeigekommen, und daher war das für uns Burschen ein idealer Bolzplatz. Denn wir träumten alle davon, mal auf einem richtigen Spielfeld zu kicken. Im Winter war dort an dem Abhang, wo jetzt eine Tankstelle steht, eine herrliche Rodelbahn, wo wir mit unseren »Flohhupferln«, wie wir die kleinen, selbst gebauten Schlitten nannten, runtergerutscht san.

Das Verhältnis der Bewohner zueinander war ausgesprochen familiär geprägt. Im guten wie im weniger guten Sinn. Man half einander, stritt miteinander, wurde sich wieder gut. Und es passte jeder auf alle Kinder auf. Auf die eigenen wie auch auf die der Nachbarn. Man hatte von niemandem etwas zu befürchten, außer von Leuten, die wir nicht kannten, die von außen kamen. Denn das konnten sogenannte »Kinderverzehrer« sein, wie man damals sagte.

Und als Verzehrer war auch ein bärtiger Italiener bei uns gefürchtet, der Scacchi hieß, soweit ich mich erinnere, und über den man sagte, dass er Tauben bei lebendigem Leib verzehre. Wie andere Leute einen Apfel von einem Baum pflücken, würde er sie einfach im Vorbeifliegen ergreifen und herzhaft reinbeißen.

Ich hatte mich ziemlich in die Erinnerungen an meine Kindheit verloren, als der Polizist aus Deutschland wissen wollte, ob mir vielleicht ein Hubertus Grassner aus dem Negerdörfl bekannt sei. Ein Hubertus nicht, musste ich eingestehen, aber ich hatte mal mit einem Moritz Grassner zu tun gehabt. Ich hätte gerne noch weiter über den Moritz und seine Familie berichtet, aber da war der Tommy, der Akkordeonist unseres Trios, an den Tisch gekommen und hatte gemeint, wir sollten weitermachen.

Also bin ich mit auf die Bühne und habe als nächstes Lied *Dein stolzes Herz bezwing ich mir* gesungen. Als wir fertig waren mit diesem zweiten Set, waren der Heinz und sein Freund aus Deutschland nicht mehr da. Schade.

HUNDSTRUMMERLN

Guido Retzlaff, Kriminalhauptkommissar, Frankfurt am Main:

Scheiße zum Frühstück, na super«, hatte sie gesagt, als sie den Raum betrat. Der befand sich im Souterrain der Pension *Moser* und war die rechtwinklig abgeknickte Weiterführung eines Gastraums, der abends Gästen für einen hausinternen Absacker und zum Fernsehgucken zur Verfügung stand. Die Pension *Moser* befand sich in Wiens 16. Bezirk Ottakring, an der Ecke Thaliastraße und Maroltingergasse.

Der Boden des Frühstücksraums war mit stumpfen, roten Fliesen gekachelt, und die Wände zierten verstaubte, ausgestopfte Tiere: Eulen, Füchse, Dachse. Daneben auch jede Menge Geweihe. An der Stirnseite verdeckte ein ausgeblichener orientalischer Gobelin eine Eisentür, die unwillkürlich an den Fall Josef Fritzl erinnerte. Dieser war 2008 überführt worden, seine eigene Tochter vierundzwanzig Jahre lang in einem Kellerverlies im niederösterreichischen

Amstetten gefangen gehalten und sieben Kinder mit ihr gezeugt zu haben

Auf meinem Weg zu dem Frühstücksraum musste ich in dem davorliegenden Gastraum erst einmal einen Slalom zwischen vereinzelt auf dem Boden verteilten Hundehäufchen hinter mich bringen. Diese stammten offensichtlich von dem hauseigenen Bernhardiner, der, wenn er wollte, auf »Balou« hörte und bevorzugt friedlich in einem Korb hinter dem Tresen schlief.

Als ich die ältere Dame, die für das Frühstück zuständig war, darauf aufmerksam gemacht hatte, dass der Hund offensichtlich »was verloren« hätte, meinte sie nur in breitem Wiener Schmäh: »Jo, jo. Die gehans net mit ehrm spazieren. Nie gehns mit ehrm anaus.« Die Gesten, die ihre Worte begleiteten, legten klar, dass nur die Betreiber der Herberge gemeint sein konnten. »I sog's ihna immer wieda, dös geht net mit dene Hundstrummerln, dös schreckt die Gäste ab, aba af mi hern's jo net.«

Noch während ich im Weitergehen ernsthaft erwogen hatte, auf dem Absatz kehrtzumachen, blieb mir gewissermaßen die Luft weg. Der Grund dafür war, dass an einem der Tische mein alter Kollege Roman Worstedt saß.

Was, verdammt, hatte das zu bedeuten, schoss es mir durch den Kopf. Und irgendwie hatte ich das Gefühl, dass es ihm nicht viel anders ging.

»Was machst du denn hier?«, war das Einzige, was mir in dem Moment einfiel, woraufhin er entgegnete: »Das Gleiche könnte ich dich fragen.«

Ich musste mich erst einmal setzen. Dann erfuhr ich, dass Roman die Mutter von Regina Maritz kontaktiert und von ihr erfahren hatte, dass seine Kollegin hier absteigen wolle, um am kommenden Sonntag den Wien-Marathon mitzulaufen.

Im Gegenzug war es dann an mir, damit rauszurücken, dass zwischen der Regina und mir eine gewisse Anbahnung stattgefunden hätte. Das erste Mal waren wir uns ja begegnet, weil der Roman sie zu einer Besprechung bei Gref-Völsing in die Hanauer Landstraße nach Frankfurt mitgebracht hatte. Da hatten wir schon mitgekriegt, dass wir beide engagierte Marathonis sind. Drei Wochen später sind wir uns dann beim *J.-P.-Morgan-Corporate-Challenge*-Lauf in Frankfurt zufällig begegnet.

»Und so kam halt eines zum anderen«, erklärte ich, »und jetzt wollen wir am Sonntag gemeinsam beim Stadtmarathon hier in Wien mitlaufen.«

»Sie ist meine Kollegin, Guido. Du hast meine Kollegin flachgelegt«, sagte er.

»Jetzt lass aber mal stecken, wir sind doch erwachsene Menschen«, entgegnete ich.

»Hinter meinem Rücken, echt wahr. Du hättest doch wenigstens fragen können.«

»Habe ich doch – sie hat Ja gesagt.«

In dem Moment hörten wir sie auch schon, die Regina, bevor wir sie überhaupt sehen konnten, wie sie die Hundehäufchen kommentierte. Als sie um die Ecke gebogen war und uns an dem Tisch sitzen sah, bekam sie erst einmal ihren Mund nicht wieder zu.

»Was willst du hier?«, fuhr sie sodann den Roman an, »woher weißt du, dass ich hier bin?«

»Es ist etwas passiert«, hatte er geantwortet, »etwas Schlimmes.«

»Ach nee, und was?«, hatte sie entgegnet, »haben sie beim Aldi ein Foto von dir aufgehängt, dass du keinen Alkohol mehr kriegen darfst, oder was?«

»Hör auf mit dem Stuss.«

»Also, was dann?«

»Auf dem Gelände des Güterbahnhofs in Gießen ist ein herrenloser Koffer gefunden worden.«

»Aha.«

»Mit einem männlichen Torso darin«.

»Und was habe ich damit zu tun?«, war ihre Antwort, »ich bin hier in Urlaub, lies es mir von den Lippen ab: U-R-L-A-U-B, klar!«

»Die Spur führt nach Wien.«

»Wegen mir kann sie nach Bagdad führen und zurück. Das interessiert mich im Moment für keine fünf Cent. Ich bin in Urlaub.«

»Ich brauche deine Hilfe.«

»Ich höre wohl nicht recht, meine Hilfe, wieso denn das auf einmal? Glaubst du, ich weiß nicht, wie du dich immer wieder hinter meinem Rücken abgespult hast, wenn es darum ging, dass wir bei einer Ermittlung zusammenarbeiten sollten. ›Oh Gott, nein, nicht mit dieser Frau!‹ Glaubst du wirklich, ich weiß das nicht?«

Unbeeindruckt von dieser Auseinandersetzung hatte die ältere Dame, die für das Frühstück zuständig war, uns Kaffee eingegossen. Regina hatte als Erste einen Schluck genommen und ihn fast sofort wieder ausgeplustert.

»Was ist denn das?«, hatte sie ihren Brast der Frau gegenüber Luft gelassen.

»Wenn's recht ist, meine Gnädigste, mache ich Ihnen gerne einen anderen. Vielleicht mit unserer Espressomaschine?«

»Das wäre nett«, entgegnete Regina.

Im Weggehen der Frau meinte Roman: »Die Spur führt zum Prater, zu einem Mann, der dort an der Achtenbahn gearbeitet hat.«

»Dann mal viel Spaß. Ich will nichts mehr davon hören. Alles, was ich will, ist, am Sonntag um neun Uhr von der Reichsbrücke aus auf die zweiundvierzig Kilometer zu gehen, um einen anständigen Marathon hinzulegen. Das ist alles.«

»Sie wird dir in den Kaffee spucken«, sagte Roman mit Blick in Richtung der älteren Dame.

»Egal«, entgegnete Regina, »Hauptsache, er schmeckt nicht mehr so scheußlich wie der erste.«

WILDE MAUS

Johann Dallinger, Johann Dallinger Vergnügungskultur GmbH, Wien:

Er sei Polizist, hatte er gemeint, aus Deutschland. Sein Name sei Roman Worstedt. So hatte er sich vorgestellt. Und er wollte mir nur ein paar Fragen stellen. Es ginge um den Hubertus Grassner. Ob ich den kennen würde, weil er gehört habe, dass der mal bei mir gearbeitet hätte.

»Und ob ich den kenne, den Hubsi, wie er bei uns hieß«, hatte ich gesagt, als wir uns an der Wilden Maus getroffen haben. Das ist meine Achterbahn, wo der Hubsi seinerzeit tätig war. In Gießen, der Stadt in Deutschland, wo der Herr Worstedt herkam, hätte man einen herrenlosen Koffer gefunden mit einen männlichen Torso darin.

Als ich das gehört habe, musste ich erst einmal an den Herrn Kobelkoff denken, den Nicolai Kobelkoff. Der war 1851 in Russland ohne Arme und Beine zur Welt gekommen. Er war aber so geschickt, dass er als

Rumpfmensch die ganze Welt bereist hat. Auf seinen Beinstümpfen konnte er sich hüpfend wie ein Frosch fortbewegen. Außerdem konnte er schreiben, malen, ja sogar mit einem Gewehr schießen, indem er die jeweils nötigen Gegenstände zwischen sein Kinn und den rechten Armstumpf klemmte.

Weil er ausgesprochen fleißig war, hatte er es bald, nachdem er sich im Jahr 1913 in Wien niedergelassen hatte, zu mehreren Fahrgeschäften auf dem Prater gebracht. Und er hat mit seiner Frau Anna elf Kinder gehabt.

Bei der Hochzeit hatte seine Frau ihn auf ihren Armen zum Traualtar getragen. Ihren Ehering hat er ihr mit dem Mund über den Finger gesteckt. Seinen Ehering trug er zeitlebens in einem Ledertäschchen um seinen Hals.

Die größte Attraktion, die der Prater ihm zu verdanken hat, war das *Toboggan*. Dabei handelte es sich im Wesentlichen um ein schnell laufendes Förderband, auf das man aufspringen musste, um eine Schräge hochtransportiert zu werden. Weil man beim Aufspringen zur Belustigung des umstehenden Publikums nicht selten erst einmal auf dem Hintern landete, war das *Toboggan* eine absolute Unterhaltungs-Attraktion.

Aber all das hatte natürlich nichts mit dem Hubertus Grassner zu tun. Ich weiß ehrlich gesagt gar nicht mehr, wann er hier aufgetaucht ist und bei mir anfangen wollte.

Wenn ich mich recht erinnere, hatte er zuvor bei der Ottakringer Brauerei gearbeitet und dort Ärger gehabt. Es hatte mir gefallen, dass er das gleich gesagt hatte.

Ohne irgendwelche Umschweife. Was ja eh nichts geholfen hätte. Denn früher oder später kommt man ja doch dahinter, was einer in der Vergangenheit verzapft hat. Ich hatte jedenfalls den Eindruck, dass er eine ehrliche Haut war.

Es hat nicht lange gedauert, da war er so was wie mein bester Mann. Er hat ziemlich ideal meiner Philosophie von einem modernen Fahrgeschäftsmitarbeiter entsprochen. Wie hatten ja in der Vergangenheit auf dem Prater mit einer Menge Ressentiments zu kämpfen. Nach dem Krieg war das eine ziemlich unsichere Gegend gewesen, geprägt von Prostitution und Gewalt. Man war seiner Haut nicht sicher, wenn man hierherkam. Huren waren in Toilettenhäuschen ihrem Gewerbe nachgegangen, und man konnte froh sein, wenn man nicht was übergezogen bekam von ihren gewalttätigen Zuhältern.

Ich bin jetzt seit dreißig Jahren auf dem Prater tätig und habe praktisch mit nichts angefangen. Mittlerweile betreibe ich neun Fahrgeschäfte und werde demnächst noch eine große Gastronomie dazunehmen. Mir war von Anfang an daran gelegen, dass meine Mitarbeiter nichts mehr mit dem Schiffsschaukelbremser-Image früherer Tage zu tun haben sollten. Damit sie einen ordentlichen Eindruck machen, stelle ich ihnen Arbeitskleidung mit meinem Logo drauf zur Verfügung und lege Wert auf korrekte Umgangsformen.

Und der Hubsi, das muss man sagen, hat sich in dieser Richtung nie etwas zuschulden kommen lassen. Ganz im Gegenteil, er war so ziemlich der beste Rekommandeur, den ich je hatte. Es erfordert nämlich ein ausgesprochenes Fingerspitzengefühl, die Kunden auf eine Art zu animieren, dass es zum einen nicht aufdringlich und übergriffig wird und man zum anderen nicht zu zurückhaltend ist. Der Hubsi, das muss ich neidvoll eingestehen, hatte genau den Zungenschlag, der die Vorübergehenden ansprach. Während der Zeit, die er hier gearbeitet hat, habe ich immer wieder Leute sagen hören, dass sie eigentlich nur wegen ihm herkämen.

Hinzu kam auch noch, dass der Bursche ein ausgesprochenes Talent als Mechaniker besaß. Für die Wartungs- und Reparaturarbeiten an meinen Fahrgeschäften kooperiere ich natürlich mit Fachbetrieben, aber um festzustellen, ob ein Defekt vorliegt, muss der erst einmal festgestellt werden. Und da war der Hubsi einsame Spitze. Er war ja ziemlich klein, aber dennoch sehr kräftig. Deshalb konnte er behände wie ein Äffchen die Achterbahn hoch- und wieder runterklettern, um einfach mal nachzusehen, ob irgendwas im Argen war. Ich will mal so sagen: Dieser Mann hätte es bei mir noch sehr weit bringen können.

Dann aber häuften sich gewisse Unzuverlässigkeiten. Mal kam er zu spät, mal stimmte die Kasse nicht, und am schlimmsten war, dass Fahrgäste anfingen, sich darüber zu beschweren, von ihm unfreundlich behandelt worden zu sein. Also schnappte ich ihn mir eines Tages und nahm ihn ins Gebet. Was denn los sei mit ihm, wollte ich wissen. Er druckste rum und meinte, er wisse es auch nicht. Er habe halt so vieles in seinem Kopf. Ich wollte da nicht weiter reingehen, aber ich legte klar, dass, wenn er sich auch nur noch ein einziges Mal etwas zuschulden kommen lassen würde, ich mich von ihm trennen müsste.

Er gelobte Besserung, und eine Zeit lang ging es dann auch wieder gut mit ihm. Aber dann kam es an drei hintereinander folgenden Tagen dazu, dass er jedes Mal zwischen einer und drei Stunden zu spät erschien. Darauf angesprochen, erklärte er, er habe böse Zahnschmerzen gehabt und zum Arzt gehen müssen. Als ich daraufhin meinte, ob er was dagegen hätte, wenn ich bei dem Zahnarzt anrufe, eröffnete er mir unter Tränen, dass er mit einer Frau zusammen sei, die ihn über die Maßen in Anspruch nehme, die ihm Dinge abverlange, dass er daneben zu nichts anderem mehr komme. Ich muss sagen, in dem Moment war ich doch recht hilflos. Deshalb sagte ich, dass er sich überlegen solle, was er mit seinem Leben anfangen will. Und dass, wenn er von dieser Frau nicht mehr so in Anspruch genommen werde, er jederzeit wieder bei mir anfangen könne.

Er kam aber nie wieder. Stattdessen las ich ein Jahr später, dass er offenbar eine schlimme Tat vollbracht hatte. Wie es da stand, sollte er in der Roseggergasse in Ottakring eine Änderungsschneiderin in deren Geschäft mit siebzehn Messerstichen niedergestochen haben. Das war natürlich ein ziemlicher Schock für mich, und ich hatte gedacht, ob ich vielleicht etwas falsch gemacht haben könnte. Als ich dann erfahren habe, dass er zu zehn Jahren Haft verurteilt worden war, tat er mir schon was leid. Aber was sollte man machen? Was er dieser Frau angetan hat, war nun mal eine ganz schreckliche Tat. Und dafür muss man auch geradestehen.

Das hatte ich alles dem Kommissar aus Deutschland erzählt, bis plötzlich in unser Gespräch hinein sein Handy klingelte. Er meldete sich mit »Worstedt«. Und weil in der Zwischenzeit eine Gruppe von Schülern vor der Wilden Maus eingetroffen war, nutzte ich die Ablenkung, um mich um sie zu kümmern.

Normalerweise ist um diese Uhrzeit ja noch überhaupt nichts los auf dem Prater. Und ich war ja auch nur da, um mich mit dem Herrn Worstedt zu treffen. Also habe ich die Schulklasse abkassiert, damit die jungen Leute eine Runde drehen konnten.

ACHTERBAHN

Regina Maritz, Kriminaloberkommissarin Polizeipräsidium Mittelhessen, Gießen:

Nachdem der Roman gegangen war, hatten der Guido und ich zu Ende gefrühstückt und sind dann noch mal hoch aufs Zimmer. Es war für uns beide das erste Mal, dass wir bei einem Marathon schon die ganze Woche vorher an dem Austragungsort waren.

Wir genossen die Entspannung und kontrollierten, ob wir alles beisammen hatten für den Lauf: Vaseline zum Einreiben der Stellen, die gefährdet waren, wundgerieben zu werden, Tape zum Abkleben der Brustwarzen, damit sie nicht von der Reibung am Laufshirt blutiggerieben werden können und und und …

In den letzten beiden Wochen vor einem Marathon geht es nur noch darum, das Trainingspensum sukzessive runterzufahren, bis am Samstag vor dem Lauf gerade mal noch ein lockeres Zwanzig-Minuten-Läufchen in Joggingtempo auf dem Programm steht, mehr nicht. Außerdem würden wir am Samstag bei der Ausgabestelle unsere Startunterlagen holen und – wie man so sagt – ein wenig Marathonluft schnuppern. Die obligate Pastaparty, bei der die Läuferinnen und Läufer ihre Kohlenhydratspeicher für den Lauf auffüllen, wollten wir uns ersparen. Wir hatten vielmehr vor, gepflegt italienisch essen zu gehen, weil wir die Nudeln frisch gekocht al dente genießen wollten.

Für die Tage, die uns noch bis zum Start blieben, hatten wir uns ein kleines Programm zusammengestellt, was wir in Wien erleben wollten. Heute standen das Rathaus und das Burgtheater an. Nach einem Spaziergang durch den Volksgarten wollten wir zum Stephansplatz und anschließend durch die Innenstadt schlendern, um hernach vielleicht noch zum Schloss Schönbrunn zu fahren.

Für unser lockeres Läufchen, das heute über vierzig Minuten gehen sollte, hatten wir uns vorgenommen, wie bereits am Tag zuvor, mit dem Bus hoch zum Schloss Wilhelminenberg zu fahren, um dort eine Runde zu drehen und die herrliche Aussicht auf Wien zu genießen.

Als wir beim Burgtheater ankamen, wurde dort bereits eine mächtige Zuschauertribüne aufgebaut, denn in diesem Jahr würde der Zieleinlauf zum ersten Mal hier sein und nicht wie in den Jahren zuvor auf dem Heldenplatz, weil der umgebaut werden sollte. Daneben wurde ein kleines Meer von Zeltpavillions aufgestellt, die der Versorgung der Läufer nach dem Zieleinlauf dienen sollten, sowie jede Menge Container, in denen die Organisation und Zeitnahmen unterbracht wurden. Es war hier ganz nah zu spüren, was für ein umfangreiches und aufwendiges Unterfangen so ein Marathon doch ist, und es erfüllte mich mit einem gewissen Stolz, ein Teil von dem Ganzen zu sein.

Als wir dann weitergehen wollten zum Volksgarten, überquerten wir gerade den Josef-Meinrad-Platz, als es mich plötzlich wie ein Blitz durchfuhr. Achterbahn, schoss es mir durch den Kopf, verdammt, warum hatte ich das nicht gleich gemerkt? Ich musste stehen bleiben und wurde auf der Stelle bleich. Guido hatte sofort bemerkt, dass mit mir etwas los war.

»Was ist?«, hatte er gefragt, und ich konnte nur sagen: »Achterbahn.«

»Achterbahn?«

»Ja, verdammt, der Roman hatte gesagt, dass er auf den Prater zu einer Achterbahn will.«

»Ach du Scheiße«, musste der Guido dann auch eingestehen, dass wir beide nicht erkannt hatten, was diese Aussage zu bedeuten hatte.

Es war nämlich so, dass der Roman als Kind Zeuge geworden war, wie sein Vater bei einem Achterbahn-Unfall ums Leben gekommen war, und ihn seitdem schlimme körperliche Attacken heimsuchten, wenn er damit konfrontiert wird.

»Ich habe es schon mal in der *Badewanne* in Gießen erlebt«, erklärte ich dem Guido knapp, »dass er fast kollabiert war.«

»In was für einer Badewanne?«

»Das ist eine Kneipe in Gießen, wo wir manchmal den Abschluss einer Ermittlung begießen. Komm!«

DER MANN VOM ORF

Johann Dallinger, Johann Dallinger Vergnügungskultur GmbH, Wien:

Das Telefonat des Herrn Worstedt dauerte zirka sieben Minuten. Ich hatte die Zeit genutzt, um die Gruppe junger Leute abzukassieren, damit sie ihre Runde auf der Wilden Maus drehen konnten. Nachdem ich die Bahn in Fahrt gesetzt hatte, bin ich wieder zu dem Polizisten aus Deutschland zurückgekehrt.

»Gut, dann bis gleich«, konnte ich hören, wie er sich von seinem Anrufer verabschiedet hat.

»Alles in Ordnung?«, hatte ich gefragt, weil sein Blick sich eigenartig verklärt hatte.

»Kennen Sie einen gewissen Metha?«, hatte er dann gefragt.

»Metha, Zubin Metha?«

»Ja genau. Wer ist das?«

»Ein berühmter indischer Dirigent?«

»Und Buchbinder? Wer ist das?«

»Der Buchbinder, das ist unser berühmter Konzertpianist. Rudolf Buchbinder. Das ist ein Star.«

»Ich habe eine Reise zu einem Konzert der beiden gewonnen.«

»Waaas?«

»Das war der ORF«, sagte er mit Blick auf sein Handy, »die haben meine Nummer über einen Zufallsgenerator ausgelobt.«

»Mein Gott, wie toll Glückwunsch.«

»Danke. Das soll in Paris sein. Mit den Philharmonikern da.«

»Ja, der Wahnsinn.« Ich hatte den Eindruck, dass ich mich mehr zu freuen schien als er. »Auf so eine Gelegenheit warten andere ihr halbes Leben.«

»Sie wollen jetzt gleich mit einem Kamerateam herkommen«, fuhr er fort, »die wollen für eine aktuelle Sendung aufnehmen, wie ich den Preis entgegennehme und mich darüber freue.«

Dieser Mensch ist wirklich ein Glückspilz, dachte ich und malte mir aus, dass die Wilde Maus in dem Bericht des ORF ebenfalls auftauchen könnte. Der berühmte Schauspieler und Kabarettist Josef Hader hatte zwar vor Kurzem einen Film als Autor und Regisseur realisiert mit dem Titel *Die Wilde Maus,* in dem meine Achterbahn die wichtigste Location ist, aber ein bisschen Werbung mehr hat ja noch nie geschadet.

Weil der Herr Worstedt unser gesamtes Gespräch über mit dem Rücken zur Achterbahn gestanden hatte, habe ich deshalb gesagt: »Schauen Sie doch mal, wie die jungen Leute sich da amüsieren. Die Wilde Maus, das sind dreihundertsiebzig Meter pure Lebensfreude in knapp neunzig Sekunden Fahrzeit.«

Und tatsächlich, er wendete sich um. Aber noch während ich am Reden war, schien etwas in ihm aufzukeimen, das sich sogleich als böse Übelkeit entpuppen sollte. Er würgte einen Moment lang, den ich glücklicherweise nutzen konnte, um mich mit einem beherzten Satz rückwärts in Sicherheit zu bringen. Dann kam es in hohem Bogen aus ihm raus.

Obwohl sein Gewand durch dieses Speien doch erheblich in Mitleidenschaft geraten war, schien ihn das nicht sonderlich beeindruckt zu haben. Denn noch während er sich das Gereiher von seiner Jacke am Abwischen war, ging er zum ursprünglichen Thema über und wollte von mir wissen, ob mir irgendetwas bekannt sei, dass jemand gegen den Hubsi einen Groll gehegt haben könnte.

A BLEDE GSCHICHT

Regina Maritz, Kriminaloberkommissarin Polizeipräsidium Mittelhessen, Gießen:

»Kontrolle! Die Fahrausweise bitte!«, hatten die beiden Männer in den Waggon gerufen, nachdem sie an der Haltestelle Schwedenplatz zugestiegen waren. Sie hatten den U-Bahn-Wagen durch verschiedene Türen betreten und kontrollierten in entgegengesetzte Richtungen.

Ich hatte in dem Moment gedacht: Na endlich mal, denn bisher waren wir noch nicht ein einziges Mal kontrolliert worden, obwohl wir uns extra Wochentickets gekauft hatten. Weil wenn wir während unseres gesamten Aufenthalts in Wien nicht in einziges Mal kontrolliert würden, hätten wir uns die Tickets letztendlich auch sparen können, dachte ich weiter.

Guido hatte die Tickets, als wir sie am U-Bahnhof Ottakring gekauft hatten, in die Gesäßtasche seiner Jeans gesteckt. Dort griff er nun hinein, um sie herauszuholen. Dann aber guckte er plötzlich ausgesprochen sparsam: »Verdammt.«

»Was ist?«, fragte ich.

»Sie sind nicht da.«

»Unsere Tickets?«

Der eine Kontrolleur arbeitete sich näher an uns heran.

»Oh Mann«, fiel Guido ein, warum er die Fahrscheine nicht in seiner Hose finden konnte, »ich habe sie gestern in meine Laufjacke gesteckt, als wir mit dem Bus hochgefahren sind zum Wilhelminenberg.«

Das war jetzt wirklich blöd, keine Frage.

»Was heißt das jetzt?«, fragte ich, »meinst du, dass es was bringt, wenn wir sagen, dass wir sie im Hotel vergessen haben?«

Das war keine sehr originelle Idee, aber wir standen mit dem Rücken zur Wand.

»Wir haben die Tickets an einem Schalter gekauft«, sagte Guido, »damit sind sie übertragbar. Wenn wir also so etwas vorschlagen, werden sie sich auf die Schenkel klopfen.«

Es war klar, dass uns nichts anderes übrig bleiben würde, als die Strafe für Schwarzfahren abzudrücken.

»Wie viel Geld haben wir dabei?«, fragte ich.

»Ich habe knapp achtzig Euro«, sagte Guido.

»Ich vierzig.«

Der Kontrolleur war ein kräftiger Kerl und nur noch zwei Sitzreihen von uns entfernt. Was sollten wir machen? Wir mussten zu Roman.

Dann stand der Kontrolletti bei uns. So nah wirkte er noch gewaltiger als aus der Entfernung. Er war ein echter Brecher. Im wahrsten Sinne des Wortes. Mit diesem Menschen war nicht gut Kirschen essen, wie man so sagt.

Weil er uns als Pärchen ausgemacht hatte, sagte er: »Ihre Tickets, bittschön.«

»Entschuldigung«, sagte ich, »es ist uns sehr peinlich, aber wir sind Touristen und haben unsere Wochenendtickets im Hotel liegen gelassen.«

»Des is a blede Gschicht, gnä' Frau, aber im Endeffekt kein Problem«, hat er darauf entgegnet, »Sie zahlen einfach pro Person hundertdrei Euro Strafe und damit ist die Sache aus der Welt.«

»Zweihundertsechs Euro?«

»Korrekt. Und dazu natürlich noch die Tickets für die Weiterfahrt. Entweder gleich vor Ort cash oder mit Erlagschein innerhalb von drei Tagen.«

»Was ist das?«, fragte Guido.

»Sind Sie Deitsche?«

»Ja.«

»Dann sagt man bei Ihnen wohl Zahlungsanweisung. So etwas kennen Sie doch, oder?«, fuhr er fort, während er begann, Daten zu unserer Kontrolle in ein kleines Heft zu notieren.

Die Bahn fuhr ein in die Station Nestroyplatz.

»Kommen Sie bitte. Wir steigen jetzt erst einmal aus.«

Ohne dass wir uns darüber verständigen mussten, war uns klar, dass die Feststellung unserer Personalien zwischen einer Viertel- und einer halben Stunde in Anspruch nehmen würde. Wir mussten zu Roman.

»Hören Sie, wir sind Polizisten aus Deutschland«, versuchte ich nach einem letzten Strohhalm zu greifen.

»Bitte?«, sagte der Kontrolleur, weil er mich offenbar nicht richtig verstanden hatte.

Bevor ich mich wiederholen konnte, hatte Guido mich aber zurechtweisend am Ärmel gezogen und mir mit entsprechender Geste zu verstehen gegeben, dass ich gefälligst still sein solle. Dann verzog er seine Augen zu zwei schmalen Schlitzen, näherte sich dem Kontrolleur auf wenige Zentimeter und zischelte ihm gefährlich lächelnd ins Ohr: »In meinem Kampfsportzentrum üben wir bisweilen Handkantenschläge, indem wir Kokosnüsse durchschlagen. Solltest du dir nicht hundertprozentig sicher sein, dass dein Kopf stabiler ist als eine Kokosnuss, würde ich dir dringend empfehlen, jetzt einfach sang- und klanglos auszusteigen und uns in Ruhe weiterfahren zu lassen, capito?«

Der Mann blickte Guido an, dann mich. Ich nickte ihm ernst blickend zu, um Guidos Rede zu unterstreichen. Es war klar, dass er von der Statur her dem Guido grenzenlos überlegen war. Deshalb muss ihm offensichtlich durch den Kopf gegangen sein, dass, wenn jemand, der ihm körperlich derart unterlegen ist, solch einen Spruch loslässt, echt was drauf haben, echt gefährlich sein müsste.

Der Kontrolleur beobachtete das Zusammenfahren der Türen vom Bahnsteig aus. Man konnte erahnen, wie er sich in Gedanken an seinen Kopf fasste. Guido verabschiedete sich von ihm mit einem kampfsporterprobten asiatischen Gruß in Form einer knappen, angedeuteten Verbeugung.

Die U-Bahn fuhr los. Wir hatten noch eine Station bis zum Praterstern.

Dort stürzten wir aus dem U-Bahnhof raus und konnten schon von Weitem das Riesenrad sehen, das Wahrzeichen des Wiener Praters. Um dahin zu gelangen, mussten wir erst noch eine viel befahrene Kreuzung überqueren und bekamen einen ersten Eindruck, um was für ein riesig großes Gelände es sich bei dem Prater überhaupt handelt. Am Eingang befanden sich mehrere Kassenhäuschen. Zum Glück standen da keine Besucher an, weil es offensichtlich noch zu früh war, um sich zu amüsieren. Als wir fragten, wo denn hier die Achterbahn sei, wurden wir erst einmal aufgeklärt, dass sich auf dem Gelände mehrere Fahrgeschäfte befänden, die in der Art von Achterbahnen betrieben werden. Als die Dame in dem Kassenhäuschen die Wilde Maus erwähnte, konnte ich mich daran erinnern, dass der Roman diesen Begriff ebenfalls benutzt hatte.

Wir bekamen einen Prospekt mit einem Lageplan der einzelnen Fahrgeschäfte in die Hand gedrückt, mit einem rasch aufgemalten Kreuzchen, wo wir hinsollten: Straße-des-Ersten-Mai, Ecke Dritter-Mann-Weg.

Wir liefen los und versuchten uns zu orientieren, so gut das eben ging. Als wir dann endlich den Roman entdeckten mit einem Mann bei ihm, der offenbar mit Küchentüchern seine Kleidung reinigte, hörten wir hinter uns auf einmal Sirenen. Dann kamen zwei Streifenwagen mit Blaulicht nähergerauscht.

»Scheiße, die sind hinter uns her«, sagte Guido.

»Verdammt, jetzt wird's ernst«, sagte ich.

Wir zuckten kurz gottergeben mit den Schultern, weil wir wussten, dass es uns jetzt an den Kragen ging. In meinen Gedanken hatte ich den Beamten schon meine Handgelenke hingereicht, um in die Acht genommen zu werden.

Dann aber wollten wir unseren Augen nicht trauen. Aber so war es. Die beiden Wagen rauschten einfach vorbei. Sie fuhren an uns vorüber und stoppten sogleich mit quietschenden Reifen an der Wilden Maus, wo die Besatzungen aus ihren Wagen sprangen und über den Roman herfielen. Ein weiteres Auto traf ein mit aufgesetztem Blaulicht. Aus diesem Wagen stiegen zwei Männer, bei denen es sich offensichtlich um Polizisten in Zivil handelte. Nach kurzem Gespräch der beteiligten Polizisten wurde Roman in Handschellen gelegt und in einen der Streifenwagen verfrachtet, der sogleich losfuhr.

Als das Auto uns passierte, trafen sich unsere Blicke mit denen von Roman. Er sah nicht besonders gut aus.

Wir gingen noch das letzte Stück weiter zu den Polizisten in Zivil, die sich mit dem Mann unterhielten, der offenbar zu dem Fahrgeschäft gehörte.

Guido sprach die Männer an: »Entschuldigung, aber was ist denn hier eben passiert?«

Der eine vermeintliche Polizist wendete sich um: »Heren's, gehn's einfach weiter, hier is' alles unter Kontrolle.«

EGAL PARIS

Xaver Tonigold, Kriminalhauptkommissar, Wien:

»Versuchen Sie bitte nicht, mir weiszumachen, werter Kollege, dass ihr in Deutschland nicht auch auf kleine, miese Tricks zurückgreift, um eure Ermittlungserfolge einzufahren«, hatte ich gesagt, als wir uns im Vernehmungsraum gegenübersaßen. »Ich bin mir ziemlich sicher, dass Sie die Funkloch-Nummer oder irgendeine andere abgezogen hätten, wenn ich gesagt hätte, dass ich bei einer Frauenleiche stehe, neben der ein Zettel liegt mit Ihrer Handynummer darauf.«

»Wovon reden Sie?«, hatte er scheinheilig dagegengefragt.

»Von der Funkloch-Nummer, davon, dass es dann heißt ›Ich kann gar nichts mehr verstehen, hier ist wohl ein Funkloch, Adio‹, davon rede ich. Auf alle Fälle hätten Sie mir nie im Leben Ihren aktuellen Standort verraten.«

Er sah mich stumm an. So stumm, dass ich mir sicher war, ihn richtig eingeschätzt zu haben.

»Und was das Konzert in Paris angeht«, fuhr ich fort, »da haben Sie sich doch bestimmt mehr auf die Reise nach Paris gefreut als auf das Konzert mit Metha und Buchbinder. Aber egal Paris. Was hatten Sie mit Adelheid Mikusch am Laufen?«

Er musste überlegen.

»Adelheid Mikusch«, versuchte ich ihm auf die Sprünge zu helfen, »die Frau, die tot in ihrer Wohnung in der Harrachgasse aufgefunden wurde und neben der ein Zettel lag mit Ihrer Handynummer drauf.«

»Harrachgasse?«

»Richtig, am Kaisermühlendamm, an der Donau. Sagt Ihnen das nichts?«

»Nein, überhaupt nicht. Und die Frau …«

»Mikusch, Adelheid.«

»Von dieser Frau weiß ich gerade mal den Vornamen.«

»Ach nee, und woher, wenn man fragen darf?«

»Wir waren im Bus zusammengesessen.«

»Im Bus? Welche Linie?«

»Keine Linie. Von Gießen hierher nach Wien. In einem Fernreisebus.«

»Und da sind Sie ins Gespräch gekommen?«

Er nickte.

»Worüber?«

»In erster Linie ging es um Marathon. Zum Abschied hat sie gesagt, dass sie mich gerne wiedersehen würde. Deshalb habe ich ihr meine Handynummer aufgeschrieben.«

»Interessant. Sind Sie Marathonläufer?«

»Nein, ich habe nur eine Kollegin, die am Sonntag hier in Wien mitlaufen will.«

»Und Sie sind hier, um sie anzufeuern?«

»Richtig.«

»Wo waren Sie gestern Abend zwischen zwanzig und einundzwanzig Uhr?«

»Wozu wollen Sie das wissen?«

»Weil zu der Zeit Adelheid Mikusch zu Tode kam.«

»Da war ich bei einem Musikabend. In einem Schutzhaus.«

»Was für ein Schutzhaus?«

»Das weiß ich leider nicht mehr.«

»Was gab es denn für eine Musik?«

»Das war ein Trio. Ein Sänger, Akkordeon und Gitarre.«

»Ein Sänger?«

»Ja, jemand hatte gesagt: ›Der Frank Sinatra von Ottakring.‹«

»Der Kurt Girk?«

»Ja genau, so hieß der Mann.«

»Dann müsste das das Schutzhaus *Waidäcker* gewesen sein.«

»Das könnte sein.«

»Kommen Sie.«

Gemeinsam mit dem Silvan Bronkovicz fuhren wir nach Ottakring zu dem Schutzhaus *Waidäcker*. Der Bronko hatte vom Präsidium aus dort angerufen und sichergestellt, dass schon jemand da war.

Als wir das Lokal betraten, kam uns der Chef entgegen. Von der Art, wie er unseren Kollegen aus Deutschland begrüßte, war klar, dass er ihn schon mal gesehen hatte. Und nicht nur das. Es war auch nicht zu überhören, dass der Kollege Worstedt am Abend zuvor gut dem Wein zugesprochen hatte.

Auf unsere Frage, wann Worstedt in dem Lokal gewesen sei, konnte der Wirt wie aus der Pistole gefeuert sagen, dass er von halb acht bis viertel vor zehn da gewesen sei. Er konnte uns sogar den Platz zeigen, wo er gesessen hatte, und sich daran erinnern, dass er dort mit einem anderen Mann gesessen habe und man sich zwischenzeitlich sogar mit dem Kurt Girk unterhalten habe.

Als ich von dem Wirt definitiv bestätigt haben wollte, dass es sich bei dem Mann, den er am Vorabend gesehen haben will, um Roman Worstedt handelte, meinte er: »So einen Charakterkopf kann man nicht vergessen. Und an sechs Viertel in zwei Stunden werde ich mich auch noch lange erinnern.«

Auf der Rückfahrt vom *Waidäcker* zum Präsidium hat der Worstedt wissen wollen, wie die Frau Mikusch zu Tode gekommen sei.

»Mit siebzehn Messerstichen«, gab ich ihm zu verstehen.

»Mit siebzehn Messerstichen?«, fragte er ungläubig zurück.

»Wieso fragen Sie?«

»Weil das das zweite Mal ist, dass ich heute von einer Attacke mit siebzehn Messerstichen höre.«

»Wieso das denn?«

»Vor neun Jahren gab es schon mal so eine Attacke in Wien. Haben Sie das nicht mitgekriegt?«

»Vor neun Jahren war ich noch in Innsbruck. Was war denn da?«

Es dauerte vier Telefonate, bis ich jemanden in der Leitung hatte, der mir was zu dem sagen konnte, was sich vor neun Jahren ereignet hatte.

IST SIE TOT

Henning Federl,
Polizeimeister im Streifendienst, Wien:

Ich erinnere mich noch genau. Der Axel Buchleder und ich hatten an dem Tag Spätschicht. Wir hatten gerade am U-Bahnhof Ottakring die Personalien eines Schwarzfahrers aufgenommen, als die Nachricht kam, dass es in der Rosseggergasse zu einer Gewalttat gekommen sei. Weil das nur zwei Straßen entfernt war, sind wir sofort dahingefahren.

Die Mitarbeiterin einer Änderungsschneiderei hatte beim Notruf gemeldet, dass sie schlimme Schreie gehört habe, als sie auf der Toilette war. Als sie daraufhin die Tür zu dem Ladengeschäft geöffnet habe, habe sie gesehen, dass ihre Chefin von einem Fremden mit einem Messer attackiert worden sei. Sie ist dann zurück in die Toilette geflohen und hat von dort den Notruf abgesetzt.

Als wir an dem Tatort eingetroffen waren, lief ein Mann mit einem blutverschmierten Messer in der

Hand aus dem Laden davon. Wir sind aus unserem Wagen gesprungen und haben gerufen: »Polizei! Stehen bleiben!«

Er ist unserer Aufforderung jedoch nicht nachgekommen, sondern weiter geflüchtet. Der Axel hat die Verfolgung des Mannes zu Fuß aufgenommen. Ich bin mit gezogener Waffe in den Laden gestürzt. Da lag eine Frau am Boden, aus deren Körper das Blut lief wie aus einem abgestochenen Schwein. Alles war voll mit Blut. Bei jedem Schritt zu ihr hin versanken die Sohlen meiner Schuhe in dem blutgetränkten Teppichboden. Bis hoch zur Decke war das Blut gespritzt. Jeder Schritt machte ein quatschendes Geräusch.

Aus einer Wunde am Hals der Frau sprudelte Blut wie aus einer Fontäne. Die Verletzung hatte ihr eine Öffnung der Luftröhre zugefügt, durch die sie röchelnd nach Luft rang. Ich drückte ihr die Wunde mit der Hand zu, bis ich plötzlich die schwache Stimme der Frau vernahm, die sich nach wie vor auf der Toilette befand.

»Wer sind Sie?«, fragte sie durch die Tür.

»Ich bin Polizist«, rief ich zurück, »Sie sind in Sicherheit, kommen Sie her!«

Vorsichtig bewegte sich der Schlüssel in der Toilettentür.

»Machen Sie schon«, schrie ich und bekam sofort Schiss, dass ich die verängstigte Frau vielleicht abschrecken könnte.

»Sind Sie wirklich von der Polizei?«, fragte sie nochmals.

»Ja, verdammt, und jetzt kommen Sie endlich her.«

Bleich wie ein Leichentuch trat die Frau aus der Tür. Sie mochte vielleicht Mitte zwanzig gewesen sein.

»Kommen Sie«, befahl ich ihr und instruierte sie, wo sie die Halsschlagader ihrer Chefin abdrücken sollte.

Dann lief ich aus dem Laden hinaus auf die Straße, wo gerade ein Rettungswagen eintraf. Ich konnte den Sanitätern nur kurz zurufen, dass sie in den Laden gehen sollten.

Von der nächsten Querstraße aus hörte ich den Axel, wie er auf den Täter einschrie. Ich lief zu den beiden. Sie standen sich in einem Abstand von vielleicht fünf Metern in der Josef-Mandl-Gasse gegenüber. Der Täter mit dem blutverschmierten Messer in der Hand, der Axel mit seiner Dienstwaffe.

Während der Axel jeweils brüllte, sein Gegenüber solle das Messer fallen lassen, brüllte der Mann zurück: »Ist sie tot?«

Immer wieder hin und her, bis ich meine Waffe auf den Mann richtete und rief: »Wenn du jetzt nicht das Messer wegwirfst, knall ich dich ab!«

Komisch, aber daraufhin ließ er das Messer tatsächlich aus seiner Hand gleiten. Es fiel auf das Trottoir. Ich näherte mich der blutverschmierten Waffe, wobei ich meine Pistole auf den Mann gerichtet hielt. Als ich nahe genug dran war, stieß ich das Messer mit dem Fuß weg.

Der Mann lächelte mich dabei an: »Ist sie tot?«

WÄSCHEKLAMMER-GEWEHRE

Moritz Grassner, Gastwirt, Wien:

Unsere älteren Geschwister waren ja noch im Negerdörfl geboren worden. Mein Bruder Hubertus und ich aber erst hernach, als das Negerdörfl schon geschliffen war und sie unsere Eltern in den benachbarten Pirquet-Hof umgesiedelt hatten. Obwohl wir zu der Zeit ja im eigentlichen Sinne keine Negerdörfler mehr waren, konnten wir uns dieses Stigmas nicht erwehren. Da kennt die vorurteilsaffine Wiener Kleinbürgerseele wenig Pardon: einmal Arme-Leute-Dörfler, immer Arme-Leute-Dörfler.

Aber im Endeffekt haben wir sie alle Lügen gestraft. Ich habe es doch zu meiner eigenen Gastronomie geschafft, und aus dem Hubsi hätte auch was werden können, wenn er nicht … ja, wenn er nicht.

Er war ein Tüftler vor dem Herrn, das kann man so sagen. Für technische Zusammenhänge hatte er einfach ein begnadetes Geschick. Als Kinder hatten wir immer davon geträumt, mal ein richtiges Gewehr in die

Hand zu kriegen. So wie die richtigen Cowboys es hatten. Weil so etwas aber außerhalb jeder Erfüllung lag, mussten wir uns mit dem behelfen, was uns zur Verfügung stand. Und so war es dazu gekommen, dass der Hubsi irgendwann begonnen hatte, Gewehre mit Wäscheklammern zu basteln. Dazu hatte er auf ein flaches Stück Holz zwei Nägel eingehauen, an die er die Enden eines aufgeschnittenen Einmachgummis befestigt hat. Mit dem Mittelteil des Gummis wurde sodann ein Geschoss in eine Wäscheklammer geklemmt, die mit einem weiteren Nagel ebenfalls auf dem Brett befestigt wurde. Weil das Gummi durch den Zug eine Spannung bekam, konnte man es durch Aufknipsen der Wäscheklammer mit ziemlicher Wucht abschleudern. Als Geschoss dienten uns Steine oder kleine Metallteile. Obwohl diese Wäscheklammer-Gewehre uns beim Spielen gute Dienste leisteten, träumten wir weiter von richtigen Gewehren, zumal wir damals angefangen hatten, Karl May zu lesen. Und dort war der legendäre Henrystutzen nun mal das Nonplusultra überhaupt.

Zu der Zeit hatten der Hubsi und ich ein Erlebnis, das ich mein ganzes Leben nicht vergessen werde. Und zwar waren wir eines Tages mit unseren Wäscheklammer-Gewehren an einem kapitalen Hundehaufen vorbeigekommen, als ich zu dem Hubsi meinte, dass, wenn er wolle, dass sein Wäscheklammergewehr sich in einen echten Henrystutzen verwandeln soll, er nur einen Finger voll von dem Hundstrummerl zu sich nehmen müsste.

Nachdem er zweimal nachgedacht und einmal tief geschluckt hat, steckte er seinen Zeigefinger sodann in den Kothaufen und anschließend in den Mund. Noch während er am Herunterschlucken war, hatte ich mich schon die ersten Schritte entfernt. Und als er dann gemerkt hatte, dass sein Wäscheklammergewehr das blieb, was es war, nahm ich endgültig Reißaus. Es war einfach so, dass der Hubsi eine etwas einfältige Seele war, a bisserl deppert, wie man bei uns so sagt. Ansonsten war er ein grundanständiger Kerl. Es war hundertprozentig Verlass auf ihn. Egal, was war, auf sein Wort konnte man sich verlassen.

Später, als er auf dem Prater dann bei der Wilden Maus gearbeitet und diese Frau kennengelernt hat, konnte man buchstäblich über Nacht eine Veränderung an ihm wahrnehmen. Obwohl wir da schon ausgesprochen wenig miteinander zu tun hatten, möchte ich doch behaupten, dass dieses Weib ihm nicht gutgetan hat. Um nicht zu sagen, dass sie eine ausgemachte Hexe war.

War man vorher stets in seiner Einzimmerwohnung willkommen gewesen, so wurde man mit dem Auftauchen dieser Frau nicht mehr reingelassen, wenn sie da war. Da wurde man einfach an der Tür abgefertigt. Ich kann mich nicht daran erinnern, diese Frau ein einziges Mal zu Gesicht bekommen zu haben.

Er hat dazu immer nur gesagt, dass sie so wahnsinnig schüchtern sei.

Aber gleichzeitig war auch zu beobachten, dass er seine Arbeit immer mehr vernachlässigte. Bei seinem Chef, dem Dallinger, hat er echt einen Stein im Brett gehabt. Der hat ja von Jahr zu Jahr seine Firma expandiert, und ich habe ihn mehrmals sagen hören, dass er den Hubsi zu seiner rechten Hand habe aufbauen wollen. Der Hubsi war allseits beliebt, und er verstand sein Handwerk. Er hätte es bei dem Dallinger echt zu was bringen können. Und nachdem der ihn dann vor die Tür gesetzt hat, hat es ja auch nicht mehr lange gedauert, bis es zu dem besagten Vorfall in der Änderungsschneiderei kam.

Ich wollte das zuerst überhaupt nicht glauben, dass der Hubsi zu so einer Tat fähig sein konnte. Aber es gab keinen Weg dran vorbei. Er hatte diese Frau töten wollen. Ich habe ihn dann noch mal besucht, als er in Haft war. Dazu bin ich extra mit dem Zug nach Graz gefahren. Ich habe ihn gefragt, Hubsi, was hat dich dazu getrieben, dass du so etwas Schreckliches tun konntest.

Er konnte mir nicht darauf antworten und auch nicht darauf, um wen es sich bei der Frau überhaupt gehandelt hat, mit der er da zusammen war. Erst zum Abschied nahm er mich wie früher als Kind in den Arm und sagte: »Ach Moritz, lieber Moritz mein, sei froh, dass du nichts am Hut hast mit dem Katzenkönig.«

NICHT UMDREHEN

Dr. Helmut Weinecker, Rechtsanwalt, Wien:

Das war mein erster Fall als Pflichtverteidiger. Ich hatte damals gerade meinen Abschluss in der Tasche und war bei *Steinhilber, Wildfleck & Fischer* eingestellt worden. Das war seinerzeit eine der renommiertesten Kanzleien für Strafverteidigungen in Wien. Ich hatte mich bereits während meines Jus-Studiums auf Strafrecht spezialisiert, weshalb ich mit sehr viel Elan an diesen Fall herangegangen bin. Für die erfahreneren Kollegen in der Kanzlei lag alles klar auf der Hand: versuchter Mord. Einziger Klärungsbedarf bestand hinsichtlich des Motivs und der Zurechnungsfähigkeit des Täters zum Zeitpunkt der Tat.

Es war keinerlei Beziehung zwischen Täter und Opfer auszumachen. Die beiden hatten, so wie es aussah, noch nie in ihrem Leben etwas miteinander zu tun gehabt.

Meine erste Begegnung mit Hubertus Grassner fand während seiner Untersuchungshaft in der Justizanstalt Wien-Josefstadt statt. Laut Aktenlage hat er an einem Nachmittag den späteren Tatort, eine Änderungsschneiderei in der Roseggergasse in Wiens 16. Bezirk Ottakring, betreten und die dort gerade mit Näharbeiten beschäftigte Betreiberin des Geschäfts, Johanna Dokupil, mit einem Hirschfänger-Messer mit siebzehn Stichen niedergestochen.

Nachdem Polizei eingetroffen war und ihn als Täter festnehmen konnte, hatte ihn maßgeblich nur interessiert, ob er die Frau auch wirklich getötet hätte. In dem ersten Vernehmungsprotokoll war zu lesen, dass man den Eindruck hatte, er habe sich den tödlichen Ausgang seines Mordversuchs inständig herbeigewünscht. Nennenswerte Hinweise auf ein Schuldbewusstsein konnten seinem Verhalten nicht entnommen werden.

Als ich Grassners Zelle zum ersten Mal betreten hatte, war mir daran gelegen, zwischen ihm und mir einen vertrauten Umgang zu etablieren. Also fragte ich ihn nach seinem Wohlbefinden und kommunizierte oberflächlich, ob ich vielleicht außerhalb der U-Haft etwas für ihn erledigen könne. Zum Beispiel, ob ich irgendwelche Verwandte kontaktieren solle oder Ähnliches. Seine Antworten, so sie denn nach mehrmaligem Nachfragen erfolgten, fielen ausgesprochen einsilbig und kaum hörbar aus. Wobei sein Blick immer auf die vor ihm befindliche Tischplatte gerichtet blieb.

Es war nur zu offensichtlich, dass ihn das alles nicht interessierte. Ich meine, dass er mich während des gesamten Zusammentreffens nicht ein einziges Mal von Angesicht zu Angesicht angeschaut hatte. Er schien aus meiner Sicht in einer Gedankenwelt gefangen zu sein, die ihn, aus welchen Gründen auch immer, nicht freigeben wollte.

Erst nach einer ganzen Weile platzte es auf einmal laut und deutlich aus ihm heraus. »Ist sie tot?«, wollte er da wissen, wobei sein Blick auch dabei weiterhin auf die Tischplatte gerichtet blieb.

Als ich ihm daraufhin eröffnete, dass die Frau Dokupil zwar schwer verletzt, aber nach wie vor am Leben sei, verfiel er in eine weinerliche Stimmung, aus der ich ihn nicht wieder herausbewegen konnte. Da half es auch nichts, ihm im Hinblick auf eine bevorstehende Verurteilung darzulegen, dass eine Anklage wegen versuchten Mordes vor Gericht nun mal weniger erschwerend bewertet würde als ein abgeschlossen begangener Mord. Ihn schien das alles nicht zu erreichen. Er war in sich zusammengebrochen und sagte kein einziges Wort mehr.

Erst vier Monate später begann er zögerlich, auf mein Nachfragen einzugehen. Ich weiß noch genau, wie er bei einem meiner Besuche das erste Mal etwas von sich gab. Das war nicht einfach so, dass er meinte, hier so und so. Nein, er ließ sich vorher mehrmals von mir bestätigen, dass ich bestimmt nicht lachen würde über das, was er mir erzählen wolle. Nachdem ich ihm sozusagen mein großes Indianerehrenwort gegeben hatte, wollte er, dass ich mich mit dem Rücken zu ihm wende und vor das Fenster der Zelle stelle.

Ich muss sagen, er hat es schon verdammt spannend gemacht, und für einen Augenblick hatte ich auch ein bisschen Angst, dass er die Situation für einen Angriff von hinten auf mich hätte ausnutzen können.

Dann aber hörte ich von hinter mir seine Stimme ganz schwach sagen: »Ich wollte doch nur die Menschheit retten.«

»Bitte?«, musste ich entgegnen, weil ich nicht glauben wollte, was ich da gehört hatte.

Aber da hatte er schon nachgeschoben: »Nicht umdrehen! Drehen Sie sich nicht um. Sie haben es mir versprochen!«

»Schon gut, schon gut«, hatte ich ihn besänftigt, »fahren Sie ruhig fort. Ich werde mich nicht umdrehen.«

Es dauerte dann eine kleine Ewigkeit, bis er endlich sagte: »Ich musste das tun. Es gab keine andere Möglichkeit.« Und im nächsten Moment brach er wieder in sich zusammen, konnte nur noch lauthals weinen und sich vor Schmerzen krümmen. Das war alles schon ein sehr verwirrendes Schauspiel.

Und weil dem Wachpersonal das alles nicht verborgen blieb, musste ich anschließend der Anstaltsleitung Rede und Antwort stehen, was ich denn mit dem armen Mann angestellt hätte. Angesichts dessen, dass nach wie vor keine Beziehung zwischen dem Herrn Grassner und der Frau Dokupil auszumachen war und es auch sonst keinen Hinweis auf ein Motiv gab, sah es für meine Verteidigung nicht gerade rosig aus. Würde mein erster Fall als Pflichtverteidiger mich schon aus der Bahn meiner noch nicht mal richtig begonnenen Karriere werfen?

Erst als die Staatsanwaltschaft eine mehr oder weniger lausige Anklage zusammengeschustert hatte, rückte Grassner bei einer weiteren Zusammenkunft damit heraus, er habe die Frau einzig aus dem Grund umbringen müssen, um die Menschheit vor ihrer Vernichtung durch den Katzenkönig zu bewahren.

In dem Moment, als ich das gehört habe, dachte ich nur daran, wie es wohl sein würde, wenn ich einen solchen Sachverhalt dem Gericht vortrug. In meinem Innern hörte ich mich sagen: Bitte, lieber Gott, lass das nicht das Ende meiner Karriere sein.

Im Folgenden schilderte Hubertus Grassner mir in endlosen Etappen, die ich mit dem Rücken zu ihm gewandt und aus dem Zellenfenster stierend verbrachte, wie es zu seinem Mordanschlag gekommen sei. Alles habe damit begonnen, erklärte er, dass ihm auf seiner Arbeit an der Achterbahn Wilde Maus auf dem Prater eine Frau begegnet sei, von der er sich wie von einem unerklärbaren Magnetismus angezogen gefühlt habe. Danach sei es gekommen, wie es kommen musste: Die Herzen fanden zueinander. Bald darauf habe die Frau ihm eröffnet, dass ihre Beziehung unausweichlich zustande kommen müsse. Denn man sei bereits seit zwölftausend Jahren durch eine Seelenverwandschaft miteinander verbunden. Diese habe ihren Ursprung im Untergang von Atlantis, für den letztendlich sie verantwortlich sei, weil sie sich seinetwegen den sexuellen Übergriffen des Machthabers verweigert hätte.

Bei dem Katzenkönig, so erklärte er mir weiter, handele es sich um ein Wesen, das bei dem Untergang von Atlantis mit anderen grauenvollen Geschöpfen wie Minotauren, Nymphen und Vampiren von den Göttern zu einem Leben unter dem Meer verdammt worden sei. Im Laufe der zwölftausend Jahre seitdem habe er, der Katzenkönig, der als Urvater des in unserem Kulturkreis als Teufel benannten Inbegriff des Bösen stehe, sein Exil unter dem Meer verlassen können und sich auf den Grund der Donau bei Wien begeben. Von dort aus wolle er nun die Weltherrschaft an sich reißen. Um ihn davon abzuhalten, sei es immer wieder notwendig, ihn mit unterschiedlichen Opfern zu besänftigen. Anfangs habe es noch gereicht, bei Vollmond mit einem schweren Wintermantel bekleidet die Donau zu durchschwimmen, aber dann habe er zusehends aufwendigere Opfer verlangt. Seine Bekannte sei bösartigen körperlichen Attacken dieses Katzenkönigs ausgesetzt gewesen und habe in Trance die jeweils verlangten Opfer übermittelt bekommen. So habe sie auch den Befehl erhalten, den Tod der Änderungsschneiderin Johanna Dokupil herbeizuführen.

Man kann sich vorstellen, dass es mir nicht gerade leicht gefallen war, diesen Ausführungen mit angemessener Ernsthaftigkeit zu folgen. Und gleichzeitig tat der Mann mir aber auch über die Maßen leid. Erschwerend kam hinzu, dass diese Wahnwelt meines Mandanten eine in sich schlüssige Detailgenauigkeit aufwies, weshalb er über jeden Zweifel erhaben schien und sich nicht durch Nachfragen verunsichern ließ.

All das war – salopp gesagt – der dickste Tobak, der mir bis dahin in meiner juristischen Laufbahn untergekommen war. Während des Studiums gab es ja bisweilen recht halsbrecherisch konstruierte Fälle, die wir zu lösen hatten. Aber im Prinzip war das alles nichts gegen das, was der Herr Grassner mir da auftischte.

Auf meine Frage, um wen es sich denn bei der Dame gehandelt habe, mit der er diese verhängnisvolle Beziehung eingegangen sei, erwiderte er, deren Identität nicht preisgeben zu können, nicht preisgeben zu dürfen. Denn das würde unabdingbar den Zorn des Katzenkönigs heraufbeschwören, der sich dann nicht mehr besänftigen lasse, um die Menschheit vor ihrem Untergang zu bewahren. Da wollte es auch nichts helfen, ihm die Konsequenz vor Augen zu halten, dass das Gericht die Bemessung seiner Strafe unter dieser Voraussetzung nicht gerade wohlwollend ausgestalten würde. Das war ihm egal. Er stand zu seinem Entschluss und verwies auf den ehemaligen deutschen Bundeskanzler Helmut Kohl, der in den 1990er-Jahren im Rahmen einer Parteispendenaffäre ebenfalls nicht zur Nennung seiner Hintermänner bewegt werden konnte.

Die Eröffnung des Prozesses gestaltete sich für mich erst einmal als ziemlicher Spießrutenlauf. Aber ich hatte keine andere Wahl. Ich musste den Fall so vorzutragen, wie er mir von Hubertus Grassner übermittelt worden war. Zu Beginn seiner Vernehmung trug ich eine schriftliche Erklärung von ihm vor, zu der ich ihm ein paar Tage zuvor noch Formulierungshilfe geleistet hatte. Danach ermahnte mich das Gericht mehrmals, meine Ausführungen nicht zur Märchenstunde abgleiten zu lassen.

Als man sich endlich dazu durchgerungen hatte, Hubertus Grassner einzuräumen, in seinem Wahn das Leben der Johanna Dokupil gegen die Existenz der Menschheit abgewogen zu haben, wollte man natürlich wissen, wie er sich den Untergang der Menschheit denn bildlich vorgestellt habe. Er erklärte daraufhin, dass das ja wohl ganz einfach sei. Schließlich habe es in dem Münchner Stadtteil Trudering einen Vorfall gegeben, wo sich ohne ersichtlichen Grund die Fahrbahn einer Straße geöffnet und einen großen Linienbus vollständig hineingezogen hätte. Erst acht Monate hernach habe dieser Bus mit den Leichen darin geborgen werden können. Das sei ganz klar auch ein Werk des Katzenkönigs gewesen, der zu der Zeit noch sein Domizil auf dem Grund der Isar gehabt habe. Außerdem könne man ja in dem Film *Carrie – des Satans jüngste Tochter* sehr eindrucksvoll nachverfolgen, wie eine Vernichtung konkret vonstatten gehen könne.

Weil nicht auszuschließen war, dass Hubertus Grassner zum Zeitpunkt der Begehung seiner Tat das Unrecht seines Handelns nicht erkennen konnte, musste ein psychologisches Gutachten in Auftrag gegeben werden. Aufgrund dieses Gutachtens wurde anschließend Grassners Einweisung in eine psychiatrische Klinik angeordnet.

Er wurde zu zehn Jahren Haft verurteilt, von denen er acht verbüßen musste: vier Jahre in der psychiatrischen Forensik, den Rest in der Justizanstalt Graz-Karlau.

MARINA

Andreas Findeisen,
ehemaliger Kameraassistent ORF, Wien:

Sie hatten uns gesagt, wir sollten einfach irgendwelche Schnittbilder aufnehmen von der Donaumarina mit allem Drum und Dran. Die sollten dann für eine Dokumentation verwendet werden, die umfassend darüber informieren sollte, was für eine wahnsinnig tolle Einrichtung die Marina für Wien darstelle. Dass es dort was weiß ich wie viele Bootsanlegestellen gebe, Restaurants, Motorbootfahrschulen und so weiter und so fort.

Unser Aufnahmeleiter hatte einen Ponton angemietet, weil der nicht so wackelt wie ein Motorboot und man darauf getrost ein Stativ aufstellen kann, um einigermaßen feste Einstellungen drehen zu können. Ich habe zu der Zeit schon fast zwei Jahre als Assistent für den Roland Zeltinger gearbeitet. Er war ein richtiger Kameramann vom alten Schlag. Der hat keinen Finger krumm gemacht an der Kamera und es am liebsten gehabt, wenn ihm das Okular auf Augenhöhe montiert wurde, sodass er nur noch bequem stehend aufzunehmen brauchte.

Sogar das Auslösen war ihm zu viel, weshalb er stets nur den Befehl gab: »Abfahrt«, wenn ich die Aufnahme starten sollte.

Wie es so üblich ist, hatte ich ihm die Mühle auf unser Dreibein montiert und einen Tageslichtfilter vor die Linse gesetzt. Dann sind wir erst einmal flussab gefahren und haben ein wenig das Ufer der Donauinsel aufgenommen. Nach etwa zwanzig Minuten haben wir dann kehrtgemacht und sind zurückgeschippert Richtung Marina, als der Zeltinger meinte, ich solle die Kamera mit einem Bohnensackstativ auf den Boden legen, weil er ein paar Aufnahmen aus der Froschperspektive drehen wolle.

Ich dachte zuerst, mein Gott, was ist denn in den gefahren, aber was soll's, schließlich ist er der Chef. Also habe ich die Kamera mit der Platte von dem Stativ geschoben und habe mich losgemacht zum Bug des Pontons, um sie dort auf ein Positionssäckchen einzurichten. Als ich mich hinsetzen wollte, merkte ich aber, dass ich mich nicht abstützen konnte, wenn ich gleichzeitig die Kamera mit beiden Händen halten musste. Als der Zeltinger das sah, beugte er sich zu mir herunter und meinte: »Na, gib schon her die Mühle«, woraufhin ich ihm die Kamera übergab. In dem Moment kam aber der Ponton irgendwie ins Wanken, weil uns kurz zuvor ein Frachter passiert hatte und dessen Bugwelle uns nun erreichte. Weil der Zeltinger nicht gerade sportlich war, musste er in dem Moment mit seinem Gleichgewicht kämpfen. Und verlor diesen Kampf, indem er über Bord ging und die Kamera mit ihm. Anschließend konnte er sich zwar über Wasser halten, aber die Kamera war weg, abgesoffen.

In den folgenden zwei Tagen hatte dann die Versicherung, die für die Regulierung des Schadens zuständig war, drei Taucher engagiert, die an der Stelle, wo der Zeltinger über Bord gegangen war, den Boden der Donau nach der Kamera absuchten. Allerdings ohne Erfolg. Die Mühle blieb verschollen und wurde von der Versicherung ersetzt. Immerhin fast achtzigtausend Euro.

Was mich daraufhin getrieben hat, die Bergung der Kamera meinerseits anzugehen, kann ich nicht mehr genau sagen. Aber ich wollte es – aus welchen Gründen auch immer – nicht hinnehmen, dass so ein wertvolles Gerät einfach aufgegeben wird. Also habe ich mich losgemacht, mir eine Tauchausrüstung auszuleihen. In dem ersten Geschäft, wo ich solch eine Ausrüstung leihen wollte, hatten sie mir ein paar Fragen gestellt, zu denen mir nicht besonders viel einfiel. Wie viel Blei ich bräuchte, wurde ich da gefragt und ob ich mein Brevet dabeihätte. Meine Antworten hatten denen recht schnell den Eindruck vermittelt, dass ich null Ahnung vom Tauchen hatte und es viel zu gefährlich sei, mir eine Ausrüstung anzuvertrauen. Deshalb haben sie mich aus dem Laden gejagt.

Aber wenigstens habe ich bei dem Gespräch genug mitgekriegt, um bei meinem zweiten Anlauf, mir eine solche Tauchausrüstung auszuleihen, um einiges souveräner aufzutreten. Weshalb ich dann tatsächlich zu einer Ausrüstung kam.

Mein erster Tauchgang war aus unterschiedlichen Gründen, die letztendlich darauf zurückzuführen waren, dass ich die Anforderungen grenzenlos unterschätzt hatte, ein einziges Desaster. Ich war nach zwanzig Minuten im Wasser zirka drei Kilometer weit abgetrieben an Land gekommen und musste die gesamte Strecke zu meinem Auto barfuß mit der Sauerstoffflasche unterm Arm zurücklegen.

Um meinen Plan nicht aufgeben zu müssen, bin ich daraufhin in einen Tauchverein gegangen, wo ich dann doch einiges lernen konnte, um zukünftig einigermaßen versiert tauchen zu können.

Außerdem hatte ich in dem Verein vier andere Taucher dafür gewinnen können, mich bei meinem Vorhaben zu unterstützen. Denn für den Fall, dass wir die Kamera finden würden, hatte ich ihnen eine Beteiligung an der Summe in Aussicht gestellt, die die Versicherung für die wiederbeschaffte Kamera erstatten würde.

Nach einigen Tauchgängen, bei denen wir den Fluss quer durchstreift hatten, waren wir dazu übergegangen, den Fluss mit einem Stahlseil verbunden nebeneinander in Dreimeterabständen längsseits abzutauchen. Außerdem waren wir auch dazu übergegangen, nachts zu tauchen, weil es zum einen unten auf dem Grund der Donau eh so dunkel war, dass man nur mit Leuchten was erkennen konnte. Und zum anderen hatten wir ja tagsüber alle unsere Arbeit, der wir nachgehen mussten.

Und eines Nachts haben wir, beziehungsweise ich, dann tatsächlich die Kamera gefunden. Das Gehäuse war nahezu vollständig im Schlamm des Flusses versunken, und es hat nur das Okular herausgeschaut. Als ich das sah, habe ich ziemlich Panik bekommen, denn es wäre nur ein beherzter Griff möglich gewesen, weil wir ja weitergezogen wurden. Und in dem Moment hämmerte der Spruch von dem Zeltinger in meinem Kopf, dass man eine Kamera nie am Okular anfassen darf. »Nicht am Okular, du Depp!«, hatte er mich immer wieder angeherrscht. Und jetzt? Ich musste mich über diese Regel, die für jeden galt, der an einer Kamera arbeitet, hinwegsetzen. Also griff ich beherzt zu.

Mein Gottt, war das ein Gefühl. Ich habe sofort den anderen unser vorab verabredetes Zeichen gegeben, dass ich fündig geworden war und dass wir auftauchen könnten.

Im Auftauchen wurden wir dann aber Zeugen eines völlig verrückten Geschehens. Wir hatten zuerst gedacht, was ist denn das? Aber als wir weiter aufstiegen und genauer ausmachen konnten, was da an der Wasseroberfläche auszumachen war, erkannten wir, dass da jemand am Schwimmen war. Mitten in der Nacht – und so wie es aussah mit einem dicken Wintermantel bekleidet. Wer immer sich da durchs Wasser kämpfte, er musste etwas Schreckliches hinter sich gebracht haben.

Wir sind dann näher zu dem Mann hingeschwommen, um ihm zu helfen. Nicht, dass er noch absäuft, hatten wir gedacht. Als wir ihn aber anfassen wollten, hat der sich mit Händen und Füßen gewehrt. Er hat sich einfach umgewendet und ist in die Richtung zurückgeschwommen, wo er hergekommen war.

Wir hatten dann gedacht, okay, wenn er sich nicht helfen lassen will, und sind ans Ufer geschwommen, wo wir uns erst einmal gefreut haben wie die Schneekönige, dass wir unser Ziel erreicht hatten. Jeder wollte die Kamera einmal in die Hand nehmen. Es war wie der Siegerpokal bei der Fußballweltmeisterschaft. So fühlten wir uns.

Bis auf einmal der Günther mit einem mächtigen Ruck aus unserer Runde gerissen wurde. Er hatte noch seinen Karabinerhaken an der Leine, mit der wir uns durch Wasser haben ziehen lassen. Wir konnten sehen, dass da ein Frachter war, der auf der nächtlichen Donau an uns vorbeifuhr. Wie sich im Nachhinein herausstellte, hatte das Seil sich in der Antriebsschraube dieses Frachters verhakt und hat die Leine wie auch den Günther zu sich gezogen und unseren Kumpel letztendlich zerfleischt.

Das war eine ganz schreckliche Katastrophe. Uns war damit die gesamte Freude über die Rettung der Kamera vergangen. Die anderen wollten nichts mehr von ihrem Anteil an der Versicherungssumme wissen. Sie hatten gemeint, ich solle dieses Geld den Angehörigen vom Günther zukommen lassen.

Als ich dann zu Günthers Beerdigung auf den Zentralfriedhof kam, stand sein Bruder vor der Kapelle. Im Näherkommen hat er vor mich auf den Boden gespuckt und gemeint: »Schleich di.«

Anschließend ließ die Versicherung ein Gutachten anfertigen. Demzufolge sollte die Wiederinstandsetzung der Kamera fast so viel kosten wie eine neue. Beim ORF kam auch keine rechte Freude auf, als mitgeteilt wurde, dass man die bereits von der Versicherungssumme angeschaffte neue Kamera würde zurückgeben müssen. Am Schlimmsten aber war, dass ich zunächst mehr und mehr geschnitten und irgendwann zum gemobbten Freiwild wurde.

Ungefähr ein Jahr nach dem Fund der abgesoffenen Kamera bin ich beim ORF ausgestiegen. Dann dauerte es nicht lange, bis ich von meinen Leuten als Sandler beschimpft wurde.

Manchmal sitze ich einfach nur da und gucke auf die Donau und denke dann, was wohl geworden wäre, wenn mir die abgesoffene Kamera einfach egal gewesen wäre.

Und was den Mann angeht, den wir da in der Donau haben schwimmen sehen, so musste ich an ihn denken, als es ein wenig später einen Prozess gab, bei dem gesagt wurde, dass jemand immer wieder die Donau im Wintermantel durchschwommen hätte, um damit ein Opfer zu bringen, damit die Menschheit vor ihrem Untergang bewahrt würde.

Ich hatte gedacht, ob ich mich da als Zeuge melden sollte, um zu bestätigen, dass dieser arme Mann tatsächlich nachts im Wintermantel die Donau durchquert hat. Aber dann habe ich es lieber gelassen. Ich hatte gedacht, dass in dieser Angelegenheit schon zu viel Schreckliches geschehen sei.

PSEUDOLOGIA PHANTASTICA

Dr. Efraim Zediras, Psychiater, Allgemeines Krankenhaus Währinger Ring, Wien:

Die Einweisung des Herrn Grassner in die geschlossene Abteilung unserer forensischen Psychiatrie erfolgte aufgrund einer richterlichen Anordnung des Landgerichts für Strafsachen Wien. Der Mann war zu einer Freiheitsstrafe von zehn Jahren verurteilt worden, von denen er insgesamt acht verbüßt hatte. Davon war er die Hälfte der Zeit hier bei uns untergebracht. Für die Reststrafe wurde er in die Justizanstalt Graz-Karlau überstellt.

Herr Grassner war angeklagt worden, weil er eine Frau – eine Änderungsschneiderin – in der Absicht, sie zu töten, mit siebzehn Messerstichen attackiert hatte. Die Frau überlebte schwer verletzt und war hernach mehrfach schwerstbehindert an den Rollstuhl gefesselt.

Mit dem Verlauf des Gerichtsverfahrens wurde offenbar, dass der Herr Grassner zum Zeitpunkt der Tat nicht Herr seiner Sinne war. Er war ganz offensichtlich dem Wahn verfallen, mit dieser Tötung die Menschheit vor ihrer Vernichtung durch einen sogenannten Katzenkönig bewahren zu wollen. Opfer und Täter waren sich in ihrem Leben noch nie zuvor begegnet oder hatten eine anders geartete Beziehung zueinander.

Bei dem Katzenkönig handelte es sich nach Grassners Ausführungen um einen Urvater des Teufels, der mit der Frau in Kontakt gestanden habe, mit der er eine Beziehung hatte. Diese Frau habe ihm auch den Auftrag zur Tötung der Änderungsschneiderin erteilt.

Alle Versuche, von Grassner den Namen dieser Frau zu erfahren, gingen ins Leere. Er reagierte von Mal zu Mal verzweifelter, weil in seiner Welt die Vernichtung der Menschheit durch den Katzenkönig unabwendbar schien, wenn diese Anstifterin der Obrigkeit überantwortet würde.

Diese seine Angst wurde schließlich vom Gericht als nachvollziehbar bewertet angesichts der sich zusehends verschlimmernden körperlichen Schmerzen, die seine Ausführungen begleiteten. Selbstredend wäre es um ein Vielfaches befriedigender und einer fundierten diagnostischen Beurteilung dienlicher gewesen, wenn diese Frau verfügbar gewesen wäre. Aber sie war es nun mal nicht, weshalb wir uns mit einer hypothetischen Prognose der Sachlage begnügen mussten.

Einzig veritabel in diesem Zusammenhang war die Tatsache, dass da zwei Menschen zueinander gefunden hatten, die sich auf verhängnisvolle Weise ergänzt haben. Grassner, dessen Gutgläubigkeit derart eklatant war, dass man es eigentlich schon nicht mehr aushalten konnte. Und dann diese Frau, die mit einer Detailverliebtheit eine Parallelwelt von Lügenkonstruktionen zu errichten fähig war, dass sie über jeden Zweifel einer realen Überprüfbarkeit erhaben war. Wer eine solche Parallelwelt zu errichten imstande ist, muss ein außerordentlich gutes Gedächtnis haben. So wie alle Lügner, weil sie ständig damit rechnen müssen, dass einmal ausgesprochene Lügen hinterfragt werden könnten.

Aus psychologischer Sicht lag die Vermutung nah, dass das Verhalten dieser Frau einer pseudologischen Störung erwuchs, einer sogenannten *Pseudilogia Phantastica*. Damit ist eine Persönlichkeitsstörung gemeint, bei der die betroffenen Menschen erfundene Geschichten erzählen und einem krankhaften Drang zum Lügen und Übertreiben erliegen. Auffällig in dem Zusammenhang ist, dass es sich nicht um situationsbezogene oder etwa Notlügen handelt, sondern vielmehr um langfristige Verdrehungen und Verzerrungen der Realität. Im Fall des Hubertus Grassner hatte diese Frau ganz eindeutig ein fruchtbares Feld gefunden. Seine Rolle dabei war bestimmt von der Gutgläubigkeit, die Teil seiner Persönlichkeit war und ihn nur zu leicht zur Beute für andere Menschen machte, die ihn für ihre Interessen missbrauchen wollten.

Nur so kann es verstanden werden, dass sich im Zusammenleben der beiden eine Parallelwelt etabliert hat, in der die beiden ihre Beziehung ausgelebt haben.

In der Regel sind die Betroffenen beim Verdrehen von Tatsachen sowie beim Erfinden und der Konstruktion ihrer Lügen derart kreativ und geschickt, dass dies oft über viele Jahre hinweg nicht auffällt.

Hinzu kommt das Verhängnis, dass die Betroffenen irgendwann selbst von ihren fantastischen Konstrukten überzeugt sind, sodass sich für sie eine völlig neue Realität manifestiert. Fakt ist darüber hinaus, dass auffallend viele Menschen mit einer solchen Störung weiblich sind. Viele leben allein beziehungsweise sind getrennt lebend und weisen eine Persönlichkeitsstörung und/oder andere psychische Störungen auf. Die Bildung ist zumeist durchschnittlich. Viele von ihnen üben Berufe im medizinischen Umfeld aus. Folglich kennen sie sich mit Krankheitssymptomen aus und können diese überzeugend simulieren.

Leere und Mangel an Selbstwertgefühl werden durch Erfolgserlebnisse aufgrund erfolgreich gelungener Täuschungen kompensiert. Kriminelle Züge und Handlungen werden dabei billigend in Kauf genommen.

COPA CAGRANA

Bettina Hirzenbiel, Friseurin, Wien:

Sei so lieb und schau doch mal nach den Rückleuchten, ob da alles in Ordnung ist«, hatte er gesagt, »die hinter uns machen dauernd Lichthupe.«

Also bin ich ausgestiegen, um nachzuschauen. Das war, als wir gerade nach Wien eingefahren sind. Wir waren das Wochenende über in Deutschland gewesen. Um genau zu sein: in Mittelhessen, in Wettenberg in der Nähe von Gießen. Da hatten mal wieder die Golden Oldies stattgefunden. Das ist ein Wochenend-Festival mit jeder Menge Oldtimer-Autos und Musikbands. Alles im Stil der Fünfzigerjahre. Wir waren mittlerweile zum vierten Mal da. Und jedes Mal hatte ich bei dem Petticoat-Wettbewerb teilgenommen, der immer ein ziemlicher Höhepunkt ist bei dem Ganzen. Im letzten Jahr war ich sogar auf dem zweiten Platz gelandet, diesmal leider nur unter ferner liefen.

Aber dafür hat ein anderes Maderl aus Wien den Ersten gemacht. Eine aus dem 11. Bezirk, aus Simmering.

Die hieß Jennifer und war eigentlich eine sehr Nette. »Eigentlich« soll heißen, solange der Poldi, also meiner, keine Auge auf sie geworfen hatte, um es mal vorsichtig auszudrücken.

Als er ihr gratuliert hat, hat er ihr schwer vorgeschwärmt von seinem 69er Chevy, und sie ist voll drauf eingestiegen. Das müsse ja ein Wahnsinnsgefühl sein, in so einem tollen Schlitten fahren zu dürfen, und so weiter. Er hat ihr sein Schmuckstück von vorne bis hinten angepriesen, und sie hat ihn mit ihren großen Kuhaugen nur in einer Tour angehimmelt, obwohl sie hundertpro kein Wort von dem verstanden hat, was er da zum Besten gab. Perlen vor die Säue sozusagen. Aber so hatte er mich ja schließlich auch rumgekriegt drei Jahre zuvor.

Das Auto war aber auch ein Gedicht. Ein pinkfarbener Chevy Baujahr 1969 mit einer 396 Cubic-inches-Maschine, was in etwa einem Hubraum von sechseinhalb Liter entspricht. Es war genau der Schlitten, den Bruce Springsteen in seinem Lied *Racing in the Street* beschreibt: »I got a sixty-nine Chevy with a 396 fuelie heads and a hurst on the floor.«

Unzählige Male hatten der Poldi und ich das Lied beim Fahren laufen lassen und laut mitgesungen. Es war sozusagen »unser Lied«.

Irgendwie hatte ich das Gefühl, dass das nun vorbei wäre, dass es bald das Lied von ihm und dieser Schlampe sein könnte. Hatten die sich vielleicht schon längst miteinander verabredet, fuhr es mir immer wieder durch den Kopf. Als ich mit ihm zusammengekommen war, war er ja noch mit einer anderen zusammengewesen, mit der Birgit, die er erst einmal abservieren musste. Das hat er irgendwie ruckzuck hingekriegt gehabt, nachdem ich ihm gesagt hatte, dass ich keine für die zweite Reihe sei.

Und jetzt? Jetzt stand ich da in meinem hellblau-weiß gemusterten Pepita-Petticoatkleid mit meinem türkisfarbenen Bolero-Jäckchen und Acht-Zentimenter-Absatz-Stockings auf der Keißlergasse und rief meinem Kerl zu, dass er mal den Blinker nach rechts setzen soll, ob er funktioniert.

Der Poldi hat aber nicht rechts geblinkt, wie ich es ihm zugebrüllt hatte, sondern, das muss man sich mal vorstellen, links. Der hat einfach nach links geblinkt und ist losgefahren. Und im Losfahren, ich habe ja gedacht, ich schnalle das nicht, hat er zuerst meine Handtasche und dann auch noch meinen kleinen Koffer aus dem Beifahrerfenster geworfen. Einfach im Wegfahren rausgeworfen.

»Bleib stehen«, hatte ich hinter ihm her gebrüllt, »bleib stehen, verdammt, du Arsch!«

Er blieb aber nicht stehen, sondern winkte nur noch einmal aus dem Fenster auf seiner Seite zurück zu mir, ohne sich umzudrehen.

Was für eine Demütigung, was für ein Schlamassel. Ich wusste erst mal nichts anderes zu machen, als mich auf mein Köfferchen zu hocken und laut loszuheulen. Wie ein Schlosshund. Dieses Arschloch, hatte ich nur gedacht, dieses verdammte Arschloch.

Ich weiß nicht mehr, wie lange ich da wie ein Häufchen Elend zugebracht und vor mich hingeflennt hatte. Deshalb hatte ich zuerst auch gar nicht mitgekriegt, dass da plötzlich ein Auto neben mir zum Stehen gekommen war. Als ich mir die Tränen aus den Augen gewischt hatte, habe ich dann gesehen, dass es sich um einen 68er Camaro RS 327 gehandelt hat. Und als der Fahrer ausgestiegen und um den Wagen herumgekommen war, um mir ganz Kavalier ein weißes Sacktuch zu reichen, erkannte ich ihn. Es war der Urban, der Schrauberfreund vom Poldi. Die beiden hatten in Favoriten zusammen eine Garage, wo sie jede freie Minute gemeinsam an ihren Amischlitten schraubten.

Natürlich habe ich mich schon gewundert, dass der Urban da plötzlich vor mir stand, aber irgendwie hat mich das auch was getröstet. Denn ich hatte ihn schon immer irgendwie gerngehabt. Und ich bin mir sicher, dass, wenn er mich damals gefragt hätte, ob ich bei ihm in seinem Camaro mitfahren wollte, ich eher Ja gesagt hätte als bei dem Poldi mit seinem Chevy. Aber er hatte mich ja nicht gefragt.

»Was machst du denn hier, Urban?«, hatte ich ihn zwischen meinen Schluchzern gefragt, und er hatte geantwortet: »Der Poldi hat mich angerufen, dass du hier wärst und einen Trost brauchen könntest.«

In dem Moment konnte ich nur nochmals laut aufheulen, um die letzten Tränen, die meine Drüsen noch hervorbringen konnten, abzusenden. Aber dann war es auch irgendwie vorbei.

»Was machen wir?«, hatte ich deshalb den Urban gefragt, und nach ein wenig Hin- und Hergrübeln sind wir auf die Praterinsel gefahren und schließlich in der *Copa Cagrana* gelandet. Er war ja so verdammt süß, der Urban, und zwischendurch hatte ich ja gedacht, was es doch für eine glückliche Fügung sei. Es hat einfach vom ersten Moment an gepasst zwischen uns. Genau genommen sei er ja viel zu schüchtern gewesen, um sich jemals an mich ranzumachen, hatte er gesagt. Erst viel später habe ich erfahren, dass er dem Poldi einen Satz Hurst-Reifen für seinen Chevy geboten hatte für mich.

Jedenfalls, nach ein paar Caipis war uns beiden klar, dass wir das Lokal verlassen mussten. In dem Camaro sind wir dann zu Petting übergegangen. Seine Hand fand ihren Weg in mein Oberteil, und eins kam zum anderen, bis plötzlich mein Blick durch die Windschutzscheibe auf eine Gestalt fiel, die vor dem Auto stand und aussah wie das Ungeheuer aus einem Horrorfilm. Von oben bis unten verdreckt mit Schlamm und übersät mit nass triefenden Schlingpflanzen.

Ein ganz schrecklicher Anblick, der mich nur laut aufschreien ließ. Weil der Urban den Zombie nicht gleich bemerkt hat, hat er mein Schreien erst mal falsch verstanden gehabt und gemeint: »Geh, stell di net so an«, bis ich nur noch »Da, da, da« sagen und auf dieses grauenvolle Wesen wie von einem anderen Stern deuten konnte.

Und als auszumachen war, dass es sich bei dem unheimlichen Wesen um einen Kerl handelte, der plötzlich ins Wasser verschwinden wollte, war der Urban aber schon bei ihm, hatte ihn gepackt, und von null auf hundert waren die beiden ein Knäuel.

Da es für den Urban nicht besonders gut aussah, weil der Kerl, obwohl er eine Figur hatte wie Rumpelstilzchen, ihm mächtig zu schaffen machte, hat er mich angebrüllt: »Hol mir meinen Baseball-Schläger. Aus dem Kofferraum, hol mir den, schnell!«

Ich bin dann sofort los zu dem Camaro, aber Kruzifix, da war doch nix zu machen, ich habe diesen verdammten Kofferraumdeckel ums Verrecken nicht aufgekriegt. Deshalb hatte ich gedacht, dass er vielleicht gar nicht offen sei, und habe am Zündschloss geguckt, ob da der Schlüssel vielleicht drin war. Aber nix. Verdammte Kacke alles. Und der Urban war am Brüllen wie am Spieß.

Und plötzlich war Ruhe, und ich bin hin, wo die beiden am Raufen waren, aber da war der Fremde gerade wieder im Wasser am Losschwimmen. Und der Urban lag leblos auf dem Rücken und hat mächtig aus der Nase geblutet.

»Urban!«, habe ich da gebrüllt, »Urban, sag doch was.«

Da hat er langsam die Augen aufgemacht und gemeint, dass wir den anzeigen sollen, diesen Spanner.

Ein knappes Jahr später habe ich dann eine Vorladung vom Gericht bekommen. Ich sollte in einer Strafsache als Zeugin vernommen werden. Da war es mit dem Urban schon lange over.

Im Gericht auf dem Flur war er dann aber vor der Verhandlung zu mir gekommen und hat gemeint, ob ich mich doch hoffentlich noch daran erinnern könne, dass nicht er es gewesen sei, der mit der Schlägerei angefangen hatte, sondern der Typ aus dem Wasser. Ich habe dazu nichts gesagt.

Im Zeugenstand wurde ich dann gefragt, ob der Mann auf der Anklagebank derjenige gewesen sei, mit dem der Urban sich geprügelt hätte. Da habe ich mir den Mann ganz genau angeschaut, wie er da in sich zusammengesunken dasaß wie ein Häufchen Elend. In dem Moment hat er mir unendlich leid getan. Als er dann kurz aufgeschaut hat, habe ich ihn aber erkannt. An seinen Augen. Da konnte ich dann sagen: »Ja, das ist der Mann.«

Und als ich dann gefragt wurde, ob dieser Mann seinerzeit auf den Urban losgegangen sei, ihn zu verprügeln, da musste ich sagen: »Nein, das ist er nicht. Mit dem Prügeln angefangen hat der Urban.«

UNTER DER BLUTBUCHE

Frank Krokoczinski, Einsatzleiter Polizeipräsidium Mittelhessen, Gießen:

Der Boden unter der Blutbuche war durchzogen mit Wurzeln. Hätte ich das gewusst, hätte ich vielleicht einen anderen Platz gewählt. Aber schließlich war es mein Lieblingsbaum in unserem Garten. Und es war auch der Baum, an dem Ginger immer wieder mal gern sein Bein gehoben hat. Natürlich immer nur, wenn er sich unbeobachtet gefühlt hat. Aber es war sozusagen sein Baum.

Es hat fast zwei Stunden gedauert, bis das Loch etwa einen Meter tief war und die Ausmaße hatte, dass der Koffer von Onkel Gustav hineinpassen konnte. Ein Meter tief, so hatte ich gelesen, sollte so ein Loch mindestens sein, damit nicht andere Tiere dem Aasgeruch folgend Ginger wieder würden ausgraben können.

Es gibt ja den blöden Witz, wo ein Hund bei einem Grillfest mit dem Hasen des Nachbarn im Maul auftaucht und das Herrchen daraufhin den Hasen wäscht und ihn anschließend zurück in den Hasenstall seines Nachbarn legt. Am nächsten Tag kommt dann dieser Nachbar an den Zaun und erzählt, dass sich bei ihnen ein Wunder ereignet habe. Und zwar sei zwei Tage zuvor ihr Hase gestorben und sie hätten ihn im Garten vergraben. Und dann, heute Morgen, habe das Tier wieder in seinem Stall gelegen.

Wir hatten Onkel Gustavs Koffer mit einer Decke ausgelegt und Ginger eine offene Dose Chappi hineingelegt sowie einen Schlappen, mit dem im Maul er mich immer begrüßt hat, wenn ich heimkam. Die Kinder haben ihm dann noch ein Foto von uns allen mit dazugelegt und eine Ausgabe vom *kleinen Prinz*. Dann haben wir den Koffer zugemacht und geweint. Es war schrecklich. Ich habe dann die Schnallen des Koffers zugezogen und ihn in das Loch bugsiert, das ich gegraben hatte. Meine Frau hatte ein Holzkreuz besorgt, auf das sie mit einem Lötkolben *Ginger* eingraviert hatte. Dann hieß es Abschied nehmen. Die Kinder hatten kleine Blumensträuße gepflückt und warfen sie schluchzend auf den Koffer. Meine Frau und ich warfen jeder eine Schippe Erde.

»Mach's gut, Ginger«, sagte ich, und die Kinder sagten: »Lass es dir gut gehen im Hundehimmel.«

Meine Frau hatte noch eine kleine Schüssel mit Rosenblättern bereitgestellt, aus der wir jeweils eine Handvoll nahmen und zum Abschied auch noch auf den Koffer träufelten. Dann standen wir in unserer Trauer um Ginger's Grab, und jeder sprach für sich ein Abschiedsgebet. Bis plötzlich mein Handy ging.

Verdammt, hatte ich gedacht, doch nicht jetzt. Auf dem Display war zu lesen, dass es die Rechtsmedizin war. »Das könnte wichtig sein«, sagte ich kurz und entfernte mich ein paar Schritte von meiner Familie.

»Das gibt es doch nicht«, hatte ich meine Frau noch sagen hören, und die Kinder stöhnten: »Papa.«

Am anderen Ende war Lindenstruth. Ich begrüßte ihn nur kurz mit »Ja?«

»Störe ich gerade?«, fragte er.

Ich antwortete: »Ja.«

»Dann hätten Sie besser nicht abgehoben.«

»Was gibt's?«, wollte ich wissen.

»Wir haben Nachricht von dem forensischen Dentallabor. Wegen der Bisswunde auf der Schulter des Torsos. Sie wissen, wovon ich rede?«

»Ja, natürlich. So viele Torsen haben wir ja nicht.«

»Torsi.«

»Was?«

»Der Plural von Torso ist Torsi. Torsi oder Torsos, aber nicht Torsen.«

»Worum geht's?«

»Das Gebiss ist schon mal aufgetaucht.«

»Welches Gebiss?«

»Von dem die Bisswunde auf der Schulter des Torsos stammt ...«

»Neben dem Tattoo?«

»Ja genau. Auf der anderen Seite der Schulter. Wir haben sie in einem forensischen Dentallabor untersuchen lassen.«

»Und?«

»Es ist, wie gesagt, schon mal aufgetaucht. Wir konnten herauskriegen, dass es zu einem Mann gehört, der zur Zeit in Graz-Karlau in Österreich einsitzt. Vor seiner Inhaftierung war er zuletzt bei seiner Schwester in Judenburg gemeldet im Murtal. Sein Name ist Eckard Zapf.«

HEILIGER CHRISTOPHORUS

Veronika Hranka,
Schwester des Eckard Zapf, Judenburg:

Als der Hubsi entlassen werden sollte, hatte uns der Eckard geschrieben, dass er gar so arg traurig sei darüber. Die Zeit mit dem Hubsi, hat er gesagt, sei nämlich die schönste in seinem ganzen Leben gewesen. Drei Jahre hatten sie sich eine Zelle geteilt und haben in dieser Zeit mehr und mehr zueinandergefunden.

Damit das nicht alles von einem Tag auf den anderen zu Ende sein sollte, hat er uns gebeten, dass wir den Hubsi doch nach seiner Entlassung bei uns aufnehmen sollten. In einem Dreivierteljahr würde er ja ebenfalls entlassen werden, und dann könnten sie endlich gemeinsam nach Gran Canaria gehen und dort heiraten. Sie wollten in Playa del Ingles ein neues Leben beginnen und sich mit einem kleinen Café selbstständig machen.

Dem Berthold, was mein Mann ist, habe ich den Brief erst gar nicht gezeigt. Wenn der gehört hätte, dass wir einen wildfremden Verbrecher bei uns aufnehmen sollten, der acht Jahre eingesessen war, und damit nicht genug, dass der auch noch vom anderen Ufer wäre, das hätte der nicht ausgehalten, da hätte er einen Aberglauben gekriegt.

Für den Berthold hat es schon gereicht gehabt, dass der Eckard einen Bankraub auf dem Gewissen hat, bei dem ein Wachmann liegen geblieben war. Dabei war der Eckard ja auf meinem Geburtstag zu uns gekommen, als fast eintausend Polizisten bei uns im Murtal hinter ihm her waren. Er hat es aber einfach geschafft, zu uns zu kommen, und hat gesagt: »Jetzt lasst uns zünftig den Geburtstag feiern, und wenn wir fertig sind, dann soll der Berthold auf der Wache anrufen und die Belohnung kassieren, die auf ihn ausgesetzt war.«

Das war schon ein feiner Zug gewesen von dem Eckard. Aber danach war es erst einmal vorbei mit den anderen Leuten im Tal. Das hat fast fünf Jahre gedauert, bis uns da mal wieder jemand gegrüßt hat. Und das auch nur, weil wir einen neuen Pfarrer gekriegt haben, der gepredigt hat, wir wären doch auch Menschen und sollten nicht länger abseits von der Gemeinschaft stehen. Außerdem wären wir ja nicht für die Taten meines Bruders verantwortlich.

Ich wollte nicht, dass das alles wieder vorbei sein sollte. Ich wollte weiterhin hier leben und war so froh, dass der Berthold jetzt schon seit vier Jahren seine Anstellung in der Auslieferung der Walkmanufaktur *Langkofer* hat. Die Arbeit hinterm Steuer ist nicht leicht, weil er in der ganzen Steiermark unterwegs ist bis hin nach Graz oder auch nach Salzburg und manchmal erst spät in der Nacht wieder heimkommt.

Nun aber würde es nicht mehr lange dauern und dann stände dieser Hubsi bei uns vor der Tür. Ich konnte mit niemandem darüber reden, und die Zeit ging vorwärts in Riesenschritten. Es gibt nur eine Möglichkeit, kam es mir in den Sinn, nämlich dass wir nicht zu Hause sind, wenn der hier auftaucht. Am besten würde es sein, dachte ich, wenn wir einfach wegfahren. In den Urlaub oder so.

Aber wovon? Wir hatten von der Zeit, die der Berthold ohne Arbeit war, Schulden über beide Ohren. Zum Glück konnte ich stundenweise im *SPAR* aushelfen, um wenigstens ein bisschen von unseren Schulden abzustottern. Trotzdem konnten wir die Mahnungen und Drohbriefe vom Gericht eher wiegen als zählen. Wir hatten nichts, und so, wie es aussah, würde sich das auch auf absehbare Zeit nicht ändern. Und dann auch noch diesen Verbrecher bei uns aufnehmen. Nein, das war alles zu viel.

Und es gab auch niemanden, den wir hätten anpumpen können. Unser Sohn, der Benno, der mittlerweile Koch in Kufstein war, hatte auch schon seit einem halben Jahr keine Arbeit mehr gehabt.

Ich weiß nicht, wie lange ich Nacht für Nacht kein Auge mehr zugemacht hatte, als mir plötzlich ein Gedanke in den Kopf kam. Und zwar erinnerte ich mich, dass der Eckard mir vor seiner Festnahme einen kleinen Christophorus gegeben hatte. Der war vielleicht vierzig Zentimeter groß und mit Perlmutt und Blattgold verziert.

Dieser Christophorus, hatte er mir damals gesagt, sei der Schutzpatron der Reisenden und das Wertvollste, was er besitze. Er wolle ihn mir zur Aufbewahrung überlassen, bis er wieder in Freiheit sei. Und ich musste ihm in die Hand versprechen, dass ich – egal, was passiert – stets darauf aufpassen würde, dass er auch ja unversehrt bleibe.

Weil ich ihm dieses Versprechen gegeben hatte, war es für mich eine Ehrensache, auf die Figur achtzugeben wie auf meinen Augapfel und sie immerzu versteckt zu halten. Besonders, wenn mal wieder Gerichtsvollzieher zu uns kamen, um irgendwohin einen Kuckuck zu kleben.

In meiner Verzweiflung hatte ich gedacht, ob ich den Christophorus, so er denn wirklich was wert sein sollte, zu Geld machen könnte. Ich musste ihn ja nicht gleich verkaufen. Vielleicht würde ich ihn ja bei *Dorotheum Pfand* in Graz versetzen können, um ihn später wieder auszulösen. Schlimmstenfalls würde der Eckard selbst ihn ja wieder auslösen können, wenn er aus dem Gefängnis draußen wäre. Denn dann könnte er das Geld ja vielleicht von seiner Beute abzweigen, die sie nie gefunden haben.

Eines Vormittags bin ich dann runtergegangen in unseren Keller, wo ich den Christophorus in einer Nische hinter einem Regal versteckt hatte. Das war ein ziemlicher Schaff, das Regal auszuräumen und wegzurücken, zumal da nur ganz schummriges Licht war. Als die Statue dann endlich zu sehen war, genauso wie ich sie versteckt hatte, war sie gar nicht so leicht aus der Nische herauszubugsieren.

Der Christophorus steckte so stramm beziehungsweise derart verkantet in der Nische, dass ich ihn irgendwo packen und mit einem ziemlichen Ruck zu mir ziehen musste. Dabei hat es auf einmal einen Knacks gegeben, und mir ist fast das Herz stehen geblieben. Hatte ich ihm etwas abgebrochen? Herrgott sakra, war es mir in dem Moment durch den Kopf geschossen, das wäre es ja wohl. War das ein Zeichen des Himmels gewesen, dass ich von meinem Plan ablassen sollte? Ich packte ihn also aus, den Christophorus, um zu sehen, inwieweit er Schaden genommen hatte.

Dann aber staunte ich nicht schlecht. Denn ich hatte ihm nichts abgebrochen. Vielmehr hatte ich seinen rechten Arm zur Seite abgeknickt, wodurch sich am Rücken eine Klappe mit einem Scharnier geöffnet hatte. Ich fuhr, so gut es ging, mit einer Hand ins Innere der Figur und holte nacheinander vier fette Rollen Euronoten heraus. Das war nicht so einfach, denn ich zitterte am ganzen Körper.

Es war wie ein Sesam-öffne-dich, was mir da widerfahren war und mir den Atem gestoppt hatte. Als ich die vier Rollen durchgezählt hatte, kam ich auf 218.340 Euro, die sich darin befanden. Mein Gott, war das ein unbeschreibliches Gefühl, so viel Geld auf einem Haufen zu sehen.

Was aber sollte ich jetzt tun? Ich hatte erst einmal gedacht, dass es vielleicht besser gewesen wäre, wenn ich das Geld nicht gefunden hätte. Denn wenn ich etwas davon für einen Urlaub abzweigen würde, würde ich meinem Bruder gegenüber immer ein schlechtes Gewissen haben, weil ich ihn beklaut hätte. Auf der anderen Seite hatte ich aber auch gedacht, dass er das Geld ja auch geklaut hatte. Bloß, wenn er mich irgendwann fragen würde, ob wir uns aus dem Christophorus bedient hätten, würde ich ihn bestimmt nicht anlügen können.

Fast war die Situation jetzt, wo wir uns einen Urlaub hätten leisten können, schlimmer als zuvor. Und am schlimmsten war, dass ich dem Berthold gegenüber kein Wort verlieren durfte. Und dann die Frage, ob der Eckard das Geld wohl durchgezählt und sich die Summe gemerkt hat. Vielleicht würde er es ja gar nicht merken, wenn da was fehlt.

Immer wieder hatte ich mir ausgemalt, wie schön es wäre, wenn wir für ein, zwei Wochen aufs Bödele, den Hausberg von Bregenz, fahren könnten, wo wir unsere Hochzeitsreise hin unternommen hatten und zu den Festspielen auf der Wasserbühne *Land des Lächelns* von Franz Lehar gesehen hatten.

Fünfzehnhundert Euro, hatte ich mir gedacht, wären schon mehr als genug, um es uns wie die Fürsten gut gehen zu lassen. Aber immer wieder, wenn ich das Geld aus dem Christophorus herausgenommen hatte, begann ich innerlich böse zu zittern, so als würde der Eckard mich dabei beobachten, und habe es wieder hineingestopft.

Schließlich habe ich dann meinen ganzen Mut zusammengenommen und dem Berthold beim Abendessen ins Gesicht gesagt: »Was hältst du davon, wenn wir für ein paar Tage verreisen? Vielleicht nach Bregenz aufs Bödele, du weißt schon, die Festspiele und so?«

»Bist deppert?«, hatte er nur zurückgeraunzt zwischen zwei Löffeln Gretschnejawa Kascha, »ich weiß so schon nicht, wie ich uns über die Runden bringen soll.«

In dieser Nacht ließ mich dann der Gedanke nicht mehr los, warum mein Bruder uns nicht etwas von seiner Beute abgeben konnte. Wir hatten nach seiner Festnahme den ganzen Ärger am Hals und keinen Pfennig, um uns mal was leisten zu können.

Und dann sollten wir uns auch noch um sein Gspusi kümmern, diese kriminelle Schwuchtel, die er uns da aufhalsen wollte, und unseren guten Ruf dafür aufs Spiel setzen. Das konnte doch nicht gerecht sein, dachte ich. Und auch, dass ich die Entscheidung darüber, ob wir uns einen Urlaub leisten sollten oder nicht, nicht alleine treffen wollte. Es sollte eine gemeinsame Entscheidung sein von dem Berthold und mir.

Am nächsten Tag gegen Abend hat mein Mann dann von unterwegs angerufen. Er werde später heimkommen, hatte er gesagt, weil er eine Panne am Obdacher Sattel hätte. Ich solle ruhig schon zu Bett gehen, es könne nach elf werden, bis er daheim sei.

Da habe ich gegen zehn Uhr in der Nacht den Christophorus genommen und bin auf den Parkplatz gegangen, wo der Berthold nach Feierabend seinen Lieferwagen abzustellen und den Schlüssel in einen dafür vorgesehenen Briefkasten zu stecken hat. Weil alle anderen Auslieferungsfahrzeuge bereits auf dem Firmenhof standen, bestand keine Gefahr, dass mir bei meinem Vorhaben jemand dazwischenfunken könnte. Ich öffnete also die Rückfront des Christophorus und legte ihn zwei Meter vor dem Briefkasten auf den Boden. Dann machte ich mich nach Hause und wartete ab.

Als der Berthold dann gegen halb eins in der Nacht heimkam, bin ich im Schlafgewand hinunter zu ihm in die Küche gegangen. Ich habe so getan, als hätte ich schon geschlafen und wäre von seiner Ankunft aufgeweckt worden. Weil ich gleich gemerkt habe, dass er ein ziemliches Leuchten in den Augen hatte, hatte ich meine liebe Mühe, mir nichts anmerken zu lassen. Deshalb habe ich mir ein Glas Wasser eingegossen und ganz nebensächlich gefragt: »Alles in Ordnung?«

Dann stellte er den Christophorus auf den Tisch und meinte: »Weißt du, was das ist?«

Mir war sofort aufgefallen, dass der Rücken der Statue verschlossen war. Ich tat so, als müsste ich überlegen, und natürlich musste ich das auch. »Sieht aus wie ein Christophorus«, sagte ich zögerlich.

»Das sieht nicht nur so aus. Das ist einer. Und weißt du, was das bedeutet?«, fuhr er fort.

»Was denn?«

»Wir werden verreisen. Das bedeutet das.«

»Wieso denn das? Du hattest doch gestern noch …«

»Schmarrn. Der lag bei uns auf dem Hof, und als ich ihn gefunden habe, kam plötzlich der Langkofer aus der Firma raus. Der hat dann gemeint, als Chef sei man nicht davor gefeit, eher als alle anderen Überstunden machen zu müssen.«

»Ja, und?«

»Und dann hat er gefragt, was ich denn da in der Hand hielte. Nun, das sehe wohl aus wie ein Christophorus, habe ich gesagt. ›Der heilige Christophorus, der Schutzheilige der Reisenden?‹, fragte er nach. ›Ja, das sei er‹, gab ich zurück. Ob das heißen solle, dass ich verreisen will, fragte er dann. Würde ich ja schon gerne, habe ich dann gesagt, und dass meine Frau mir schon dauernd damit in den Ohren hängt, aber … Ich habe dann die Finger gerieben, um ihm zu bedeuten, dass uns dafür leider das nötige Kleingeld fehle. Da hat er dann gemeint, der alte Langkofer, dass ich ja mittlerweile ein tüchtiger Ausfahrer bei ihm sei und dass es längst überfällig wäre, sich mir dafür mal in besonderer Weise erkenntlich zu zeigen.«

»Was?«

»Ja, Wahnsinn. Dann hat er mich gefragt, ob fünfzehnhundert genug seien, um mal einen kleinen Sonderurlaub einzulegen.«

»Und?«

»Und da habe ich natürlich Ja gesagt, ist doch klar. Aber jetzt will ich uns erst einmal was zu trinken holen. So etwas muss doch gefeiert werden.« Dann ist er runter in den Keller, uns einen Most holen.

Als er den Raum verlassen hat, war ich mit einem Satz bei dem Christophorus und hatte mit zittrigen Fingern seinen Rücken aufgeklappt: leer, kein einziger Schein mehr darin.

Am Bödele angekommen, ist mir der Arsch mehr und mehr auf Grundeis gegangen. Ich habe deshalb unsere Nachbarin Renate angerufen und sie gebeten, mir doch gleich Bescheid zu geben, wenn jemand Unbekanntes auftaucht, der nach uns fragt.

Als dann zwei Stunden später mein Handy gegangen ist, hatte ich nur gedacht: Herrgott sakra; er ist da. Ich bin dann raus vor unsere Pension und habe den Anruf entgegengenommen. Da war aber nicht die Renate dran, sondern der Eckard. Er hat gefragt, ob der Hubsi gut angekommen sei und ob er ihn sprechen könne.

Ich habe ihm nicht erzählt, dass wir gar nicht zu Hause waren, sondern habe nur gemeint, dass sein Freund sich noch nicht bei uns gemeldet habe. Da ist der Eckard ziemlich böse ausgeflippt. Er hat geschrien, dass, wenn ich den Hubsi nicht freundlich aufnehmen und mich um ihn kümmern würde, er dem Berthold erzählen würde, dass ich bei dem Tanz in den Mai, als er im Krankenhaus lag, mit dem Klausender Jost getanzt hätte und der Benno von ihm sei. Und hinterher würde er uns dann alle kaltmachen.

Als dann, unmittelbar nach dem Ende des Gesprächs, mein Mann plötzlich hinter mir stand und gemeint hat, mit wem ich da gerade telefoniert hätte, fiel mir erst einmal nichts ein.

»Ich merke schon die ganze Zeit, dass was los ist mit dir«, hat er dann losgelegt, »glaubst du, ich bin so blöd, dass ich nicht mitkriege, dass du was mit einem anderen hast.«

Zwei Wochen später, als ich vom Regaleauffüllen beim *SPAR* nach Hause kam, hatte er mir einen Brief auf den Tisch gelegt und war weg. Weitere zwei Wochen später ist dann der Langkofer wie King Louis mit einem nigelnagelneuen Mercedes Cabrio durchs Tal gerauscht. Und der Eckard, der hat mir geschrieben, dass er wegen guter Führung jetzt schon in einem halben Jahr freikomme.

Ich habe dann in Graz-Karlau angerufen, ob da etwas über den Verbleib des Hubertus Grassner bekannt sei. Da wurde mir gesagt, dass er vor seiner Entlassung dem Seelsorger der Anstalt anvertraut habe, dass er froh sei, wenn er mit dem Eckard nichts mehr zu tun haben müsste. Deshalb hätte er hinter Eckards Rücken das Angebot einer Gefangenenhilfsorganisation angenommen, die sich nach seiner Entlassung um ihn kümmern wollte. So sei es gekommen, dass ein Mitarbeiter dieser Hilfsorganisation schon vor dem Gefängnistor gewartet und den Hubsi mitgenommen habe, als der entlassen wurde.

DER RECHEN

Eckard Zapf, Häftling Justizanstalt Graz-Karlau:

Ich will was zum Pudern«, hatte ich ihm gleich gesagt, als er angeschissen kam, er möchte sich gerne mal mit mir über den Grassner Hubertus unterhalten.

»Alle zwei Wochen für drei Stunden. Schreib's dir auf«, hatte ich gesagt, »sonst kannst du gleich wieder abdampfen.«

Er hatte erst mal gar nichts gesagt und nur nach unten geschaut. Dann hat er gemeint: »Sieht so aus, als hätte ich keine andere Wahl, als müsste ich Ihrer Forderung nachkommen?«

»Worauf du einen lassen kannst, Piefke.«

Nach einer Pause er dann weiter: »Männlich oder weiblich?«

»Weiblich? Willst mi pflanzen? An jungen, feschen Burschen will i mit am dicken Fleischigen und langen Wimpern, einen, der nicht gleich auf zwei Rädern durch die Kurve eiert, wenn mal was gewünscht wird, was nicht im Katechismus steht.«

»Verstehe ich das richtig, Sie wollen, dass alle vierzehn Tage ein Prostituierter auf Staatskosten zu Ihnen ins Gefängnis kommt, um Ihnen jeweils für drei Stunden zur Befriedigung abartiger sexueller Praktiken zur Verfügung zu stehen?«

»Hundert Prozent richtig verstehst du das, mein Freund. Wie heißt du übrigens noch mal?«

»Worstedt, mein Name ist Roman Worstedt.«

»Wie, ›Worschtfett‹?« Der Kerl brachte mich wirklich zum Lachen.

»Nein, nicht Worschtfett, mein Name ist Worstedt, Roman Worstedt«, hatte er dann gesagt und war von seinem Stuhl aufgestanden und in der Zelle auf und ab gewandert. »Es ist nur so«, hat er dabei weitergeblubbert, »ich weiß ja nicht, was Sie mir am Ende zu erzählen haben, ob mir das wirklich weiterhilft oder nicht. Und ob es den ganzen Aufwand überhaupt rechtfertigt.«

»Das ist deine Sache, einzig und alleine deine. Von mir erfährst du jedenfalls kein Sterbenswort, solange keine Vereinbarung mit unserem Justizminister hier vor mir auf dem Tisch liegt.«

Er kam zurück an meinen Tisch, griff seinen Stuhl an der Lehne und drehte ihn um, sodass er sich rittlings mir gegenüber hinsetzen konnte. »Von mir aus geht das klar. Ich habe nichts dagegen. Aber …«

»Was ›aber‹?«

»Es könnte eine Weile dauern, bis ich so eine Vereinbarung beibringen kann«, begann er dann seinen Sermon, »ich muss ja erst mal meine Dienststelle in

Deutschland darüber in Kenntnis setzen. Dann muss die Präsidiumsleitung unser Außenministerium informieren und die dann das österreichische Außenministerium und so weiter; das geht alles nicht von jetzt auf gleich.«

»Dann würde ich an deiner Stelle keine Zeit verlieren. Flink, flink, Herr Kommissar.«

»Schon klar, aber …«

»Was denn noch?«

»Na ja, vielleicht könnte es ja sein, dass, wenn das alles erledigt ist, ich die Informationen gar nicht mehr brauche, die Sie mir über den Herrn Grassner zukommen lassen. Verstehen Sie das?«

»Was willst du?«, wollte ich dann wissen, »willst du, dass ich dir alles erzähle, was du wissen willst, damit du dann entscheiden kannst, ob du meiner Forderung nachkommen willst oder nicht?«

»Ehrlich gesagt wäre das das Beste. Für uns beide. Vor allem aber für Sie.«

»Für mich? Ich habe Zeit.«

Er blieb vor meinem Bücherbord stehen und betrachtete meine kleine Bibliothek. »Ich war bei Ihrer Schwester. Die hat mir erzählt, dass Sie sie angerufen haben. Sie haben gedroht, ihrem Mann, dem Berthold, von der Affäre mit einem gewissen Jost erzählen zu wollen, wenn sie den Hubsi nicht freundlich bei sich aufnehmen würde. Ist das richtig?« Er sah mich fragend an.

»Das ist doch alles ein Schmarrn. Dem Berthold braucht keiner was von dem Josti verzählen. Der hat vom ersten Moment an gewusst, dass der Josti die Vroni befruchtelt hat.«

»Ach ja?«, sagte er dann und griff sich aus meinem Regal *Tom Sawyer,* die gebundene Ausgabe.

»Kennen Sie den Spruch ›manchmal ist man der Hund und manchmal der Baum‹?«

»Habe ich schon mal wo gehört. Wieso?«

»Weil das Einzige, was mich an dem Telefonat mit Ihrer Schwester interessiert, ist, dass es stattgefunden hat.«

»Äh?« Es lief mir eiskalt den Rücken hinunter. Wieso hatte dieser Hund ausgerechnet *Tom Sawyer* von dem Bord genommen?

»Ich möchte meinen, dass der Besitz von Handys hier in Graz genauso verboten sein dürfte wie in deutschen JVAs auch. Und weil ich mir nicht vorstellen kann, dass Sie das Gespräch mit Ihrer Schwester im Rahmen eines offiziellen Telefonats, also in Anwesenheit eines Mitarbeiters der Justizanstalt geführt haben, frage ich mich, ob Sie nicht vielleicht unerlaubterweise hier in Ihrer Zelle doch ein Handy versteckt haben.«

Dieser Mensch war ein Satan. Warum schlug er das Buch nicht endlich auf, um diesem Katz-und-Maus-Spiel ein Ende zu bereiten?

»Ich meine, ich kann ja mal kurz rüber zur Anstaltsleitung gehen und fragen, wann Sie in letzter Zeit mit wem telefoniert haben und was Gegenstand dieser Telefonate war.«

Für einen Moment überlegte ich, ob es was helfen könnte, das Buch zu mir zu ziehen. Aber dann musste ich den Gedanken gleich wieder verwerfen. Ich hatte keine Chance. Und fast wäre ich erleichtert gewesen, wenn er den Schmöker aufgeschlagen hätte. Denn dann wäre alles klar gewesen. Klar und vorbei.

»Aus meiner Erfahrung weiß ich, dass solche Geräte gerne von Anwälten in Akten oder Büchern in den Knast geschmuggelt werden. Eine ziemliche Fleißarbeit, mit einem Skalpell im Innern eines Buches Seite für Seite auf Maß einzuschneiden, damit der einzuschmuggelnde Gegenstand hineinpasst. Stimmt's?«

Warum, verdammte Kacke, ließ er mich so zappeln?

»Was dieses Einschmuggeln für Ihren Anwalt bedeuten könnte, weiß ich nicht. Vielleicht ein Ordnungsgeld, vielleicht Ausschluss aus der Anwaltskammer? Ich weiß es wirklich nicht. Ich weiß nur, was es für Sie bedeutet, nämlich dass Sie in einem halben Jahr nicht hier rauskommen. Für den Fall also, dass Sie schon einen Termin für Ihre Hochzeit mit dem Hubsi geplant haben, sollten Sie den besser erst mal aus Ihrem Terminkalender streichen.«

Es war jetzt klar, dass ich ihm hilflos ausgeliefert war.

»Wieso gerade *Tom Sawyer*?«, fragte ich.

»Es war das einzige Buch mit Hardcover. Mit Taschenbüchern geht so was nicht so gut. Und falls Sie auch wissen wollen, warum ich *Tom Sawyer* nicht aufschlage, werde ich es Ihnen sagen. Nämlich, weil ich nicht gerne lüge. Wenn ich das Buch aufschlagen und das Handy entdecken würde, würde das unnötig mein Gewissen belasten. Wenn mich dann nämlich jemand fragt, ob ich hier in der Zelle des Herrn Zapf ein Handy gesehen hätte, müsste ich antworten: ›Ja.‹ Wenn ich das Buch aber nicht aufschlage und somit das Handy auch nicht zu Gesicht bekomme, werde ich diese Frage in Zukunft immer mit ruhigem Gewissen verneinen können. Verstehen Sie das?«

Ich verstand.

»Wie gesagt«, fuhr er fort, »manchmal ist man der Hund und manchmal der Baum. Jetzt liegt es einzig und allein an Ihnen, was Sie mir über Ihren Zellengenossen Hubertus Grassner erzählen, damit ich diese Informationen dahingehend bewerten kann, ob Sie es wert sind, die Anstaltsleitung darüber in Kenntnis zu setzen, dass Sie ein Handy in der Zelle haben oder aber nicht.«

Ich sagte: »Fragen Sie.« Zu mehr war ich nicht mehr fähig.

»Na, sehen Sie, es geht doch«, sagte er und stellte *Tom Sawyer* zurück auf das Bücherbord.

»Hat der Hubsi mal erzählt, wie es dazu kam, dass er die Änderungsschneiderin abstechen wollte?«

»Er hat es tun müssen. Es war ein Befehl.«

»Ein Befehl – von wem?«

»Von seiner Freundin.«

»Was weißt du über sie, seine Freundin?«

»Er hat gesagt, es sei Liebe auf den ersten Blick gewesen. Sie wäre eines Tages an der Kasse gestanden bei der Achterbahn, wo er gearbeitet hat. Da wäre sie ihm aufgefallen, weil sie so zerbrechlich ausgesehen habe. Er hätte gedacht, diese Frau hat niemanden, der sich um sie kümmert. Nachdem die beiden dann zusammengekommen waren, haben sie sich nächtelang gegenseitig Geschichten vorgelesen. Alles so vermaledeites Zeug, wo es um frühere Welten ging, um Fabelwesen und so Fantastikzeug wie *Die Nebel von Avalon, Das Licht von Atlantis, Der Hexenanwalt*. Und dabei sind sie dann auch auf den Katzenkönig gestoßen. Dabei, so hieß es, sollte es sich um die Gottheit der Finsternis gehandelt haben, der man Jahrtausende später den Namen *Teufel* gegeben hätte. In Atlantis hätte diese Gottheit sich noch in menschlicher Gestalt gezeigt, sich jedoch nach und nach in das Äußere einer monströsen Katze verwandelt. Er hat gesagt, er hätte dem erst einmal keine größere Bedeutung beigemessen, bis er dann irgendwann mit seiner neuen Flamme am Donauufer spazieren gegangen sei. Da hätte sie auf einmal unsichtbare, giftige Pfeile gespürt, die auf sie abgefeuert worden seien. Das wäre richtig schlimm gewesen. Sie habe sich gewunden vor Schmerzen, auf den Boden geworfen und immer wieder gerufen, er solle aufhören, man werde ihm das Opfer schon erbringen. Und ein paar Tage später hätte sie dann gesagt, er wäre bei ihr gewesen. Und als der Hubsi dann gefragt hat, wer, hätte sie geantwortet: ›Der Katzenkönig.‹«

»Hatte er mal was gesagt, wie es zu dem Attentat in der Rosseggergasse gekommen war?«

»Nicht direkt. Es ging darum, hatte er gesagt, dass der Katzenkönig die Menschheit vernichten wollte. Und weil seine Freundin mit dem in Kontakt stand, hat sie gesagt, dass man dem ein Opfer bringen müsste, damit der die Menschheit verschont. Dann habe er ihr den Namen dieser Änderungsschneiderin in der Wiener Rosseggergasse genannt, dass die es sein soll, die ihm geopfert werden müsste. Deshalb hat der Hubsi sich einen Hirschfänger besorgt und ist dahin gegangen.«

»Könnte es sein, dass unser Hubsi da ein bisschen leicht beeinflussbar war?«

»Der Hubsi ist ein feiner Kerl. Ich habe vom ersten Moment an, als ich ihn beim Essenfassen hier gesehen habe, alles dafür getan, dass er zu mir auf die Zelle verlegt wird.«

»Noch mal zurück zu seiner Freundin: Wie hieß die eigentlich?«

»Keine Ahnung. Er hat gesagt, er könne den Namen nicht preisgeben, weil der Katzenkönig sonst seine Drohung wahrmachen und die Menschheit vernichten würde.«

»War es nicht vielleicht mal vorgekommen, dass er im Traum gesprochen hat? So was passiert ja manchmal.«

»Manchmal schon, ja. Da hat er im Traum laut geschrien: ›Hilfe, er zieht mich runter. Hilfe, er will mich umbringen.‹ Wenn ich ihn dann wachgerüttelt und gefragt habe, was er gemeint hat, hat er nur gejammert: ›Drunten in der Donau, drunten in der Donau.‹ Er war dann immer ziemlich schweißgebadet und hat mächtig Schiss gehabt.«

»Hat er nicht mal Namen genannt in seinen Träumen?«

»Einmal, ja. Da hat er ›Heidi‹ gerufen. Aber als ich ihn gefragt hatte, wer das sei, hat er nur abgewunken. ›Unwichtig‹, hat er gesagt. In seinem Traum wäre er der Geissenpeter gewesen, hat er gesagt, der Freund von der Heidi, die ihre Mama verloren hätte und bei ihrem Großvater, dem Alm-Öhi, in den Graubündener Bergen lebte, bis sie nach Frankfurt gebracht wurde, wo sie dann sehr unglücklich war.«

»Sonst keine Namen?«

»Nein. Sagen Sie, wie sind Sie eigentlich an mich gekommen?«

»Der Hubsi hat auf seinem einen Schulterblatt stehen: Negerdörfl-Fotzn.«

»Ja, ich weiß.«

»Und auf dem anderen Schulterblatt hat er eine Bisswunde. Zwar schon älter, aber immer noch erkennbar genug, um ein forensisches Dentallabor mit der Ermittlung des Gebisses zu beauftragen. So sind wir auf dich gekommen wegen deiner Zähne, die nun mal auseinanderstehen wie bei einem Rechen.«

»Warum haben Sie das nicht gleich gesagt?«

»Weil das nochmals eine Anzeige wegen Körperverletzung nach sich ziehen wird. Die Anzeige wird von der österreichischen Polizei bearbeitet.«

»Was soll das? Ich habe doch alles gesagt, was Sie hören wollten.«

»Das stimmt. Und mehr noch. Wie hast du mich vorhin genannt, Worschtfett? Komm, sag das doch noch mal, das höre ich immer so gerne.«

»Wer soll mich da angezeigt haben?«

»Das ist eine Anzeige von Amts wegen.«

»Was hat der Hubsi dazu gesagt?«

»Nichts. Hubsi kann nichts mehr sagen. Hubsi ist tot.«

KURZFRISTIGE ENTGLEISUNG

Frank Krokoczinski, Einsatzleiter Polizeipräsidium Mittelhessen, Gießen:

»Ich erwarte deinen Bericht morgen um zwölf auf meinem Schreibtisch«, hatte ich ins Telefon gebrüllt, »morgen um zwölf und keine Sekunde später!«

Er hatte was gemeint, dass er gerade im Zug von Graz nach Wien sitze und offenbar in ein Funkloch geraten sei, weil er mich nicht mehr richtig verstehen könne. Das war mir egal. So was von egal. Ich hatte ihn vorneweg ein Dutzend Mal versucht zu erreichen.

»Hör zu, Roman«, hatte ich gesagt, »ich habe dir geholfen, dass du zur Polizei kommen konntest, und wenn du jetzt nicht spurst, dreh ich dir den Hahn ab, egal, ob du in einem Funkloch steckst oder wo auch immer. Morgen Mittag um zwölf liegt dein Bericht auf meinem Schreibtisch. Ansonsten bist du hier weg vom Fenster. Ende!«

Danach musste ich erst einmal tief durchatmen.

Durch den Spalt in meiner Tür rief Angela, meine Sekretärin, ob ich zu sprechen sei. Ich rief zurück: »Worum geht's?«

Da steckte aber schon der Kopf von Pia Schellhorn in der Tür. »Entschuldigung«, sagte sie, »ich würde gern zwei, drei Dinge kurz abklären. Wenn ich darf?«

»Was für Dinge?«, fragte ich und bedeutete ihr einzutreten. Sie schloss die Tür hinter sich und nahm mir gegenüber Platz.

»Es geht um die Dienstaufsichtsbeschwerde gegen mich.«

»Aha?«

»Ich wollte fragen, ob Sie Ihren Bericht schon weitergeleitet haben?«

»Wozu? Wozu willst du das wissen?«

»Das ist so: Ich habe vorgestern einen alten Schulfreund getroffen. Der hat Jura studiert, und ich habe ihm von unserer Sache erzählt ...«

»Ihre Sache, liebe Pia. Das ist Ihre Sache, nicht unsere.«

»Von ›meiner Sache‹ erzählt. Und daraufhin hat er ...«

»Ja, was denn? Ich habe eigentlich gar keine Zeit.«

»Er hat da eine Bestimmung ausgegraben, wonach bei Streifenfahrten darauf geachtet werden soll, dass nicht zwei Dienstanfänger auf ein Auto gesetzt werden.«

Bei unserem ersten Zusammentreffen hatte ich gedacht, ob aus ihr vielleicht einmal eine gute Polizistin werden könnte. Jetzt wusste ich es.

»Scheint mir ein cleveres Kerlchen zu sein, dein Schulfreund«, versuchte ich die Sache in den Griff zu kriegen.

»Damit wir uns nicht falsch verstehen, Herr Krokoczinski«, fuhr sie fort, »ich möchte nicht, dass Sie sich erpresst fühlen. Ich meine, Sie hatten in den letzten Tagen ja wirklich eine Menge um die Ohren gehabt.«

Mein Gott, dachte ich in dem Moment, diese Frau ist ja gnadenlos. Baut mir auch gleich noch eine Brücke, damit ich nicht mein Gesicht verlieren soll. Die wird es noch weit bringen. »Hören Sie, Pia …«

»Gleich, Chef«, unterbrach sie mich erneut, »ich möchte vorher gerne noch etwas anderes loswerden.«

»Was denn noch?«

»Es geht um den Tod Ihres Hundes. Das tut mir wahnsinnig leid, was dem armen Tier da zugestoßen ist. Aber Sie sollen wissen, dass ich ganz nah dran bin, jemanden zu überführen, der das getan haben könnte. Nur …«

»Was ›nur‹?«

»Nur stand eben, als ich im Vorzimmer bei Angela gewartet habe, die Tür einen Spalt auf. Deshalb habe ich mehr oder weniger ungewollt Ihr Telefonat mit dem Kollegen Worstedt mitverfolgt.«

»Worauf wollen Sie hinaus?«

»Sie sollen wissen, dass, wenn ich den Mann, den ich im Visier habe, dass er Ihren Hund auf dem Gewissen hat, überführen kann, dies im Wesentlichen dem Roman Worstedt zu verdanken sein wird.«

»Sie meinen …?«

»Ich meine, dass Sie in den letzten Tagen wahrhaft viel um die Ohren hatten. Und dass es ja fast übermenschlich wäre, Ihnen nicht eine vorübergehende Entgleisung Ihrer Vernunft zuzugestehen. Weshalb es naheliegend wäre, dass Sie Ihre Entscheidungen einfach noch mal überdenken.«

SERVUS WORSCHTFETT

Xaver Tonigold, Kriminalhauptkommissar Polizeipräsidium Wien:

Dieser Bulle versteht sein Bullenhandwerk, musste ich eingestehen, als er mir von seinem Besuch bei Eckard Zapf berichtete. Gleichzeitig dachte ich aber auch, was hilft das beste Handwerk, wenn es nicht mehr vonnöten ist. Und so, wie es aussah, gab es für den Kollegen Worstedt wahrlich nichts mehr zu werkeln hier in Wien.

»Ihr Engagement in Ehren«, sagte ich, »aber anscheinend gibt's ja wohl keinen Zweifel mehr, dass es sich bei dem Torso, den Sie da in Drießen gefunden haben …«

»Gießen.«

»Bitte?«

»Die Stadt, wo ich herkomme, heißt Gießen.«

»Also gut. Den Sie da in Gießen gefunden haben, um die Überreste von Hubertus Grassner handelt.«

»Einverstanden. Aber wie ist er ums Leben gekommen? Wer hat ihn umgebracht? Was ist damit?«

»Damit ist, dass es unser Brevier ist, das herauszufinden. Denn wenn der Torso von Wien nach Gießen transportiert wurde, kann ja wohl davon ausgegangen werden, dass Hubertus Grassner hier in Wien umgebracht wurde. Und damit sind die weiteren Ermittlungen in diesem Fall einzig und allein unsere Sache. Und wegen der Überstellung des Torsos brauchen Sie sich auch keinen Kopf zu machen. Da ist längst unsere Präsidiumsleitung dran.«

»Hören Sie, Herr Kollege, wenn ich mich nicht losgemacht hätte …«

»Schon gut, schon gut, Worstedt. Sie haben gute Arbeit geleistet, keine Frage. Das spricht Ihnen niemand ab, aber …«

»Das ist mein Fall.«

»Das war Ihr Fall, Kollege Worstedt. Hier in Österreich fehlt Ihnen einfach jede Handhabe, eine Ermittlung durchzuführen.«

»Dann soll ich mich aufgrund irgendwelcher Verordnungen zurückziehen, oder was.«

»Wenn Sie so wollen: Ja.«

»Und wenn nicht? Wenn ich mich nicht zurückpfeifen lasse?«

»Dann werden Sie schlimmstenfalls die ganze Härte des österreichischen Gesetzes zu spüren bekommen. Ich denke, dass Sie nicht so vermessen sein können, es darauf anzulegen.«

Irgendwie gab es keine Reaktion, die als Einsicht interpretiert werden konnte.

»Also mal Klartext, Worschtfett. Das ist nicht mehr Ihr Fall. Sie sind von jetzt an hier in Wien unerwünscht.

Unerwünscht, Persona non grata, ist das klar? Machen Sie sich noch eine schöne Zeit in Wien. Tun Sie sich was Gutes. Gehen Sie ins Museum, besuchen Sie die Sammlung Mutzenbacher, haben Sie Ihren Spaß beim Heurigen. Aber machen Sie nichts mehr, was mit dem Torso zu tun hat, den Sie in …«

»Gießen.«

»Richtig. In Gießen gefunden haben.«

»Und mit der Frau Mikusch? Was ist damit?«

»Wir haben den Fahrer des Fernbusses, einen gewissen Dimitri Antoljew, aus Kamtschatka stammend, ausfindig machen können. Dieser Mann hat im Wesentlichen alles bestätigt, was Sie gesagt haben. Auch dieser Sache werden wir angemessen nachgehen, und falls wir Sie nochmals als Zeugen vernehmen wollen, werden wir uns mit Ihrer Dienststelle in Deutschland in Verbindung setzen. Zufrieden?«

»Und wenn sich aus den Ermittlungen, die ich mittlerweile durchgeführt habe, doch noch etwas ergibt?«

»Ganz einfach, Herr Kollege, dann behalten Sie selbige ganz einfach für sich. Und jetzt: Servus, Worschtfett!«

JACKE NICHT AUS

Hassan Adigüzel, Friseur, Salon Saphir, Neulerchenfelder Straße, Wien:

Dieser Mann hat nichts nötiger als einen ordentlichen Haarschnitt, hatte ich gedacht, als er unseren Salon betreten hat. Ich meine, ich bin ja von Hause aus Türke, aber bei uns würde sich niemand mit solchen Haaren aus dem Haus wagen. Er sah auf seinem Kopf irgendwie aus, als wäre er unter einen Rasenmäher geraten.

Ich war zu dem Zeitpunkt noch damit beschäftigt, einem anderen Kunden die Härchen in den Ohren abzufackeln. Dafür hatte ich einen kleinen Wattebausch um ein Holzstäbchen gewickelt und diesen mit ein wenig Alkohol eingesprüht. Dann habe ich die Watte entzündet und damit auf die Ohren des Kunden getupft, um so die kleinen Härchen darin zu verglühen. Zuvor hatte ich dem Mann bereits mit einem aufgedrallten Garnfaden ein paar störende Augenbraunhaare im Gesicht entfernt. Ganz in türkischer Barbiertradition.

Ansonsten hatte der Mann einen rotblonden Sauerkrautbart und ließ sich das Haupthaar alle zwei Wochen auf eine Länge von drei Millimetern rasieren. Obwohl das schon sehr glatzig ist, fährt er sich nach jeder Rasur vor dem Spiegel zig mal mit der flachen Hand über den Kopf, um zu kontrollieren, ob der Schnitt auch ordentlich ausgeführt wurde. Ein seltsamer Mensch war das. Das wusste jeder bei uns im Salon. Am auffälligsten an ihm aber war, dass er nie ein Wort zu viel sprach. Und weil man im Laufe der Zeit mitbekommen hatte, wie er seine Haare geschnitten haben wollte, wurde er bisweilen bedient, ohne dass auch nur ein einziges Wort gewechselt wurde. Wie gesagt, ein seltsamer Mensch.

Und als er fertig war, kam der Mann mit der Rasenmäher-Frisur an die Reihe. Er trug eine schwarze Parkajacke, die offensichtlich daran schuld war, dass ihm der Schweiß auf der Stirn stand, und außerdem von Fettflecken übersät war.

»Wollen wir nicht mal die Jacke ausziehen?«, sagte ich, »Sie schwitzen ja …«

»Wie ein Schwein, ich weiß«, entgegnete er mit deutschem Akzent, »aber das macht nichts, schneiden Sie mir einfach nur die Haare.«

Scheinbar hatte ihm irgendetwas die Laune verhagelt. Also hielt ich meinen Mund und bot ihm einen Cay an, einen türkischen Tee, wie es bei uns Sitte ist. Aber auch das wollte ihn nicht versöhnlicher stimmen.

Als ich dann wissen wollte, wie ich ihm die Haare schneiden sollte, war seine knappe Antwort nur: »Normal.«

So etwas hatte ich schon lange nicht mehr gehört. In der Regel wissen meine Kunden immer genau, was sie wollen. Inklusive, ob sie die Haare auch gewaschen bekommen und vielleicht noch gleich rasiert werden wollen. Aber dieser Mann nicht. Er wollte seine Haare einfach nur ganz normal geschnitten bekommen.

Als ich ihm den Frisierumhang umgelegt hatte, fiel sein Blick auf einen großen, braunen Briefumschlag auf dem Frisiertisch vor ihm, den der Sauerkrautbart offenbar liegen gelassen hatte. Kurz entschlossen nahm er den Umschlag und sprang auf, um dem Mann hinterherzulaufen und ihm zuzurufen, dass er etwas vergessen hätte. Als der so Verfolgte bemerkte, dass die Rasenmäher-Frisur hinter ihm herlief, nahm er die Beine unter die Arme und flüchtete in Richtung Türkenmeile am Brunnenmarkt. Der Mann mit dem deutschen Akzent lief ein wenig hinterher, bis seine Schnappatmung ihn zur Aufgabe zwang.

Während des Sprints war auffällig, dass er sich in einer Art bewegte, wie nur Kieberer es tun, wenn ein Pistolenholster am Hosenbund sie in ihrer Bewegungsfreiheit entsprechend einschränkt.

Schau mal da, dachte ich in dem Moment, kein Wunder, dass er seine Jacke nicht ausziehen will.

Als der Gehandicapte kurz darauf wieder den Salon betrat, schwitzte er noch mehr als zuvor. Der Hakim, mein Kollege, hat mir dann auf Türkisch gesagt, ob ich ihm nicht aus seiner Jacke helfen wolle, weil er so fürchterlich am Schwitzen sei. Da habe ich aber auf Türkisch geantwortet, dass er offenbar unter der Jacke eine Kanone trage und nicht wolle, dass andere das mitkriegen.

Kurz nachdem ich begonnen hatte, ihm die Haare ›normal‹ zu schneiden, fragte er: »Kennen Sie den Mann, der den Umschlag liegen gelassen hat?«

Ich antwortete wahrheitsgemäß, dass er alle zwei Wochen zu uns in den Salon komme, und bot an, ihm den Umschlag bei seinem nächsten Besuch auszuhändigen.

Das aber wollte mein Kunde nicht. Er griff den Umschlag und zog ihn zu sich unter den Umhang. »Kein Umstand«, sagte er, »ich kümmer mich selbst darum. Schneiden Sie mir nur die Haare.«

DIESE KLEINE SCHLAMPE

Frank Krokoczinski, Einsatzleiter Polizeipräsidium Mittelhessen, Gießen:

»Wer ist Pia Schellhorn?«, hatte sie sich vor mir aufgebaut. Ich war gerade zur Tür hereingekommen und hatte mir noch nicht mal die Schuhe ausziehen können.

»Pia Schellhorn?«, fragte ich.

»Richtig, Pia Schellhorn. Wer ist das?«

»Das ist eine Kollegin«, antwortete ich.

»Ist sie das Flittchen, das es da mit ihrem Kollegen im Streifenwagen getrieben hat?«

»Loni!«

»Was heißt hier ›Loni‹? Hat sie oder hat sie nicht.«

»Wenn ich dir was von meiner Arbeit erzähle …«

»Dann ist das streng vertraulich. Lass stecken, mein Lieber. Was läuft da mit dieser kleinen Schlampe und dir?«

»Loni, jetzt hör aber auf.«

»Nix hör ich auf. Ich will auf der Stelle wissen, was da läuft.«

»Wieso kommst du eigentlich auf sie? Was ist denn passiert?«

»Sie hat hier angerufen. Sie hätte dich am Handy nicht erreichen können und müsste dir dringend ausrichten, dass euer Treffen erst eine Stunde später stattfinden kann.«

»Okay …«

»Nix ›okay‹. Was ist das für ein Treffen?«

»Es geht um Ginger.«

»Um Ginger? Willst du mich verarschen?«

»Jetzt hör endlich auf. Das ist eine dienstliche Angelegenheit.«

»Unser Ginger ist eine dienstliche Angelegenheit? Hast du sie noch alle? Ginger war unser Hund.«

Es war ihr nicht beizukommen. Ich musste ihr erzählen, dass Pia Schellhorn einen Mann ausgemacht hat, der offensichtlich ein Hundehasser war. Sie hatte außerhalb ihrer Dienstzeit ein Bewegungsprofil dieses Mannes erstellt und wollte ihn gemeinsam mit mir zur Rede stellen.

»Und wo? Wo wollt ihr ihm auflauern, diesem Dreckschwein?«, wollte Loni wissen, als ich fertig war.

»Ich weiß es nicht genau. In der Nähe des Neuen Friedhofs, hat sie mir gesagt.«

»Okay, da komm ich mit.«

KOMMANDO 13. NOVEMBER

Xaver Tonigold, Kriminalhauptkommissar Polizeipräsidium Wien:

Was ein gepflegter Haarschnitt doch aus einem Menschen machen kann, hatte ich gedacht, als er plötzlich wieder in meinem Büro stand. Er hielt mir einen großen, braunen Briefumschlag hin.

»Was ist das?«, wollte ich wissen.

»Gucken Sie rein.«

Ich nahm den Umschlag und zog ein bedrucktes Blatt Papier heraus. Als Überschrift stand in großen Lettern: *ISLAMISCHER STAAT.*

Darunter der Text:

Wieder einmal zelebrieren die Kuffar ihr dekadentes Laufspektakel Vienna-City-Marathon. Dieses gottlose Treiben werden wir nicht weiterhin untätig hinnehmen. Deshalb haben wir Vorkehrungen getroffen, um all jene zu strafen, die sich an dieser Verhöhnung Gottes und dem Leid, welches die USA mit ihren Bomben und Drohnen über alle Gläubigen gebracht haben, beteiligen. So Gott will, werden unsere Bom-

ben die Körper unserer Feinde zerfetzen und das Blut der Ungläubigen, egal, ob Frauen oder Männer, Kinder oder Alte, in Strömen fließen lassen. Ihr und eure Kinder werdet zu Allah beten oder sterben.

Unterzeichnet war das Blatt mit *Allahu akbar – Kommando 13. November.*

Verdammte Scheiße, konnte ich nur denken, was hatte das zu bedeuten?

»Woher haben Sie das?«, fragte ich Worstedt.

»Aus einem Friseursalon«, war seine Antwort.

Dann erzählte er mir, dass der Kunde, der vor ihm in dem Salon dran war, den Brief liegen gelassen hätte. Er, Worstedt, sei ihm dann hinterhergelaufen, um ihm den vergessenen Umschlag zu geben. Aber der Mann hätte, als er bemerkte, verfolgt zu werden, das Weite gesucht.

Weil der Umschlag offen und an die *Kronenzeitung* adressiert war, hat er sodann hineingeschaut und das Bekennerschreiben vorgefunden. Er sei dann in den Friseursalon zurückgekehrt und habe sich nichts anmerken lassen.

»Was war das für ein Friseursalon?«

»*Saphir*«, hatte er geantwortet, »auf der Neulerchenfelder Straße.«

Vier Minuten später standen drei Streifenwagen von uns vor dem Geschäft in der Neulerchenfelder Straße. Die Anweisung: Niemand verlässt das Gebäude, Separierung der Anwesenden, Kommunikationsverbot allenthalben. Es war klar, dass, wenn an dieser Sache was dran sein sollte, wir ein echtes Problem am Hals hätten. Nachdem ich meinem Chef Bescheid gegeben hatte, ging die Nachricht wie ein Lauffeuer durchs Präsidium.

Eindeutig, dass wir diesen Mann aus dem Friseursalon auf Teufel komm raus finden mussten. Entsprechend wurden alle Hebel in Bewegung gesetzt, um die Situation in den Griff zu kriegen.

Als dann wir vor dem Salon *Saphir* eintrafen – Bronkovicz, Worstedt und ich –, war die Straße voll wie bei einem riesigen Heurigen. Unsere anschließenden Befragungen waren nicht gerade ergiebig. Es wurde einhellig das erklärt, was wir weitestgehend bereits von Worstedt erfahren hatten.

»In echt ein Kommunikations-Spasti«, gab einer der Friseure Auskunft über den Gesuchten. Und ein anderer konnte beisteuern, ihn mal am Kardinal-Rauscher-Platz in dem Eiscafé gegenüber des Kinderspielplatzes gesehen zu haben: »Dort, wo die Kinder bevorzugt Dschihadisten und Staatsschützer spielen«, sagte der Mann. Jemand anderes meinte, dass er unseren Gesuchten auch schon mal in der Meiselhalle an der U-Bahn-Station Johnstraße an einer Lammfleischtheke gesehen habe.

Unterm Strich führte die Spur nach Rudolfsheim-Fünfhaus, dem 15. Bezirk, dem am meisten verschrienen Grätzl unserer Stadt. Geprägt vom höchsten Migrantenanteil aller Wiener Bezirke: Drogen, Prostitution, Kriminalität. Da hat schon mal ein Kannibalen-Mörder sein grausiges Mahl zubereitet, sich der Serbenführer Radovan Karadžić auf seiner Flucht versteckt gehalten, oder es wurden mal in einer Wohnung neunzehn Kilo Heroin sichergestellt. Und in letzter Zeit dann auch noch der Stempel: Dschihadisten-Hochburg. Den hat das Viertel aufgedrückt bekommen, weil man dahintergekommen war, dass der IS seine Kommunikationsstruktur grundsätzlich verändert hatte. Der war nämlich dazu übergegangen, seine internen Nachrichten nicht länger in schriftlicher Form oder mit elektronischen Medien zu übermitteln, weil mittlerweile alles überprüfbar und damit zu unsicher geworden war. Deshalb werden nunmehr Personen wie im Mittelalter mit einer Nachricht, die ihnen persönlich und mündlich eingeimpft wird, losgeschickt, um sie einem Empfänger von Angesicht zu Angesicht zu übermitteln.

Und weil Wien in der Vergangenheit schon immer Verbindungspunkt zwischen Ost und West war, nimmt Rudolfsheim-Fünfhaus sich nunmehr als Zentrum dieser neuerlichen Kommunikationsstruktur aus.

Während Worstedt mit unseren Spezialisten dran war, ein Fahndungsbild von dem Mann aus dem Friseursalon anzufertigen, das für einen Aufruf im Fernsehen benutzt werden sollte, untersuchte unsere Spurenabteilung das Bekennerschreiben. Ebenfalls ging der Staatsschutz allem nach, was zur Klärung des Sachverhalts verwertbar sein konnte. Und auch wurden die Organisatoren des Marathons sowie die Verantwortlichen des Sportdezernats und der Stadtverwaltung ins Vertrauen gezogen, um mit der Präsidiumsspitze die Vorgehensweise zu eruieren. Man war sich einig, dass für die Stadt Wien und die Tradition des Marathons ein unverhältnismäßig großer Schaden erwachse, wenn die bevorstehende Laufveranstaltung abgesagt würde. Andererseits wollte man auf keinen Fall das Leben von Zuschauern und Läufern unnötig aufs Spiel setzen. Deshalb sei es unumgänglich, die Veranstaltung abzublasen.

Dann aber traten Aspekte in den Vordergrund, die einer Absage entgegenstrebten.

Eine forensische Linguistin, die mit der Begutachtung des Bekennerschreibens beauftragt wurde, war gemeinsam mit den Islamwissenschaftlern unseres Bundeskriminalamtes zu der Beurteilung gekommen, dass das Schreiben aus verschiedenen Gründen nicht echt sein könne. Sie hatten die darin vorkommenden Wörter aufgelistet und mit anderen Bekennerschreiben abgeglichen, die in der Vergangenheit international sichergestellt worden waren. Dies hatte zu divergierenden Resultaten geführt. Daneben hätte aber auch die in dem Schreiben verwendete Syntax sich grundsätzlich von der anderer Bekennerschreiben des IS unterschieden. Darüber hinaus lasse die Verwendung eines Kommando-Titels mit Bezug zu einem für die Organisation relevanten Datum, also *Kommando 13. November*, eher auf eine Orientierung an längst überholten linksextremen Terrorismus-Strukturen vermuten wie etwa der Rote Armee Fraktion. Diese Strukturen seien für den IS allerdings Schnee von gestern. Denn auch im Bereich der terroristischen Strategien habe sich wie in so vielen anderen Bereichen unseres Lebens ein Strukturwandel vollzogen. Waren in der Vergangenheit terroristische Anschläge davon geprägt, dass es zunächst einmal eine – bevorzugt politische – Beziehung zwischen Opfern und Tätern gab, so kann heute jedermann Opfer werden – genauso wie auch Täter. Es braucht weder Treuegelöbnisse noch ideologische Absichtsschwüre, um für den IS tätig zu werden. Die Attentäter werden nicht ausgewählt, sie können von sich aus tätig werden als selbstradikalisierte Einzeltäter, vergleichbar mit der Registrierung im Internet für die Mitgliedschaft in einem bestimmten Account.

Ebenfalls braucht der IS seine Attentäter nicht mehr zu befehligen. Es reicht, sie zu inspirieren. Ein Sprungbrett für Kleinkriminelle, die davon träumen, ihr Leben mit einem schlagzeilenträchtigen Abgang im Medienrummel zu küren. Und auch brauchen sie nicht wie frühere Terroristen aufwendig an Waffen ausgebildet zu werden. Vielmehr reicht es, wenn sie mit Ideen versorgt werden, wie Gegenstände des täglichen Lebens als Waffen verwendet werden können: Messer, Äxte, Autos. Alles Dinge, die sich jeder überall beschaffen und über deren Einsatz man sich über das Online-Magazin *Inspire* informieren kann. Daraus ergibt sich eine ungleiche und bisher nicht gekannte Täter-Opfer-Beziehung. Denn während die Täter ihre Opfer und die Eckdaten ihrer Lebensstruktur genau kennen, sind die Opfer weitestgehend in Unkenntnis, um wen es sich bei den Tätern handelt.

Eine weitere Neuerung ist die Tatsache, dass es sich in der Vergangenheit bei den Opfern um Mitglieder einer gesellschaftlichen Elite handelte, Menschen, die Machtpositionen innehatten. Damit war der Großteil der Bevölkerung außen vor und hatte nur zu befürchten, als Randfiguren Opfer werden zu können. Dem entgegen ist heute niemand mehr davor gefeit, Opfer eines Attentats zu werden. Das Ziel der Attentate ist auch nicht mehr die Einforderung vorgegebener gesellschaftlicher Forderungen, sondern es geht ganz profan nur noch darum, eine allgegenwärtige Verängstigung und Einschränkung der gesellschaftlichen Bewegungsfreiheit zu forcieren und von Anschlägen betroffene Staaten zu Kriegserklärungen zu provozieren.

Früher gab es langfristige Planungs- und Vorbereitungsphasen für Attentate, Mitglieder der Organisation wurden ausgewählt, die die Attentate ausführen durften, und hernach hat man sich als Organisation zu dem Anschlag bekannt. Das ist heute ebenfalls längst anders. Was den IS angeht, so schreibt er sich mittlerweile jedes Attentat auf die Fahne, bei dem nicht eindeutig festgestellt wird, dass der Attentäter ideologiefrei gehandelt hat. Während früher ein terroristischer Hintergrund ermittelt werden musste, muss heute ermittelt werden, dass es keine terroristische Einbindung gegeben hat, weil ansonsten der IS die Taten für seine Terrormiliz reklamiert.

Unter der Prämisse, dass das vorgefundene Bekennerschreiben nicht eindeutig auf den IS zurückzuführen war und darüber hinaus den für uns in Wiener Dschihadistenkreisen eingeführten V-Leuten nichts von einem bevorstehenden Attentat bekannt war, konnte diese Bedrohung nicht ernst genommen werden.

Als Worstedt mit dem unter seiner Anleitung erstellten Fahndungsfoto zurück zu mir ins Büro kam, musste ich ihm sagen: »Wir werden das wahrscheinlich nicht brauchen.«

»Warum nicht?«

»Es wird keinen Aufruf im Fernsehen geben. Darum nicht. Wir werden die Präsenz der Sicherheitskräfte während des Marathons erhöhen, aber der Lauf findet statt.«

»Aber das ist doch …«

»Es tut mir leid, mein lieber Worstedt, aber die Entscheidung ist gefallen. Und ich habe Ihnen gleich gesagt, dass dieser Fall außerhalb meiner Machthabe liegt.«

»Meine Kollegin aus Gießen will bei dem Marathon mitlaufen und ein früherer Kollege von mir aus Frankfurt ebenfalls.«

»Dann würde ich sagen, wirken Sie auf die beiden ein, dass sie das besser nicht tun.«

»Und wenn mir das nicht gelingt?«

»Schlimmstenfalls rufen Sie mich an. Dann sehen wir weiter. Hier …« Ich schnippte ihm eine Visitenkarte von mir über den Tisch.

DIABOLO

Frank Krokoczinski, Einsatzleiter Polizeipräsidium Mittelhessen, Gießen:

Also, habe ich das richtig verstanden, du möchtest, dass ich nie wieder bei dir zu Hause anrufe?«, hatte sie gesagt, und ich hatte entgegnet: »Genauso ist es.«

»Das hört sich an, als hätte mein Anruf dich in Verlegenheit gebracht.«

Ich hatte alle Register ziehen müssen, um Loni davon abzuhalten, zu dem Treffen mit Pia mitzukommen. »Ich kratze der die Augen aus«, hatte sie ihrer Eifersucht ungezügelt freien Lauf gelassen, »ich bringe die um, diese kleine Schlampe.«

Es ist immer wieder die Hölle zwischen uns, wenn ich beruflich mit Frauen zu tun habe. Wenn es nach der Loni ginge, müsste ich mich in eine Abteilung für Kriminalfälle mit ausschließlich männlicher Beteiligung versetzen lassen. Als ich zu Hause los bin zu dem Treffen mit Pia war unsere Stimmung auf dem

Nullpunkt. Aber es war nicht zu akzeptieren, dass sie sich in meine beruflichen Angelegenheiten einmischt.

Pia stand wie verabredet an der Ecke Friedhofsallee und Heinrich-Will-Straße, als ich eintraf. Wir fuhren dann so weit in die Heinrich-Will-Straße hinein, bis wir ein Mehrfamilienhaus erreicht hatten, von dem Pia meinte, dass dort unsere Zielperson wohne.

Dann sagte sie: »Könnte es sein, dass es da ein gewisses Eifersuchtsproblem bei dir zu Hause gibt?«

»Wie kommst du denn darauf?«

»Nun ja, schließlich geht es ja um euren Hund. Also ist das, was wir hier machen, nicht eine rein dienstliche Angelegenheit. Da wäre es doch vielleicht angemessen gewesen, wenn deine Frau mitgekommen wäre. Es war ja auch *ihr* Hund.«

Weiber, konnte ich in dem Moment nur denken. »Richtig, und auch unserer Kinder.«

»So weit wollte ich jetzt nicht gehen.«

»Ich denke, es reicht, wenn du nicht mehr bei mir zu Hause anrufst, okay?«

»Okay.«

Wir musterten stumm das Mehrfamilienhaus, wo der Mann auftauchen sollte, der Ginger auf dem Gewissen haben sollte.

Sie sagte: »Er müsste innerhalb der nächsten Viertelstunde eintreffen. Ich hatte vergessen, dass er samstags eine Stunde länger arbeitet.«

»Was macht er?«

»Kassierer an einer Autowaschanlage.«

Wir warteten eine Weile.

Schließlich sagte ich: »Du hattest gesagt, dass es Roman zu verdanken sei, wenn wir den Typen schnappen. Wieso das?«

»Als am Güterbahnhof der herrenlose Koffer gefunden wurde, waren da zwei Damen.«

»Die, die den Notruf abgesetzt hatten?«

»Genau die. Und die hatten einen Schäferhund dabei mit einer Halskrause, so einem Plastiktrichter über dem Kopf.«

»Damit er sich nicht an einer Verletzung leckt.«

»Ganz genau. Und als der Dr. Lindenstruth eingetroffen ist, hatte der Roman Worstedt den Hund gerade gefragt gehabt, was ihm denn passiert sei, dass er so ein Ding tragen müsste. Als die beiden Frauen daraufhin anfingen zu erzählen, was dem Hund zugestoßen war, hat der Roman sich aber losgemacht zu Dr. Lindenstruth. Deshalb hat er die Antworten nicht mehr mitgekriegt. Aber weil die Frauen schon mal angefangen hatten zu erzählen, haben sie ihrer Mitteilungswut einfach freien Lauf gelassen und mir die Geschichte fertig erzählt.«

»Und die wäre?«

»Also, Bob, der Schäferhund, ist von einem Luftgewehr angeschossen worden. Das ist im Prinzip nicht weiter schlimm. So ein Diabolo richtet nicht viel an und wird in der Regel nicht mal rausoperiert. Aber bei Bob hat das Einschussloch sich entzündet. Deshalb hat er den Plastiktrichter über den Kopf bekommen, damit er sich nicht an der entzündeten Stelle leckt. Dann haben die Frauen weiter erzählt, dass es in dem Mehrfamilienhaus, wo die eine von ihnen wohnt, einen Nachbarn gebe, der ein Luftgewehr besitze und damit auf Ratten und Tauben schießt. Und dieser Mann hätte schon mehrfach zum Ausdruck gebracht, dass er ein ausgemachter Hundehasser sei und etwas gegen Bob hätte. Einmal seien sie ihm begegnet, als sie gerade in der Stadt aus einer Tierarztpraxis kamen. Da soll er zu dem Hund gesagt haben: ›Na, haben die Frauchen dir mal wieder die Krallen schneiden lassen, damit du ihnen nicht so schlimme Kratzspuren in die Hüften machst?‹ Jedenfalls, diesen Mann hatten die beiden Frauen im Verdacht, dass er mit seinem Luftgewehr auf Bob geschossen haben könnte. Als wir dann die Geschäfte untersucht haben, wo man sich Rattengift beschaffen kann, hatten wir die registrierten Personalien, die durch Vorlage des Personalausweises festgehalten werden, aufgelistet und haben die Käufer systematisch überprüft. Zwar kann durch die Käufer-Registrierung festgehalten werden, wer sich Rattengift gekauft hat, allerdings ist es schier unmöglich nachzuverfolgen, was damit hinterher geschieht, sprich, an wen es gegebenenfalls weitergegeben wird oder wer es sich sonst wie aneignet. Deshalb haben wir unsere Befragungen vor dem Hintergrund durchgeführt, das Umfeld der Rattengiftkäufer daraufhin abzuklopfen, ob im Freundes- oder Familienkreis jemand verdächtig sein könnte. Weil unter den Käufern nur fünf Frauen waren, haben wir diese auch nach ihren Mädchennamen befragt und sind so eher zufällig auf den Namen Hoppe gestoßen, den die beiden Damen ja bereits im Zusammenhang mit der Attacke auf Bob genannt hatten.« Dann unterbrach sie ihre Erzählung, weil sich ein Mann mit mächtigem Bauch, grüner Bomberjacke und Vokuhila-Frisur näherte. »Das ist er«, sagte Pia, und wir stiegen aus.

I MÖCHT AN WEIN SEHN

Regina Maritz, Kriminaloberkommissarin
Polizeipräsidium Mittelhessen, Gießen:

Als er fertig war, konnte keiner von uns was sagen. Guido und ich hatten uns Wasser bestellt, Roman einen Viertel Zweigelt. Ein paar Tische weiter dirigierte ein älterer Herr zu seinem Gesang. Eine überaus elegante Erscheinung mit blitzeblanken Budapestern, gezacktem Einstecktuch, schnittigem Pepita-Sakko und scharf gezogenem Scheitel.

»Das ist der Frank Sinatra von Ottakring«, stellte der Roman uns den Sänger vor, »man sagt, er sei der letzte Wiener Natursänger.«

Der Kellner brachte unsere Getränke. Als er Roman den Zweigelt hinstellte, stimmte er mit ein: »I möcht an Wein sehn!«

Roman nahm sein Glas: »Wohlsein.«

Mir war nicht nach Zuprosten.

»Wahrscheinlich wäre es besser gewesen«, sagte ich, »wenn du uns das alles nicht erzählt hättest.«

Er stellte sein Glas ab. Dann meinte er: »Er hat fünfzig Zoll.«

»Bitte, was?«, fragte ich.

»Fünfzig Zoll. Sechshundert Hertz, Internet, alles.«

»Wovon sprichst du?«, mischte Guido sich ein.

»Von meinem LED.«

»Du meinst deinen Fernseher?«

Er nickte stumm.

»Und was soll mit dem sein?«

»Ich geb ihn euch.«

»Wieso denn das?«

»Damit ihr nicht mitlauft. Was anderes habe ich nicht. Jedenfalls nichts Wertvolleres.«

»Und wozu das? Was sollen wir damit?«

»Euch schöne Abende machen. Schön auf dem Sofa aneinanderkuscheln und gemeinsam das Programm genießen.«

Ich hatte ernsthafte Sorgen, was mit ihm los war. Hatte er etwa schon vorgeglüht? Nein, das konnte nicht sein. »Ist dir klar, Roman, dass wir nächste Woche wieder in Gießen miteinander arbeiten müssen?«

»Ich denke an nichts anderes.«

»Also noch mal: Wir haben uns seit Monaten auf diesen Tag vorbereitet. Wir haben in den letzten zwölf Wochen zehn Läufe über dreißig Kilometer und mehr hinter uns gebracht. Wir haben an sechs Tagen in der Woche mindestens anderthalb Stunden trainiert. Und das alles nur, um morgen fit zu sein und den Marathon mitlaufen zu können. Glaubst du wirklich, dass wir uns davon abhalten lassen, nur weil du da einen Brief gefunden hast, der weder als Bekennerschreiben anerkannt wurde noch sonst wie ernst zu nehmen ist.«

»Du solltest dich nicht unnötig um uns kümmern«, mischte Guido sich ein, »die Bedrohungslage durch den IS wird nach wie vor von den Medien künstlich hochgepuscht. Die Wahrscheinlichkeit, von einem Blitz getroffen zu werden, ist nach wie vor um einiges höher, als bei einem terroristischen Anschlag ums Leben zu kommen.«

»Und was ist mit dem Löwen?«, hielt Roman dagegen.

»Mit was denn für einem Löwen?«

»Es heißt doch, die Wahrscheinlichkeit, von einem Löwen aufgefressen zu werden, sei größer, als über vierzig noch einen Partner zu finden.«

»Was willst du damit sagen?«

»Na ja, so wie es aussieht, habt ihr euch doch auch gefunden, nicht wahr?«

»Hör zu, Roman, du solltest ein bisschen mehr Vertrauen in die Arbeit der Polizei haben. Schließlich willst du doch auch, dass man Vertrauen in deine Arbeit hat«, fuhr Guido fort.

»Ja, schon«, antwortete er, »aber wie viele Freunde habe ich denn?«

KÖTER IN DER NACHT

Frank Krokoczinski, Einsatzleiter Polizeipräsidium Mittelhessen, Gießen:

Wir bekommen in letzter Zeit immer wieder Beschwerden über einen Schäferhund in dem Haus, wo Sie wohnen. Ist Ihnen da etwas bekannt? Sind Sie da vielleicht auch schon in Mitleidenschaft gezogen worden?«, begann Pia die Befragung.

»Geht es um die beiden Kampflesben und die Töle aus dem zweiten Stock?«, fragte Hoppe dagegen.

»Ja genau. Sind Sie da auch schon belästigt worden?«

»Die lassen den Köter manchmal die ganze Nacht auf dem Balkon.«

»Haben Sie denn schon mal was unternommen, um der Besitzerin des Hundes die Belästigung mitzuteilen?«

»Ich hasse diese Weiber. Wie sie schon immer und überall miteinander rummachen müssen. Ekelhaft.«

»Sie finden den Umgang, den die beiden Frauen miteinander pflegen, ekelhaft? Haben wir das richtig verstanden?«

»Voll ekelhaft.«

»Was finden Sie denn dabei ekelhaft?«

»Alles. Wie sie schon miteinander reden. Und wie sie sich ständig antatschen müssen. Dabei weiß man ja nicht mal, wem der Köter überhaupt gehört.«

»Nächste Frage: Haben Sie ein Luftgewehr?«

»Wieso denn das?«

»Haben Sie eins? Ja oder nein.«

»Tschü. Wozu sollte ich denn so was brauchen?«

»Vielleicht, um Ratten abzuknallen oder Tauben. So was machen doch eine Menge Leute.«

»Nee, hab ich keins.«

»Wirklich nicht?«

»Ihr könnt ja meine Wohnung durchsuchen. Ihr werdet da nichts finden.«

»Das denken wir auch. Aber was ist mit Ihrer Garage?« Da hatte Pia ihn auf dem falschen Fuß erwischt. »Sie haben doch eine Garage, Herr Hoppe?«, legte sie nach.

»Ja.«

»Na also. Und dürfen wir uns da auch mal umschauen?«

»Jetzt gleich, oder was?«

»Warum nicht? Sie geben uns den Schlüssel. Ein Streifenwagen von uns fährt hin und guckt nach. Ganz einfach.«

»Nicht ohne Durchsuchungsbefehl.«

»Das heißt schon lange nicht mehr Durchsuchungsbefehl. Das heißt mittlerweile Durchsuchungsbeschluss. Und wenn Sie darauf bestehen, dass wir einen solchen vorlegen, werden wir ihn selbstverständlich beantragen. Aber dafür brauchen wir einen Richter. Und jetzt am Wochenende ist das nicht so einfach. Und so lange müssten wir Sie hier in Gewahrsam behalten. Also …?«

»Ja, ich habe ein Luftgewehr. Und?«

»Sind Sie im Besitz eines Jagdscheins?«

»Das grüne Abitur, oder was?«

»Richtig.«

»Blödsinn. Für ein Luftgewehr baucht man so was doch gar nicht.«

»Solange man nicht auf Tiere schießt.«

»Jetzt aber mal begoni, ja.«

»Wir haben gesehen, dass Sie an Ihrem Balkon nach jeder Seite ein Loch in der Verkleidung haben von etwa fünf Zentimetern Durchmesser und mit jeweils einer seitlich vorschiebbaren Verklappung. Wozu haben Sie diese Löcher? Zur Belüftung?«

»Das geht euch einen Scheißdreck an.«

»Ich werde Ihnen sagen, wozu diese Löcher sind. Das sind Schießscharten, um unbeobachtet auf Tiere zielen zu können.«

»Wozu sollte ich so was machen?«

»Das wissen wir nicht beziehungsweise noch nicht. Aber im Moment geht es erst einmal darum, dass Sie so etwas tun. Haben Sie mit dem Luftgewehr auf den Schäferhund aus dem zweiten Stock geschossen?«

»Der hat die ganze Nacht durchgekläfft. Das war nicht zum Aushalten. Außerdem ist so ein Diabolo keine große Sache. Davon geht ein Hund nicht tot.«

»Das hört sich nach einer gewissen Enttäuschung an?«

»Was soll denn das jetzt heißen?«

»Dass Sie sich vielleicht überlegt haben, ob Sie nicht eine schärfere Gangart einschlagen sollten.«

»Worauf wollt ihr hinaus?«

»Sie haben eine Schwester, Herr Hoppe, die Ursula Breitsprecher?«

»Was wollen Sie denn jetzt mit der?«

»Ich war bei ihr in Buseck, und wissen Sie, was sie mir gesagt hat?«

»Was?«

»Dass Sie ihr geholfen hätten, ihre Hofküche aufzuräumen. Erinnern Sie sich?« Keine Frage. Jetzt wusste er, worum es ging. »Und Ihre Schwester hat auch gesagt, dass sie dort das Rattengift stehen hatte, das sie im Baumarkt gekauft hat.«

»Ich habe den Köter nicht vergiftet.«

»Nein? Was haben Sie denn gemacht?«

»Ich habe mir ein halbes Pfund Rindfleisch gekauft und das Rattengift da reingespritzt. Dann habe ich das in einen Spalt zwischen zwei Bäume in der Wieseckaue gelegt. Die sind da oft mit ihrem Köter spazieren gegangen, und der hat da immer geschnüffelt. Als sie da wieder ankamen mit ihrer Töle, habe ich sie beobachtet. Da hat die eine die andere mordsfotografiert gehabt. Aber der Hund konnte seinen Kopf nicht zwischen den beiden Bäumen durchstecken, weil er auf einmal diesen Plastiktrichter über dem Kopf hatte. Der hat ihm sozusagen den Weg versperrt, ihn daran gehindert, an das Fleisch ranzukommen. Jedenfalls hat er das vergiftete Fleisch nicht gefressen.«

In dem Moment musste ich mich einschalten: »Und dann, was ist dann passiert?«

»Wie, ›was ist dann passiert‹?«

»Haben Sie das Fleisch dann da rausgeholt? Haben Sie es vernichtet?«

»Blödsinn. Wozu denn das?«

»Damit es nicht vielleicht ein anderer Hund frisst«, antwortete ich leise.

Pia wusste, dass jetzt etwas Schlimmes passieren konnte. »Okay, Herr Hoppe, wir unterbrechen an dieser Stelle unsere Befragung und weisen Sie darauf hin, dass Sie von nun an nicht mehr als Zeuge befragt werden, sondern als Beschuldigter. Ihnen wird zur Last gelegt, durch Ihr Verhalten den Tod des Hundes von Herrn Frank Krokoczinski herbeigeführt zu haben.«

»Krokoczinski, das sind doch …?«

»Richtig, das bin ich«, sagte ich.

Pia fuhr fort: »Sie werden zeitnah von der Staatsanwaltschaft kontaktiert werden, die Sie dann über die weiteren Schritte gegen Sie in Kenntnis setzt.«

»Und jetzt? Was ist jetzt?«

Pia kam nah an meinen Kopf: »Möchtest du einen Moment mit ihm alleine sein?«

Das war sehr kollegial von ihr. Aber ich hatte Angst, dass wahrhaftig etwas passieren könnte, das ich im Nachhinein bereuen würde.

Ich schüttelte stumm den Kopf.

DAS AMULETT

Heinz Gerhard, Pförtner Staatsoper, Wien:

Er hatte angerufen und gesagt: »Alles Scheiße.« Ich hatte meinen Fernseher angelassen. Es sollte nicht gar so traurig sein, wenn ich zurückkomme.

In der *10er-Marie* saß er alleine. Vor sich einen Viertel Roten. An einem anderen Tisch hatten sie *Mei Mutta war a Wienerin* auf dem Schirm. Mehr gesummt als gesungen. Morbid gefühlsduselig, anheimelnd und tränengeschwängert. Eine gebrochene Lanze für das, was gemeinhin als Wiener Schmäh kolportiert wird.

In seiner Rechten hielt er etwas, das aussah wie ein Pendel. Jedenfalls eine Schnur, die sich im Näherkommen als schmales Kettchen entpuppte mit etwas unten dran, das aussah wie ein kleines Amulett und sich in einer kreisenden Bewegung über dem Tisch bewegte. Seine gesamte Aufmerksamkeit schien auf diese Bewegung fixiert.

»Na, du Nabelo«, begrüßte ich ihn auf Manisch, »s' immer schon latscho am schwäche?«

»Ticks muij, Tschabo«, entgegnete er, ohne seinen Blick von dem Pendel abzuwenden.

»Was ist das?«, setzte ich mich zu ihm.

»Das ist von einer Frau, die umgebracht wurde«, antwortete er, ohne aufzublicken.

»Von einer Frau, die umgebracht wurde?«

»Richtig. Vor vier Tagen in der Harrachgasse.«

»Am Kaisermühlendamm?«

»Genau da.«

»Und warum wurde sie umgebracht, diese Frau?«

»Das weiß ich nicht.«

»Und von wem? Weißt du das wenigstens?«

»Nein, auch nicht.«

Der Kellner trat zu uns.

»Für dich auch einen Viertel?«, fragte Worstedt.

»Nein danke, ein Wasser.« Seit der Geschichte im *Krokodil* in Gießen hatte ich dem Alkohol Adieu gesagt.

»Gut«, sagte er und wies den Kellner an: »Für den Herrn ein Glas Wasser und für mich noch einen blauen Zweigelt.«

»An Viertel?«, fragte der Kellner.

»Ja, bitte«, antwortete Worschtfett.

Abgang Kellner.

Dann fragte ich: »Was hat es mit der Frau auf sich?«

»Egal. Sie hatte es dabeigehabt und verloren. Ich hatte ihr meine Handynummer gegeben, weil sie gesagt hatte, dass sie mich gerne wiedersehen wolle. Danach habe ich darauf gewartet, dass sie mich anruft.«

»Aber sie hat nicht angerufen?«

»Nein, sie hat nicht angerufen. Sie hat sich umbringen lassen.«

»Und jetzt?«

»Jetzt frage ich mich, was das alles für einen Sinn ergeben soll.«

Ich griff nach dem Amulett und klappte es auf. Darin ein Foto von einem gut aussehenden, vielleicht dreißigjährigen Mann mit dunklen Locken und auf dem Innenteil des Deckels eingraviert *Katafiacz Franz*.

»Nicht gerade geläufig, so ein Name«, sagte ich, »was willst du damit anfangen?«

»Ihn sprechen.«

»Verstehe.«

»Was verstehst du? Nix verstehst du. Du redest doch nur Unfug.«

»Eh, ich hatte gedacht, ich wäre jetzt dein Freund?«

»Du bist mein Freund. Wohlsein.« Er nahm einen Schluck von dem Roten.

»Hast du ihn denn schon kontaktiert?«, wollte ich dann wissen.

»Wie denn? Ich weiß doch gar nichts über ihn. Er steht nicht im Telefonbuch, also keine Telefonnummer, keine Anschrift, nix.«

»Was ist mit deinem Kommissar Tonigold? Für den ist das doch ein Klacks, das rauszukriegen.«

»Der Kontakt Tonigold ist sich nicht mehr.«

»Schon blöd, wenn die Polizei einen nicht mehr lieb hat. So was kenne ich«, sagte ich und entschuldigte mich, um kurz das Lokal zu verlassen. Neun Minuten später kam ich wieder rein und legte ihm die Adresse von Katafiacz Franz in der Ottakringer Hasnerstraße auf den Tisch: »Hier.«

Er betrachtete den Zettel eingehend: »Wo hast du das her?«

»Mein Spezi, der Ottmar, der heute Nachtschicht schiebt in der Oper, der war früher Polizist. Und der hat noch gewisse alte Kontakte.«

Sein Blick klebte weiter auf dem Zettel.

»Keine Ursache«, sagte ich schließlich.

»Was?«

»Oh, ich hatte gemeint, du hättest eben ›Danke‹ gesagt.«

»Danke.«

»Keine Ursache. Das habe ich gern getan.«

»Wo ist das?«, wollte er dann wissen, »ist das hier in der Nähe?« Der Unterton seiner Stimme ließ mitklingen, ob man sich nicht umgehend dorthin begeben könnte.

»Vergiss es«, sagte ich, »es ist gleich Mitternacht, und du …«

»Was ich?«

»Ich will mal so sagen, bist ja schon recht fortgeschritten genussmittelgeschädigt.«

Darauf fiel ihm nichts ein. Er trank einen weiteren Schluck. »Meine Kollegen. Also, meine Kollegin, mit der ich in Gießen zusammenarbeite, und ein Kollege aus meiner Zeit in Frankfurt …«

»Ja, was ist mit denen?«

»Es sieht so aus, als könnten die beiden morgen in den Tod rennen.«

»Selbstmord?«

»Nein, Marathon.«

»Und was soll dabei der Tod sein? Hast du Angst, dass sie sich übernehmen, dass sie nicht genug trainiert haben?«

»Nein, ich habe Angst, dass es ein Attentat geben könnte.«

Dann erzählte er mir eine Geschichte, die ich lieber nicht gehört hätte. Ich wollte nichts zu tun haben mit Dschihadisten und auch nicht mit irgendwelchen Anschlägen, die sie planen.

Als er fertig war, konnte ich zu dem, was er mir da anvertraut hatte, nicht viel mehr sagen, als dass es mir leid tue, ich aber keine Ahnung hätte, was man unternehmen könne.

Er sah mich an und sagte: »Das sind meine Freunde.«

BROKEN MORNING

Regina Maritz, Kriminaloberkommissarin Polizeipräsidium Mittelhessen:

Ich hatte gerade im Bad meine Brustwarzen abgeklebt, als es an unserer Tür klopfte.

Guido rief: »Augenblick.«

Ich schloss die Tür zum Badezimmer. Dann hörte ich dahinter Romans Stimme. Er war – soweit ich das verstehen konnte – gekommen, um uns für den Marathon gutes Gelingen zu wünschen. Guido dankte ihm, und die beiden unterhielten sich.

Es war der neunte Marathon, den ich vor mir hatte. Ich hatte sämtliche Sachen, die ich an dem Tag anziehen wollte, bereits am Abend zuvor zurechtgelegt gehabt. Wie ein Torero, der sich für seinen Auftritt bei einer Corrida alle Utensilien ordentlich auf die Reihenfolge abgestimmt bereitlegt. Das Tapen der Brustwarzen ist besonders wichtig, weil die sich ansonsten unterwegs nur zu schnell wundscheuern, was dann zu unangenehmen Blutungen führt. Zwar hatte ich einen

Lauf-BH, damit die Brüste nicht unnötig auf und ab wippen, aber das Abkleben war immer noch wichtig. Daneben hatte ich mir auch angewöhnt, mir die einzelnen Zehen zu tapen, weil es dort während des Laufs auch schnell zu Wundreibungen kommen kann. Als Nächstes stand dann das Einreiben von Schritt, Achselhöhlen und Füßen mit Vaseline auf dem Programm, weil diese Stellen ebenfalls überaus gefährdet sind. Für Marathonläufe habe ich extra einen Seidenslip, weil der am sichersten eine Reibung im Schritt verhindert. Zu guter Letzt habe ich mir noch eine kleine Schulterkonstruktion Marke Eigenbau aus Strapsband angelegt, die den Brustgurt meines Herzfrequenzmessers halten soll, wenn das Gummi, das um meinen Oberkörper gespannt ist, mit dem Fortschritt des Laufs vom Schweiß feucht wird und die Gefahr besteht, dass es am Körper abrutscht.

Und als ich dann auch noch mein Laufshirt mit bereits darauf befestigter Startnummer und meine Laufshorts angezogen hatte, öffnete ich die Badezimmertür, um hinauszutreten. Da kam es mir irgendwie komisch still vor in unserem Zimmer. Und im nächsten Moment wusste ich auch warum. Denn da sah ich Guido an den Heizkörper des Raums gefesselt. Und sogleich spürte ich auch Roman, der mich von hinten packte und zu Boden brachte. Er griff meine Hände und fesselte sie mit einem Kabelbinder zusammen. Dann steckte er mir meine Laufsocken in den Mund und schlang mir mehrmals Tape um den Kopf, sodass die Socken als Knebel fest im Mund klemmten. Als er mich dann mit einem weiteren Kabelbinder um meine Handgelenke an den anderen Heizkörper band, konnte ich erkennen, dass er Guido auf die gleiche Art und Weise überwältigt hatte. Bevor er das Zimmer verließ, schaltete er uns noch den Fernseher an, wo gerade eine Ankündigung der nachfolgenden Sendung über den Wien-Marathon lief.

Bereits in der Tür, blieb Roman noch einmal stehen. Er sagte: »Ich will nicht, dass euch was passiert. Ruht euch aus, ich werde gegen eins wieder da sein.«

Dann fiel die Zimmertür ins Schloss. Wir waren auf uns alleine gestellt.

FÜR UNS

Franz Katafiacz , Ex-Krankenpfleger, Wien Ottakring:

Mein Freund, der Marek, und ich, also der Marek Steinbrenner und ich, wir sind insgesamt achtunddreißig Marathons miteinander gelaufen. Wir hatten uns beim Lauftreff *Spiridon* kennengelernt und bald gemerkt, dass wir so ziemlich den gleichen Schritt hatten, also mit der gleichen Pace über die Strecke gingen. Da war es natürlich eine super Sache, gemeinsam zu laufen, um sich unterwegs gegenseitig unterstützen zu können. Wir waren fast überall auf der Welt bei Marathonveranstaltungen gewesen. Sogar in Kapstadt waren wir zusammen und haben dort den *Two Oceans Marathon* hinter uns gebracht, über sechsundfünfzig Kilometer.

Für mich war es mit dem Unfall der Johanna von einem Tag auf den anderen vorbei mit dem Laufen. Und bald darauf musste ich auch meine Arbeit als Krankenpfleger aufgeben, um mich voll und ganz um sie kümmern zu können.

Der Marek ist dann noch das eine oder andere Mal alleine gestartet, aber auch nicht mehr lange. Und weil er sich dann auch von seinem aktiven Läuferleben verabschiedet hatte, blieb uns nur noch, einmal im Jahr zum Wien-Marathon als Zuschauer an die Strecke zu gehen, um die Läufer anzufeuern und einfach noch mal Marathonluft zu schnuppern.

Dabei hatten wir unser festgelegtes Ritual. Er kam immer morgens zu mir, damit wir dann zusammen zur Neubaugasse fuhren, wo wir auf der Mariahilfer Straße, Ecke Neubaugasse bei Kilometer neunzehn mit anderen Läufern vom *Spiridon* Lauftreff zusammenstanden und den Lauf verfolgten.

Meist sind wir immer früh genug da, um die Bleistifte zu sehen – wie die schnellen Läufer genannt werden –, und wenn hernach die Radiergummis kommen – wie die langsameren heißen –, sind wir dann die Mariahilfer Straße abwärtsgegangen hin zum Heldenplatz, um dort dann die Zieleinläufe zu sehen. So haben wir das Jahr für Jahr zelebriert und wollten es auch diesmal wieder tun. Vielleicht zum letzten Mal.

Als es um halb neun bei mir geklingelt hat, war ich doch ein bisschen überrascht, denn normalerweise kam der Marek immer so kurz nach neun. Aber egal, hatte ich gedacht, können wir eben noch in Ruhe gemeinsam einen Kaffee trinken. Deshalb habe ich den Türsummer gedrückt und noch schnell mein Bett gemacht, damit das ordentlich sein sollte.

Als ich dann aber aus meinem Schlafzimmer rauskam in den Flur, wunderte ich mich nicht schlecht. Denn dort stand nicht etwa der Marek, sondern ein Mann, den ich noch nie zuvor gesehen hatte. Ohne dass ich auch nur ein Wort sagen konnte, hielt er mir seine Karte hin. Worauf zu lesen war: *Tonigold, Polizei Wien* und so weiter. Der Mann sagte: »Herr Katafiacz, Sie wissen, warum ich hier bin?«

»Warum?«

»Was fällt Ihnen zu Adelheid Mikusch ein?«

»Zu der armen toten Adelheid Mikusch?«

»Zu der armen toten Adelheid Mikusch.«

Natürlich wusste ich, warum dieser Mann da war. Und letztendlich kam es mir vor wie eine große Erlösung. Wie etwas Schlimmes, das einem unausweichlich bevorsteht und über das man in seinen Gedanken schon tausendmal nachgedacht hat, wie es wohl geschehen wird, und man es fast herbeisehnt, dass es endlich eintrifft.

Jetzt war es so weit. Jetzt würde ich mich für das verantworten müssen, was geschehen war. Und komischerweise hatte ich nicht einen einzigen Gedanken darauf verwendet, mich aus meiner Verantwortung zu stehlen. Denn was würde das auch nützen?

Sollte ich davonrennen? Wohin denn? Nach Südamerika flüchten, um dort ein neues Leben zu beginnen? Wovon denn und warum überhaupt? Wo doch mein Leben sowieso seinen Sinn verloren hatte. Alles, was ich noch wollte, was mich noch angetrieben hat, war erledigt. Nämlich Rache zu nehmen an denjenigen, die meine Johanna auf dem Gewissen hatten. Das Einzige, was jetzt noch auf dem Spiel stand und mir wichtig war, war, noch einmal bei dem Marathon in Wien an der Strecke zu stehen.

»Was möchten Sie wissen über die arme tote Adelheid Mikusch?«, wollte ich wissen.

»Woher wissen Sie, dass sie tot ist?«

»Aus der Zeitung. Da war zu lesen, dass sie mit siebzehn Messerstichen umgebracht wurde.«

»In welcher Beziehung standen Sie zu der Toten?«

»Hören Sie, Herr Kommissar«, sagte ich, ohne auf seine Frage einzugehen, »ich weiß, warum Sie hier sind. Aber Sie sollen wissen, dass ich in einer halben Stunde an die Marathonstrecke fahren und mir den Lauf angucken will. Weil mir das so sehr am Herzen liegt, möchte ich Sie bitten, mir in die Hand zu versprechen, dass, egal was jetzt hier passiert, meinem Wunsch entsprochen wird.« Ich streckte ihm meine Hand entgegen: »Versprochen?«

Nach einem kurzen Zögern schlug er ein: »Versprochen – wir waren an Ihrer Beziehung zu Adelheid Mikusch …«

»Sie hatte es nicht verdient, ermordet zu werden.«

»Was meinen Sie damit?«

»Dass sie nicht umgebracht wurde. Das war kein Mord.«

»Sondern?«

»Ein Unfall.«

»Ein Unfall?«

»Ja, ein Unfall. Ein schrecklicher Unfall zwar. Aber ein Unfall. Kein Mord.«

»Und woher wollen Sie das wissen?«

»Weil ich es war.«

»Weil Sie auf sie eingestochen haben?«

»Ja.«

»Sie haben siebzehn Mal auf Adelheid Mikusch eingestochen?«

»Genau siebzehn Mal, ja.«

»Und wollten sie nicht umbringen.«

»Nein, das habe ich nicht gewollt.«

»Herr Katafiacz, mal ganz langsam: Sie haben siebzehn Mal auf die Frau Mikusch eingestochen und wollten sie nicht umbringen? Das ist nicht gerade einfach nachzuvollziehen. Was wollten Sie denn?«

»Ich habe gewollt, dass sie am Leben bleibt. Dass sie am Leben bleibt und ihre restliche Zeit genauso jämmerlich mehrfach schwerstbehindert an den Rollstuhl gefesselt verbringt wie meine Johanna.«

»Ihre Johanna?«

»Ja, meine Verlobte, die Johanna Dokupil, die Änderungsschneiderin aus der Rosseggergasse, die vor neun Jahren mit siebzehn Messerstichen von einem gewissen Hubertus Grassner niedergestochen wurde, der hernach nie den Namen der Frau preisgegeben hat, die ihn zu dieser Schreckenstat angestiftet hat.«

»Die Johanna Dokupil war Ihre Verlobte?«

»Ja, wir wollten heiraten. Es waren nur noch drei Monate bis zu unserer Hochzeit. Es war alles geplant. Dann hat dieser Grassner sie in der Rosseggergasse niedergestochen und alles zunichte gemacht. Ich habe den Tag herbeigesehnt, an dem er wieder auf freien Fuß gesetzt wird.«

»Warum das? Was hatten Sie vor?«

»Ich wollte ihn zum Reden bringen. Ich wusste, dass ich das hinkriegen würde. Ich hatte alles gelesen, was ich über Foltermethoden in die Hände kriegen konnte.

Ich wusste, dass man mit den laxen Methoden, mit denen das Gericht damals den Namen erfahren wollte, nie zum Ziel kommen würde. Da mussten einfach andere Geschütze aufgefahren werden.«

»Was haben Sie getan?«

»Ich habe mit einem Grafikprogramm ein Prospekt entworfen, um mich für eine Gefangenenhilfsorganisation auszugeben. Damit habe ich den Grassner kontaktiert und ihm angeboten, ihn bei seiner Entlassung in Graz-Karlau abzuholen und ihm anschließend bei der Rückkehr in ein geregeltes Leben hilfreich zur Seite zu stehen. Ich weiß, dass er letztendlich auch nur ein Opfer war. Die wahre Schuldige war, wie er immer wieder vor Gericht erklärt hatte, eine Frau, deren Identität er um keinen Preis offenbaren wollte. Er hat sich damit herausgeredet, dass die Preisgabe ihres Namens den Zorn des Katzenkönigs heraufbeschwören würde, der dann die Menschheit vernichten würde.

Am Tag seiner Entlassung bin ich zu der Justizanstalt nach Graz-Karlau gefahren. Bis dahin hatten wir nur schriftlichen Kontakt miteinander. Ich hatte ziemlichen Bammel davor, dass er mich von seinen Verhandlungen her vielleicht doch wiedererkennen könnte. Trotz des Bartes, den ich mir extra wachsen gelassen hatte. Deshalb habe ich auf der Straßenseite gegenüber des Gefängnistors mit meinem Auto gewartet, bis er herauskam. Ich habe dann nur zweimal kurz gehupt und ihm zugewunken. Er ist dann tatsächlich zu mir gekommen, und als er in meinen Wagen eingestiegen war, habe ich ihn auch sofort mit einem Elektroschocker narkotisiert. Auf einem Parkplatz ein paar Straßen weiter habe ich ihn dann gefesselt und geknebelt. Dann sind wir zu dem Zimmer gefahren, das ich für ihn angemietet hatte. Ich habe den Raum bereits vorher mit Teichfolie ausgelegt, um sicher zu sein, dass hinterher keine Spuren bleiben würden, die unser Dasein hätten verraten können. Ich hatte alles bereitgelegt: einen Plastiktrichter, zwei Spanngurte, eine Holzbank und einen Plastikeimer gefüllt mit Urin und Kot. Ich hatte von einer Foltermethode gelesen, die von der französischen Armee im Algerienkrieg angewendet wurde, um an Informationen zu gelangen. Diese Methode hieß ›Chiffon‹ und bestand darin, dass der Delinquent mit dem Rücken auf eine Bank gefesselt und ihm sodann über einen Trichter Kot und Urin eingeführt wurde, um ihn auf diese Weise zum Reden zu bewegen.

Der Hubertus Grassner, das muss ich sagen, war ein hartes Kaliber. Nach jedem Schluck, den ich ihm zugeführt hatte, fragte ich nach dem Namen der Frau, die ihn zu seiner Tat angestiftet hatte. Aber immer wieder bekam ich zur Antwort, dass er ihren Namen nicht nennen dürfe. Das ganze Schauspiel hatte sich fast zwei Stunden lang hingezogen. Und ich möchte meinen, dass ich dem Mann mehr als acht Liter eingeflößt hatte. Sein Bauch war irgendwann aufgebläht wie ein Medizinball, und er konnte seine Notdurft nicht mehr bei sich behalten. Ein wahrhaft schmutziges Schauspiel, das da seinen Lauf genommen hatte. Dann gab es einen Moment, wo er auf einmal nur noch den Mund offen stehen ließ und keine Gegenwehr mehr geleistet hat. Ich hatte gedacht, dass er dazu übergegangen sein könnte zu simulieren. Aber dem war nicht so. Er war ganz einfach hinüber, hat sich so meiner Behandlung entzogen, war nicht mehr da.

Wenn ich ehrlich bin, war ich in dem Moment nicht besonders betroffen. Und letztendlich deshalb, weil er ja schließlich meine Johanna auf dem Gewissen hatte. Sechs Jahre nachdem er mit dem Messer auf sie losgegangen war, war sie an den Folgen dieser Attacke gestorben. Von daher war es für mich nur gerecht, dass er nun auch das Zeitliche gesegnet hatte. Weil ich nicht darauf vorbereitet war, dass er während meiner Befragung die Löffel streicht, sah ich mich von einem Moment auf den anderen mit einem gewissen Entsorgungsproblem konfrontiert. Hinzu kam, dass ich nicht sicher sein konnte, ob ich nicht vor der Justizanstalt in Graz doch gesehen oder mein Autokennzeichen erkannt worden war und so ein Verdacht auf mich fallen könnte. Ich hatte zuvor keinen einzigen Gedanken darauf verwendet, dass der Chiffon ihn dahinraffen könnte. Ich war felsenfest davon überzeugt gewesen, dass er mir den erhofften Namen nennen würde.

Nun war dem nicht so, und ich musste Grassners Leiche loswerden. Beim Anblick des Koffers, in dem er seine Habseligkeiten aus der Haft mitgebracht hatte, kam mir dann die Idee, ihn zu zerstückeln und mich auf diese Weise seiner zu entledigen.

Weil ich von Hause aus Krankenpfleger bin, habe ich noch das eine oder andere Skalpell in meiner Küche. Also habe ich dem Leichnam den Kopf, die Arme und die Beine nacheinander entfernt und auf die Donau sowie verschiedene Müllcontainer verteilt. Den Torso habe ich als Letztes in den Koffer gesteckt, den er dabeihatte, und habe ihn am Busbahnhof in Erdberg in einem unbeobachteten Moment in den Laderaum eines der Fernbusse gestellt.

Anschließend gingen mir die Bilder von Grassners Folterung nicht mehr aus dem Kopf. Nachts fragte ich ihn in meinen Träumen immer weiter nach dem Namen der besagten Frau. Und irgendwann hat er mir im Traum dann auch tatsächlich geantwortet. Er sagte: ›Mikusch, Adelheid.‹

Als ich aus dem Traum erwachte, war mir der Name immer noch präsent. Nur konnte ich ihn schwerlich in diesen Zusammenhang einordnen. Denn mit einer Adelheid Mikusch war ich mal vor der Johanna zusammen gewesen. Deshalb hatte ich gedacht, dass ihr Name in einem weiteren Traum aufgetaucht sei, den ich hernach hatte. Trotzdem habe ich mich aufgemacht, sie zu kontaktieren, meine Ex. Weil ich keine Telefonnummer mehr von ihr hatte, bin ich in die Harrachgasse gefahren, wo sie schon gewohnt hat, als wir noch zusammen waren. Weil mir da aber niemand geöffnet hat, bin ich zum AKH gefahren, wo die Heidi seinerzeit als Schwester in der Ambulanz gearbeitet hat. Ihre Kolleginnen meinten da, dass sie noch zwei Tage Urlaub hätte. Ich kannte diese Kolleginnen ja noch aus der Zeit, als ich selbst dort als Krankenpfleger gearbeitet hatte.

Als ich dann zwei Tage später bei ihr zu Hause geklingelt hatte, war sie auf einmal da und hat mir aufgemacht. ›Franzl‹, hat sie gesagt, ›ich habe immer gewusst, dass du zu mir zurückkommen wirst. Jetzt bist du da. Komm rein, mein Liebster.‹

Wir sind dann zu ihr in die Küche gegangen, wo sie ihre Arme um mich gelegt hat. ›Wusstest du, dass ich damals schwanger war von dir, als es mit uns auseinanderging?‹

›Nein, das wusste ich nicht‹, entgegnete ich.

›Egal, jetzt ist alles wieder gut‹, sagte sie und drückte mich noch fester an sich.

Als ich sie gefragt hatte, warum sie das mit dem Katzenkönig veranstaltet habe, hat sie geantwortet: ›Das habe ich doch nur für uns getan, Franz, nur für uns.‹

›Wie bist du überhaupt auf so eine Idee gekommen?‹, wollte ich dann von ihr erfahren.

Da hat sie einfach geantwortet, dass mal in der Zeitung was von einem solchen Fall in Deutschland gestanden hätte. Dass da auch eine Frau auf solche Weise ihren Liebsten wieder zurückgewinnen wollte. Und da habe sie sich gedacht, das einfach auch so anzugehen. Wie gesagt, für uns.

Dann sah ich über ihre Schulter hinweg ein Messer auf ihrem Küchenschrank liegen. Ich griff ganz ruhig danach und rammte es ihr ebenso ruhig in den Rücken. Dann stach ich noch weitere sechzehn Mal zu. Ich hatte mitgezählt. Ich wollte, dass es siebzehn Stiche sein sollten. Genauso viele, wie meine Johanna sie hinnehmen musste.« Ich hatte mich zwischendrin in meinen Ausführungen auf einen Küchenstuhl gesetzt. Nach einer Weile sagte ich: »Möchten Sie vielleicht einen Kaffee, Herr Kommissar?«

»Ein Kaffee wäre nicht schlecht«, antwortete er.

Ich setzte Wasser auf. Dann klingelte es.

»Wer ist das?«, fragte der Polizist.

Ich antwortete: »Das ist mein Freund Marek. Wir sind verabredet, um gemeinsam zum Marathon zu gehen.«

»Sagen Sie ihm, dass er alleine vorausgehen soll, dass Sie nachkommen.«

»Und wenn er fragt, warum?«

»Dann sagen Sie, Sie seien nicht allein.«

ZAPPE

Guido Retzlaff, Kriminalhauptkommissar Polizeipräsidium Frankfurt am Main:

Im Fernsehen hatte schon die Sendung über den Marathon begonnen. Es wurden Aufnahmen aus einem Helikopter heraus von der Strecke gezeigt, Ausschnitte aus früheren Läufen und Interviews mit früheren und jetzigen Teilnehmern.

Seit Roman uns allein gelassen hatte, hatten wir gemeinsam versucht, die Zappe für den Fernseher an uns zu bringen. Um mich möglichst weit auszustrecken, musste ich mich auf den Bauch legen und meine Beine rückwärts in den Raum schieben. Auf diese Weise konnte ich die Fernbedienung zwar immer wieder mal kurz spüren, aber nie gleichzeitig sehen. Erst, als Regina einen langen Schuhlöffel, der auf einer Fensterbank gelegen hat, mit ihren Füßen erreichen konnte, konnte sie von der anderen Seite an die Fernbedienung gelangen, um sie so zu mir zu manövrieren.

Das alles war ein ausgesprochen mühseliges Unterfangen, an dessen Ende ich aber die Fernbedienung in meine Hand bekam und die Lautstärke so weit aufdrehen konnte, dass der Ton des Fernsehers unerträglich laut wurde.

Zehn Minuten später war dann erstes Klopfen von einem Nachbarzimmer zu hören. Dieser Beschwerde folgte dann weitere zehn Minunten später lautes Klopfen an die Zimmertür, und nochmals eine Viertelstunde später erklang dann die Stimme eines Polizisten.

»Hier ist die Polizei. Öffnen Sie die Tür.«

Und weil daraufhin wieder nichts geschah, wurde die Tür endlich mit einem Universalschlüssel geöffnet und wir in unserer misslichen Situation entdeckt. Zum Glück hatten wir sofort unsere Dienstausweise bereit, um uns als deutsche Polizisten zu erkennen geben zu können. Als wir sodann erklärten, dass wir unbedingt beim Marathon mitlaufen wollen, telefonierten die Beamten mit ihrer Einsatzleitstelle, wobei von ihrem Vienna-Speech so gut wie nichts zu verstehen war.

Dann aber hieß es von einem Moment auf den anderen: »Kommen's, wir fahren Sie hin.«

Wie sich unterwegs herausstellte, war der eine der beiden Kollegen ebenfalls ein begeisterter Läufer. Er sagte uns, dass er Mitglied bei einem Lauftreff namens *Spiridon* sei. Wir würden keine Zeit mehr haben, um uns vor dem Start umzuziehen und unsere Kleidung abgeben zu können, fuhr er fort. Wir könnten froh sein, wenn wir überhaupt noch rechtzeitig zum Start eintreffen.

Dann sind wir wie die Teufel durch jede Menge Wiener Gassen gebrettert, dass uns – wie man so sagt –

Hören und Sehen verging. Keine Ahnung, was für eine Strecke wir gefahren waren, aber schließlich kamen wir tatsächlich mit Blaulicht am Start kurz hinter der Reichsbrücke an. Zwar war der Startschuss bereits drei Minuten zuvor erfolgt, weshalb aber noch längst nicht alle Läufer die Startlinie passiert hatten.

Noch ziemlich durcheinander von dem Höllenritt durch die Stadt, sind wir dann als allerletzte Läufer auf die Strecke gegangen. Aber immerhin: Wir waren dabei.

FALSCHER TONIGOLD

Franz Katafiacz, Ex-Krankenpfleger, Wien Ottakring:

Unterwegs zur Endstation der U3 hatten wir kein Wort miteinander gesprochen. Es war alles gesagt. Jedenfalls ich hatte alles gesagt, was es zu sagen gab. Jetzt ging es nur noch darum, was mit mir passieren sollte.

Auf dem Bahnsteig in Ottakring stiegen wir in einen Zug, der da bereitstand. Wir gingen nicht in den ersten Wagen, sondern in den dritten. Die meisten Leute steigen immer gleich in den ersten Wagen, weil sie Angst haben, dass die Bahn jeden Moment losfahren könnte. Ohne dass wir ein einziges Wort darüber verloren hätten, bestand zwischen uns eine Einigkeit darüber, dass wir keine Eile hatten und es auch nicht schlimm gewesen wäre, wenn wir erst mit dem nächsten Zug weggekommen wären.

Der Waggon, in den wir eingestiegen waren, war leer. Der Kommissar setzte sich in Fahrtrichtung ans Fenster. Ich ihm gegenüber. Zwei Buchten weiter nahm eine junge Frau Platz, nestelte an ihrem Handy.

»Was passiert jetzt mit mir?«, fragte ich schließlich.

Mein Gegenüber zuckte mit den Schultern: »Ich weiß es nicht.«

»Wollen Sie mich denn nicht nach dem Lauf verhaften? Ich habe doch alles gestanden.«

»Ich kann Sie nicht verhaften«, sagte er übermäßig ruhig, während er aus dem fahrenden U-Bahn-Fenster auf das vorbeihuschende Ottakring schaute, »das kann nur aufgrund eines richterlichen Beschlusses geschehen. Das wird hier in Österreich nicht anders sein als bei uns in Deutschland.«

»Was meinen Sie mit ›bei uns in Deutschland‹?«

»›Bei uns in Deutschland‹ halt.«

»Ja, aber sind Sie nicht von hier? Sie sind doch von der Wiener Polizei?«

Als Antwort schüttelte er ein paarmal stumm seinen Kopf: »Nein, das bin ich nicht.«

»Aber Sie haben mir doch, als Sie gekommen waren, gesagt, Sie wären von der Wiener Kripo, Kommissar Tonigold vom Wiener Polizeipräsidium.«

»Da irren Sie sich. Als ich Ihnen in Ihrer Wohnung begegnet bin, habe ich Ihnen eine Visitenkarte hingehalten, auf der zu lesen war: ›Kriminalhauptkommissar Tonigold vom Wiener Polizeipräsidium‹. Ich hatte Ihnen aber nicht gesagt, dass ich das sei. Alles, was ich gesagt habe, war, ob Sie wissen, warum ich zu Ihnen komme.«

»Sie sind also gar kein Polizist?«

»Doch, schon, aber nicht hier in Wien. Ich bin Polizist in Deutschland. In Gießen. Mein Name ist Worstedt.

Ich ermittle in einem Fall, bei dem ein Koffer mit einem Torso darin gefunden wurde. So, wie es aussieht, handelte es sich dabei um die Überreste des Hubertus Grassner, den Sie ermordet und dessen Überreste Sie in einen Fernbus verfrachtet haben. Das ist der Fall, den ich ermittle. Deshalb bin ich hier in Wien.«

Bis zur Haltestelle Neubaugasse waren es sieben Stationen. Ich konnte mir keinen Reim darauf machen, was im Kopf meines Gegenübers vorging. Machte er sich einen Scherz mit mir? War er überhaupt der, für den er sich ausgab?

Als wir endlich angekommen waren, fragte ich ihn nochmals, was jetzt mit mir passieren würde.

Er sagte: »Ich möchte, dass Sie sich stellen. Hier, bei diesem Mann.« Er reichte mir die Visitenkarte, mit der er mich zuvor hat Glauben lassen, er sei Kommissar Tonigold. »Versprechen Sie mir das?«

PACE

Guido Retzlaff, Kriminalhauptkommissar Polizeipräsidium Frankfurt am Main:

Zwölf Grad und bedeckter Himmel. Sozusagen ideales Marathon-Wetter. Einzig den kühlen Nordwestwind hätte es nicht gebraucht. Dadurch, dass wir als Letzte des gesamten Feldes auf die Strecke gegangen waren, waren wir unsicher mit unserem Schritt. Wir würden erst nach dem ersten Kilometer wissen, wie wir mit unserer Pace lagen. Hinzu kam, dass wir uns ja praktisch überhaupt nicht vorher warmlaufen konnten. Aber wenigstens waren wir dabei. Das war die Hauptsache.

Was der Roman da angestellt hatte, war unverzeihlich. Es war klar, dass das ein Nachspiel haben würde. Und es war auch klar, dass er offenbar durchgeknallt war, so etwas zu veranstalten. Außerdem wäre der Marathon auf alle Fälle abgesagt worden, wenn es eine ernst zu nehmende Bedrohung gegeben hätte.

Unsere Zeit bei Kilometer eins war fünf Minuten und fünf Sekunden. Das war eindeutig zu schnell. Deshalb hieß es, die nächsten Kilometer langsamer anzugehen. Denn das Gefährliche beim Marathonlaufen ist nun mal, nicht diszipliniert sein zuvor festgelegtes Tempo einzuhalten.

Um das Tempo festzulegen, empfiehlt es sich, vierzehn Tage vor dem Marathon zehntausend Meter als Präferenz so schnell zu laufen, wie man kann. Dann rechnet man diese Zeit hoch mit dem Faktor 4,27 und erhält so die Zeit, in der man letztendlich seinen Marathon laufen soll.

Daneben ist es aber unerlässlich, in der Vorbereitung auf den Marathon, also in den letzten zwölf Wochen vorher, mindestens zehn Läufe über dreißig Kilometer zu absolvieren. Für uns stand ein Tempo von 5:30 Minuten auf dem Programm. Das galt es jetzt umzusetzen, um im Ziel auf eine Zeit unter vier Stunden zu kommen. Das war unser erklärtes Ziel. Diese Marke wollten wir knacken.

Als wir die Fünf-Kilometer-Marke passierten, lagen wir bei 27:20 Minuten. Das war ein guter Schnitt. Wir hatten unsere Pace gefunden. Der Atem war ruhig, und Wien machte einen guten Eindruck.

Vom Schloss Schönbrunn aus ging es dann an der Staatsoper und am Hotel Sacher vorbei die Mariahilfer Straße hinunter.

DER MANN MIT DEM FOTO

Franz Katafiacz, Ex-Krankenpfleger, Wien Ottakring:

Als wir an der Neubaugasse ankamen, waren meine Freunde vom Lauftreff *Spiridon* bereits alle da. Und offenbar hatte der Marek schon zum Besten gegeben, dass ich nicht allein gewesen sei, als er mich abholen wollte. Es wurde daher ein wenig gefrotzelt, was aber sofort aus dem Weg geräumt war, nachdem ich den Kommissar Worstedt als einen Freund aus Deutschland vorgestellt hatte, der bei mir auf Besuch sei.

Während die Läufer die Mariahilfer Straße Richtung Gürtel liefen, wollte man von Worstedt erfahren, ob er auch Läufer sei beziehungsweise früher mal gewesen sei. Er verneinte und erklärte, sich einfach nur so für Sport zu interessieren.

Dabei fiel mir auf, dass er einen Mann auf der anderen Seite der Mariahilfer Straße fixierte. Dieser Mann hatte kurz geschorene Haare und einen rotblonden Rauschebart. Er trug eine rotschwarze Regenjacke und hielt etwas in der Hand, das aus der Entfernung aussah wie eine Fotografie.

Als Worstedt schließlich einen Schritt vor in Richtung der Läufer trat, schien der Mann ihn bemerkt zu haben. Er erschrak und setzte sich in die Richtung, in die die Läufer unterwegs waren, in Bewegung. Worstedt seinerseits begann ebenfalls, in die Richtung zu laufen, wobei die Läufer es ihm erschwerten, die Straßenseite zu wechseln.

So, wie es aussah, hatte der Polizist aus Deutschland keine guten Karten, den Mann einzuholen.

KILOMETER 19

Guido Retzlaff, Kriminalhauptkommissar
Polizeipräsidium Frankfurt am Main:

Bei Kilometer neunzehn dachte ich, ich sehe nicht richtig, denn da war auf einmal der Roman da. Er lief von der einen Seite der Strecke los zwischen den Läufern hindurch zur anderen. Das hat ihm natürlich böse Beschimpfungen der betroffenen Läufer eingebracht, die wegen ihm aus dem Schritt kamen.

Obwohl ich natürlich noch einen mächtigen Brast auf ihn hatte, habe ich in dem Moment gedacht, dass es wohl das Beste sei, einfach weiterzulaufen und so zu tun, als würde man sich nicht kennen.

»Haltet den Mann!«, schrie er dann aber aus Leibeskräften und lief, so schnell er eben konnte, einem Mann auf der anderen Seite hinterher.

»Ach du Scheiße«, konnte ich Regina hören, »was soll das denn jetzt wieder?«

Es war klar, dass es dem Roman offenbar nicht gereicht hatte, was er am Morgen mit uns angestellt hatte.

Jetzt war er schon wieder unterwegs, um in Schwierigkeiten zu geraten.

»Das ist nicht unsere Sache«, zischelte Regina mir zu, und im Prinzip hatte sie recht. Es wäre wirklich angebracht gewesen, so zu tun, als ob wir Roman nicht kannten, zumal er uns ja gar nicht entdeckt hatte.

Aber irgendwie hatte ich dann das Gefühl, ihm hinterher nicht reinen Gewissens gegenübertreten zu können. Deshalb legte ich von null auf hundert einen Zwischenspurt ein, um zu dem Mann aufzuschließen, auf den Roman es offensichtlich abgesehen hatte.

Als ich so weit an den Flüchtenden herangekommen war, dass ich ihn mit meiner Hand hätte greifen können, machte ich einen beherzten Sprung, um ihn zu überwältigen. Ehrlich gesagt hatte ich mich über mich selbst gewundert, dass ich zu solch einer sportlichen Höchstleistung noch fähig war. Gleichzeitig dachte ich aber auch »wassen Scheiß«, weil es mir am Knie den Bast aufgerissen und ich mich verletzt hatte wie das letzte Mal als junger Bub.

Bei dem Sturz waren wir zwischen roten Stühlen und Tischen gelandet, die vor einem Hotel auf der rechten Seite der Mariahilfer Straße standen und von wo aus Menschen den Lauf verfolgt hatten.

Im nächsten Moment war dann aber auch schon die Regina da, und der Roman kam ebenfalls angeschnaubt wie eine kleine Lokomotive. Er beugte sich sofort runter zu dem Mann und riss ihm seine Jacke auf, unter der ein Sammelsurium von Schnüren und Sprengkörpern zum Vorschein kam. Beherzt hat er mit einem Griff die Schnüre vor ihren Steckverbindungen gerissen.

Der Mann hat daraufhin völlig wirr vor sich hin gebrüllt, nachdem er etwas in seinen Mund gesteckt hat und am Zerkauen war. Der Roman hat ihm in den Mund gegriffen, um das zu erwischen, was der offensichtlich vernichten wollte. Aber alles, was dabei herauskam, war eine schlimm blutende Bisswunde an Romans rechter Hand.

Sodann hat er den Mann überwältigt und ihm mit einem Kabelbinder die Hände auf den Rücken gefesselt. Das alles ereignete sich innerhalb weniger Sekunden. Und genauso schnell waren auch zwei uniformierte Polizisten, die als Streckenposten abgestellt waren, zur Stelle, um Roman mit gezogenen Waffen festnehmen zu wollen.

»Hören Sie auf mit dem Scheiß!«, brüllte der den Beamten an, der ihm Handschellen anlegen wollte, »verständigen Sie Kommissar Tonigold, Kriminalhauptkommissar Tonigold, haben Sie mich verstanden?«

Der Polizist wollte aber niemanden verständigen. Er wollte Roman in Handschellen legen. Der aber landete einen Fußfeger, wodurch er den Polizisten zu Fall brachte und ihm im nächsten Moment seine Waffe abnahm.

»Ich hatte gesagt, Sie sollen Ihren Kollegen Tonigold verständigen. Ist das denn so schwer?«

Am ganzen Leib zitternd, griff der am Boden Liegende zu seinem Handy und wählte eine Nummer. Um uns herum hatte sich ein ziemlicher Auflauf gebildet. Die meisten waren Zuschauer, aber auch ein paar Läuferinnen und Läufer hatten sich aus Neugier dazugestellt.

»Was ist los, wollt ihr nicht weiterlaufen?«, hatte Roman uns dann angeblafft, »ihr wolltet doch so unbedingt mitlaufen.«

»Du könntest dich vielleicht erst einmal bedanken, dass wir dir geholfen haben«, hatte Regina ihn da aber kurzerhand angefaucht, »du Arsch!«

BEZAUBERNDE WIENERIN

Regina Maritz, Kriminaloberkommissarin Polizeipräsidium Mittelhessen, Gießen:

In der Wirtsstube unserer Pension hatten sie im Fernseher berichtet, dass beim Wien-Marathon ein Selbstmordattentäter des IS überwältigt worden sei. Sicherheitskräfte hätten den Mann überwältigen und die Zünder des mitgeführten Sprengsstoffes entschärfen können.

Danach mussten wir erst mal raus an die frische Luft. Dann gingen wir ein paar Straßen weiter zum Heurigen in die *10er-Marie*, wo wir bereits am Vortag gewesen waren. Noch bevor wir saßen, klingelte dem Roman sein Handy. Weil er im Krankenhaus wegen der Bisswunde, die der vermeintliche Terrorist ihm zugefügt hat, seine Hand verbunden hatte, konnte er nicht in seine Tasche greifen. Deshalb übernahm ich das, was nicht ohne komische Blicke in der Runde abging. Roman wie ein Bär mit einer kranken Tatze mullverbunden in einer Schlinge vor der Brust.

Bei dem Anrufer handelte es sich um Kommissar Tonigold. Nachdem ich zunächst klargestellt hatte, dass er nicht mit Roman Worstedt spreche, habe ich die Sachlage so weit erklärt: dass wir im Krankenhaus gewesen seien; dass Romans angebissener Finger genäht und geschient worden sei und wir keine Lust gehabt hätten, in unserer Pension etwas zu trinken und deshalb in dem Lokal *10er-Marie* gelandet seien.

Tonigold entgegnete, dass er die Destination kenne und in zehn Minuten dort eintreffen werde. Drei Tische weg von uns hat ein Mann sein Akkordeon aus dem Koffer geholt und ein anderer sich mit einer zweihalsigen Gitarre zu ihm gesellt. Als die beiden zu musizieren begannen, kam ein Dritter, ein älterer Mann in elegantem Anzug und mit Krawatte, hinzu, der begann, im Stehen zu singen. Der Grandseigneur ließ dabei seine Aufmerksamkeit dem Text entsprechend gestikulierend von Tisch zu Tisch wandern, wobei den dort Sitzenden die Tränen in die Augen stiegen und sie mehr oder weniger laut mit einstimmten oder zumindest mitsummten. Die Texte rankten, soweit ich das verstehen konnte, um die Schönheit der Wiener Frauen, den Fortbestand des heimischen Weinanbaus und die Folgen der Trunksucht. Gleichzeitig verwandelte die Stimmung den Gastraum in eine Kathedrale kollektiver Melancholie, zu der einzig wir drei nichts beitragen konnten.

Als dann Tonigold den Gastraum betrat, wechselte der Sänger in den Falco-Song vom Kommissar, in den die anderen mit einstimmten: »Drah di net um, oho, ooh …«

Dann nahm Tonigold bei uns Platz.

»Ich muss mich bei Ihnen entschuldigen, werter Kollege«, wandte er sich Roman zu, »wir hätten Ihre Warnung ernster nehmen sollen, als wir das getan haben.«

»Keine Ursache«, entgegnete Roman, »wir sind doch alle nur Polizisten.«

»Doch, doch«, schob Tonigold nach, um klarzustellen, dass er das Thema nicht so schnell abgefrühstückt haben wollte.

»Wir haben den Mann in die Mangel genommen«, begann er sodann seinen Bericht über den vermeintlichen IS-Attentäter: »Er hatte tatsächlich vor, ein Selbstmordattentat zu verüben. Allerdings nicht als Mitglied der Terrormiliz Islamischer Staat, sondern aus persönlichen Gründen. Er habe eine Frau kennengelernt, die ihm glauben gemacht hätte, er müsse einen Menschen umbringen, um damit einem sogenannten Katzenkönig ein Opfer zu bringen, damit er die Menschheit vor ihrer Vernichtung bewahrt.«

Vor drei Wochen habe eine Frau, deren Identität er auf keinen Fall preisgeben wolle, ihm den Auftrag zur Tötung erteilt. Sie habe gesagt, dass man sich vor der Tötung nicht mehr sehen dürfe, weil zu befürchten stand, dass man sich an sie erinnern könne, und wenn das geschehe, würde der Katzenkönig seine Drohung wahrmachen und die Menschheit endgültig vernichten.

Bei dieser Zusammenkunft habe die Frau ihm ein Foto übergeben, auf dem der Mann abgebildet war, den der Katzenkönig geopfert haben wollte. Sie erklärte ihm, dass dieser Mann während des diesjährigen Wien-Marathons bei Kilometer neunzehn an der Kreuzung Mariahilfer Straße und Neubaugasse als Zuschauer zugegen sein würde.

So habe der Attentäter sich mit einem Sprengstoffgürtel ausgestattet an die Marathon-Strecke begeben, um sich gemeinsam mit dem Mann auf dem Foto in die Luft zu sprengen und dadurch die Menschheit vor ihrer Vernichtung zu bewahren.

Auf die Frage, wer der Mann sei, den er umbringen sollte, hatte er geantwortet, dass er ihn nicht kenne. Er wisse nicht, wie der Mann heiße, noch sonst etwas über ihn. Er habe lediglich das Foto von ihm gehabt.

»Und das hat er dann aufgegessen?«, fragte Roman in die Ausführungen hinein.

»Richtig, woher wissen Sie das?«

Als Antwort hob Roman seinen kaputten Flügel und bestellte sich noch einen Viertel Zweigelt.

Als wir von dem Mann erfahren wollten, um wen es sich bei seiner Auftraggeberin handele, hat er gesagt, dass er den Namen nie würde preisgeben können, weil das unabdingbar zur Folge hätte, dass der Katzenkönig sich nicht mehr besänftigen ließe.

»Daraufhin habe ich ihm ein Foto von Adelheid Mikusch vorgelegt und gefragt, ob es sich vielleicht um diese Dame handeln könne«, sagte Tonigold sodann.

»Und?«, hielt Regina es vor Neugier nicht mehr aus.

»Da ist er durchgeknallt. Das war zu viel für ihn. Er hat dann kein Wort mehr gesagt und nur noch am ganzen Körper gezittert und Schaum vor den Mund bekommen. Wir mussten ihn dann in die geschlossene Abteilung der Psychiatrie bringen. Dort kannte man ihn bereits, weil er in der Vergangenheit schon wegen einer Sozialphobie behandelt worden war.«

Roman bekam seinen Zweigelt gebracht. Wir anderen wollten nun auch alle einen.

»Man muss abwarten, ob er irgendwann einmal was sagen kann über den Mann, den er umbringen sollte und was da der Hintergrund war.«

»Ja, Herr Kollege, das müssen Sie, aber vielleicht kommt es ja auch ganz anders.«

»Was meinen Sie damit?«

»Nun ja, es könnte ja sein, dass der Mann sich aus eigenem Antrieb bei Ihnen meldet. Zum Beispiel.«

»Mit Verlaub gesagt, mein lieber Worstedt«, hatte Tonigold darauf geantwortet, »aber das ist ja wohl das Abwegigste, was man sich überhaupt vorstellen kann.«

»Wenn Sie das wirklich derart abwegig finden, mein lieber Tonigold, dann würde ich an Ihrer Stelle den Stuhlgang des Mannes im Auge behalten, den Sie da festgenommen haben.«

Tonigold brauchte einen Moment, bevor er begriff, was Roman gemeint hatte.

»Sie meinen …«, stotterte er.

»Eine kleine, schmutzige Puzzlearbeit, das meine ich. Und man kann nur hoffen, dass es nicht schon zu spät dafür ist.«

Tonigold griff zu seinem Handy, wählte, bekam eine Verbindung: »Bronko …«

Den Rest des Gesprächs führte er, während er dem Ausgang des Lokals zustrebte. Vorbei an dem singenden Grandseigneur, der gleich darauf unseren Tisch erreichte. Es schien, dass der Roman ihm kein Unbekannter war. Das Lied, das er sang, rankte, soweit ich das heraushören konnte, um die bezaubernde Wienerin. Dabei fühlte ich mich überaus charmant von seinen Blicken geschmeichelt.

Als er fertig war und Applaus sich einstellte, sagte ich: »Aber ich bin doch gar keine Wienerin.«

Daraufhin er: »Trotzdem meine ganz spezielle Verehrung, gnä' Frau. Und noch einen angenehmen Aufenthalt in Wien. Genießen Sie die schönste Stadt auf der ganzen Welt.«

ENDE

NACHWORT & DANKE

Danke an alle, die mir bei der Entstehung dieses Buches hilfreich zur Seite standen, insbesondere an folgende Personen:

Für seine Unterstützung in allen Angelegenheiten der Polizeiarbeit danke ich dem Ersten Kriminalhauptkommissar Steffen Hofmann vom Polizeipräsidium Mittelhessen.

Für seine Unterstützung in allen rechtsmedizinischen Fragen danke ich dem Direktor des Instituts für Rechtsmedizin am Universitätsklinikum Frankfurt am Main, Prof. Dr. Marcel A. Verhoff.

Meinem alten Freund Peter Zingler danke ich für seine unkomplizierte Hilfestellung in Sachen ›Knasttinte‹.

Für alle Fragen rund um Wien und das Wienerische bedanke ich mich bei meiner lieben Schwägerin Margot Sederl-Winopal.

Als Testleser danke ich meiner lieben, endlos geduldigen Frau Ritchie sowie unseren Freunden Nora und Bernd Laiacker, deren Kritik und Anregungen ich stets gerne aufgegriffen habe.

Meinem Lektor Volker Maria Neumann danke ich für seine wertvolle Arbeit an meinem Text, der ohne sein unermüdliches Engagement unzählige Fehler aufweisen würde.

Wenn in dem Buch trotz der vorgenannten Unterstützungen Fehler auffallen, so gehen selbige einzig und alleine auf meine Kappe.

Obwohl in der Handlung bisweilen Personen oder Orte auftauchen, die es auch in der Wirklichkeit gibt, so sind deren Hintergründe und Einbindungen in das Geschehen gleichermaßen frei erfunden wie die gesamte Handlung des Romans und die darin auftauchenden Personen auch.

Charly Weller – September 2015

GLOSSAR

(manisch und österreichisch)

Abgetschuert	Beklaut, bestohlen
Alls	Dauernd
Awa	Aber
Babo	Anführer, Chef, Häuptling
Ballefusser	Friseur
Begoni	Langsam
Beschäume	Bezahlen
Beschele	Musizieren, Musik machen
Besi	Schwanger
Bohei	Aufwand
Buggl	österr. Endstück eines Brotes
Buhl	Hintern, Arsch
Buije	Ficken
Deppert	österr. Blöd, dumm
Dschihad	Heiliger Krieg
Dubbe	Schlag, Hieb
Dunke	Schlagen
Eitrige	österr. Käsekrainer-Wurst

Erlagschein	österr. Zahlungsanweisung
Flohhupferl	österr. Kleiner, selbstgebauter Schlitten
Fratzegeballer	Schlägerei
Gadsch	Typ, Mann, Kerl
Gari	Penis, Schwanz
Gebuijt	Gefickt
Gedunkt	Geschlagen, zugehauen
Gepuckt	Gesprochen, geredet
Gekurt	Gehauen
G'schissner	österr. Süßer Senf
Getschurt	Gestohlen
Glasauge	österr. Perlzwiebel
Guje	Wurst
Häfn	österr. Haft, Gefängnis
Hundstrummerl	österr. Hundehaufen
Kallen	Essen
Kieberer	österr. Polizist
Kliste	Polizei, Polizist
Klistemoss	Polizistin
Klunde	Scheide, Vagina
Kochern	Lügen
Korum	Geizig
Klundegadsch	Schwuler; einer, der es mit Männern treibt
Krokodü	Essiggurke
Labbeduddel	Nichtnutz, Rumhänger o. Ä.
Latscho	Gut, schön
Lawinchen	Bierchen, Schoppe
Loloballe	Blonde Frau, Blondine
Lowi	Geld

Lowigadsch	Kerl mit Geld, reicher Typ
Luern	Gucken, beobachten
Mano	Manisch, Manischer
Minsch	Vagina, Möse
Moss	Frau, Mädchen
Mugger	Gläubiger
Mulo	Kaputt, tot
Nabelo	Kerl, Freund
Nasche	Gehen
Oaschpfeiferl	österr. Scharfe Peperoni (Arschpfeife)
Oberlink	Hinterhältig
Piefke	österr. für Deutscher
Pflanzen	österr. Verarschen
Pucke	Sprechen, reden
Pudern	österr. Ficken
Raffe	Verstehen
Romli	Frau
Rossoballe	Rothaarig, die Rothaarige
Schwächer	Trinker
16-Blechl	österr. Dosenbier der Ottakringer Brauerei
Spannegucker	Neugierige(r)
Stadi	Hut
Stadigadsch	Mann mit Hut
Ticke	Sehen, gucken
Trittlings	Schuhe
Tschabo	Mann, Typ, Freund
Tschaij	Frau
Tschäffe	Da sein, haben; wenn einem nichts einfällt

Tschecherant	österr. Trinker, Alkoholiker
Tschekker	Versteher, Abklärer, Organisierer
Tschäro	Kopf
Tscheross	Himmel
Tschü	Nichts, nein, nie, universale Verneinung
Tschundemuij	Blödsinnreder, Dummschwätzer
Tschuri	Messer
Tschuern	Stehlen, llauen
Ticks muij	Halt den Mund, sei still, halt's Maul
Trafik	österr. Kiosk für Tabakwaren, Zeitungen, Fahrscheine, Eintrittskarten etc.
Ulai	Ausruf der Freude, Erregung o. Ä.
Ungustl	österr. Unangenehmer Mensch